KB036150

데스마치에서 시작되는
이세계 광상곡
24

아리사
쿠보크 왕국의 옛 왕녀.
전생에 일본인.
금발 가발로 변장 중.
사토
이세계를 헤매고 있는
서른 줄 프로그래머.
미아
과묵하고 음악을 좋아하는 엘프.

루루
쿠보크 왕국
출신.
아리사의 언니.
리자
주황 비늘 종족의 소녀.
나나
무표정한 호문클루스.
포치
강아지 귀 종족의 소녀.
타마
고양이 귀 종족의 소녀.

요새도시 아카티아에서 만난 사람들

로로

아카티아의 잡화점 「용사 상점」을 운영하는 소녀.
증조부가 용사 와타리이기 때문에 루루와 꼭 닮은 용모를 가졌다.

햄스터 꼬마

용사 상점의 점원으로 일하는 털뭉치 쥐(햄스터) 수인 아이들.
로로를 진심으로 따르고 있으며, 그녀를 위해 열심히 일하고 있다.

펜

대마녀와 협력 관계인 신수 펜릴.
로로를 몰래 지키고 있으며, 지금은 강아지 같은 모습이 되어 있다.

티아

대마녀의 제자이며 도시의 트러블을 해결하는 여성.
그 정체는 요새도시의 통치자, 아카티아 본인.

용사 상점◆인기 신상품

◆용사 상점 특제 보존식◆

아카티아의 사람들 사이에 맛있고 저렴하다고 소문이 난 보존식. 풍미도 과실이나 고기 등등 폭넓은 취향에 대응하고 있는 데다가, 전투 중에도 먹을 수 있을 만큼 휴대성도 뛰어나다.

○개발자의 한 마디

모험에서 가장 소홀해지기 쉽지만, 맛있는 것은 기분 전환도 되니까 맛을 고집스럽게 추구해봤어.

◆특제 벌레 퇴치제◆

쏘는 냄새가 나는 게 당연하다는 벌레 퇴치제의 개념을 뒤집은 무취 벌레 퇴치제. 지금까지 쓰이던 보급품보다 효과도 뛰어나며, 후각이 뛰어난 수인에게도 호평.

○개발자의 한 마디

열대 기후에서 벌레 퇴치제는 필수니까. 내 「벌레 퇴치」 마법을 모델로 하고 있으니까 효과는 보증할게.

◆영양 보급제(과실수 풍미)◆

스태미나를 회복시키고 한 번 더 버틸 수 있게 해준다는 평판의 마법약. 대마녀의 제자가 자주 사러 오는 모습이 목격되고 있다.

○개발자의 한 마디

옛날에 비슷한 영양 드링크에 상당히 신세를 졌어. 바쁜 사람에게 수요가 있는 걸 알고 있지만, 너무 마시지 않도록 주의가 필요해.

◆특제 마법약◆

하급품이라도 중급 수준의 효과가 있다는 마법약. 효과가 일정하며, 달콤해서 마시기 쉬워 여성 모험가들 중에 팬이 많다.

○개발자의 한 마디

마법약의 효과는 생사를 가르니까 안정적인 품질이 중요해. 고품질의 소재와 비전의 레시피로 그것을 달성했지.

데스마치에서 시작되는 이세계 광상곡 24

★ ★ ★

아이나나 히로

Death Marching to the Parallel World Rhapsody

Presented by Hiro Ainana

C O N T E N T S

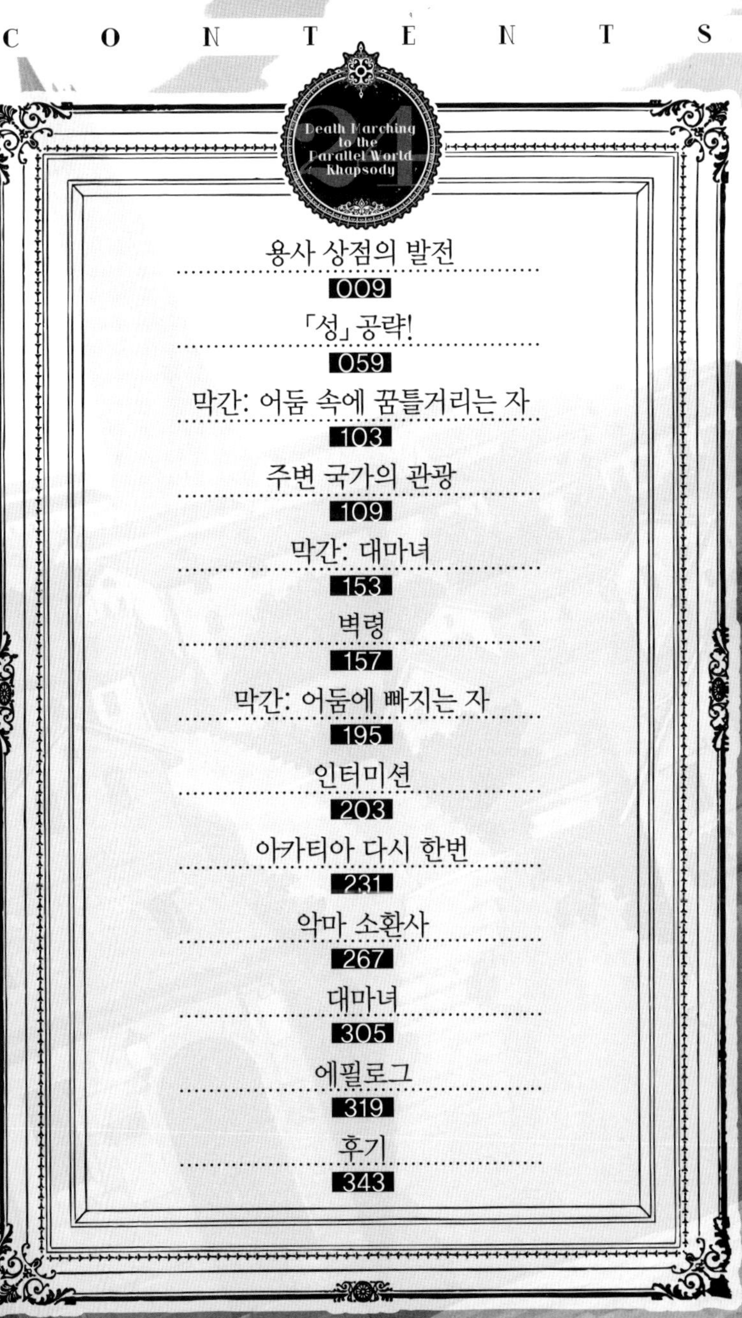

Death Marching to the Parallel World Rhapsody

용사 상점의 발전

"사토입니다. 사업 확장이나 개혁이라는 것은 어떤 업종이든 커다란 일입니다. 단순하게 설비나 자금의 문제도 있습니다만, 무엇보다도 인재 할당이나 육성이 힘들단 말이죠."

"로로, 늘 사던 거 줘."

"나는 체면 돼지(피그포그)의 보존식 30개랑 냄새 안 나는 벌레 퇴치제 10개면 된다."

요새도시 아카티아의 모험가 대상 잡화점 「용사 상점」은 오늘도 대성황이었다.

"사토 씨, 보즈호스 씨는 늘 사던 거랑, 닷츠 씨는 3번 미식 30개, 벌레 퇴치제 10개요."

카운터에서 모험가를 상대하는 가게 주인 로로가 놀아보며 발했다.

금발 스트레이트의 긴 머리칼이 둥실 떠올라, 경성(傾城)이란 표현이 딱 어울리는 미모를 채색한다.

평소에는 민족의상 같은 노출이 많은 옷을 입고 있는데, 오늘은 아리사가 디자인 한 메이드복 여름 버전 같은 제복을 입었다. 메이드 카페의 메이드복과 수영복을 합체시킨 것 같은 아슬아슬한 복장이지만, 인간족이 적은 요새도시에서는 성적인 눈으로 보는 일이 거의 없다.

"주인님, 이쪽은 체력 회복약 세 개랑 길잡이 양초 다섯 개요."

로로보다 조금 늦게 나에게 주문을 전달한 것은, 로로와 꼭 닮은 미모를 가진 검은 머리의 루루다.

머리칼과 눈동자 색 말고는 쌍둥이처럼 닮은 두 사람이지만, 친자매가 아니라 선선대 용사였던 증조부 와타리 씨를 같은 뿌리로 가진 **육촌**이다. 우연히 이 요새 도시에서 만날 때까지는 서로에 대해서 몰랐다.

그건 그렇고, 이 정도로 기적적인 미모를 가진 두 사람이 나란히 서니까 「아름다움」이 천원돌파하여 경성을 넘어 별이나 시공까지 기울 것 같군.

"우음, 헤실헤실."

만화였다면 뾰로통이란 문자가 배경에 나올 법한 표정으로 내 귀를 끌어당긴 것은 엘프의 어린 소녀 미아다. 발돋움을 한 탓인지, 트윈 테일로 묶은 옅은 청록색 머리칼 사이로 엘프의 특징인 조금 뾰족한 귀가 보였다.

"헤실헤실하지 않았어."

나는 미아에게 대답하면서 로로와 루루가 요청한 상품을 카운터에 놓았다.

"이제 슬슬, 보존식을 가져와야, 하려나?"

아직 조금 남아 있지만, 앞으로 두세 명이 사가면 떨어질 것 같다.

"마스터, 상품을 보충합니다라고 고합니다."

나나가 커다란 상자를 백 야드에서 들고 왔다.

"나나, 멈추면 안 돼."

"마시타, 어디 놔?"

"마시타, 칭찬해줘."

나나 뒤에서 상자를 끌어안고 있는 것은, 용사 상점의 어린이 점원인 털뭉치(햄스터) 쥐 수인 꼬마들이다.

나는 네 명에게 고맙다고 인사하며 상자를 받아서 방해되지 않는 장소에 쌓았다. 정리는 조금 더 손님이 빠진 다음에 해야겠어.

"유생체는 건강한가요라고 묻습니다."

나나가 물어본 것은 햄스터 꼬마들이 아니라, 선반 위에서 몸을 동그랗게 말고 있는 새끼 늑대 펜이었다.

펜은 나나를 힐끔 보고, 흥미 없는 기색으로 눈을 감았다.

이 쿨한 새끼 늑대의 정체는 산보다도 커다란 신수 펜릴이다. 지금은 상급 마족과 싸우느라 힘을 소모하여, 몸을 회복시키기 위해서 새끼 늑대 모드가 되어 있었다. 일단, 단시간이라면 늑대 수인 모드로 바뀔 수 있다고 한다.

"느긋하게 쉬는 편이 좋다고 고합니다."

나나는 기분 나쁜 기색도 없이 펜의 머리를 살며시 쓰다듬고서, 햄스터 꼬마들을 데리고 백 야드로 돌아갔다.

"면접 서류 체크 끝났으니까, 가게 쪽을 도울게."

백 야드에서 나온 것은 모두와 같은 메이드복으로 갈아입은 어린 소녀 아리사였다.

전생자의 증거인 기피되는 보라색 머리칼을 금색 가발로 숨겼다.

"어라? 리자 씨는?"

"납품하러 온 양초 가게 아줌마가 허리를 삐끗했거든. 집까지 바래다주러 갔어."

포치와 타마는 짐 운반 담당이다.

그런 이야기를 하면서 손님 대응을 하고 있는데, 아인 소녀들이 뒷문으로 돌아왔다.

아마 가게 안에 손님이 많아서 뒤로 돌아온 거겠지.

"다녀오~."

그렇게 말하며 내 다리에 찰싹 달라붙은 것은 고양이 귀 고양이 꼬리의 어린 소녀 타마다.

짐이 가득한 복도를 발소리도 내지 않고 걷는 그녀는 팀 「펜드래건」의 척후병이며, 독자 인술을 사용하는 고양이 닌자이기도 하다.

"다녀왔습니다, 인 거예요!"

터억, 힘차게 등에 뛰어든 것은 강아지 귀 강아지 꼬리의 어린 소녀 포치다.

조금 서투른 부분이 있는 포치는 짐을 피해서 걷는 게 아니라, 공보 스킬로 천장 부근을 날아서 온 모양이다.

"주인님, 부인을 바래다 드리고 왔습니다."

두 사람 다음으로 돌아온 것은 붉은색 머리칼을 가진 주황 비늘 종족의 리자다.

의외로 부끄럼을 타는 구석이 있는 그녀는 메이드복이 아니라, 늘 입는 군복풍의 의상을 입었다.

"어서 와. 돌아오자마자 미안한데, 도와줄래?"

지금은 손이 열 개라도 모자랄 정도로 바쁘다.

물론, 그것도 1시간 정도 만에 진정됐다.

"얏호~ 젊은 나리."

조금 한산해진 가게 안에 단골인 노나 씨가 찾아왔다.

그녀는 수인이 많은 요새도시에서는 보기 드문 인간족 여성 모험가로, 옛날부터 로로를 신경 써주는 좋은 사람이다.

조금 트러블이 있어서 파티를 빠져 나와 솔로로 행동하고 있던 그녀였지만, 오늘은 일행이 있었다.

"뭐야? 『털 없는 녀석』의 가게잖아."

노나 씨가 데리고 온 쥐 수인 여성이 「털이 없다」는 인간족의 멸칭을 말한 순간, 가게 안의 단골손님들이 살기 어린 시선을 보냈다.

싸움을 주저하지 않는 단골손님이 행동하기보다 빠르게, 노나 씨가 일행인 쥐 수인을 찰싹 때렸다.

"아프잖아~. 뭐 하는 거야!"

"여기서 그 멸칭을 쓰지 말라고 했잖아!"

"『털』이 없으니까 『털이 없다』고 말한 게 뭐가—."

—잘못이냐고 말을 이으려다가, 드디어 쥐 수인이 가게 안의 분위기를 깨달았다.

"아~ 뭐냐~. 잘못이지."

쥐 수인은 주위의 시선에 겁을 먹으면서도, 허세를 부리며 강한 태도로 나에게 사과했다.

“신경 쓰지 않아요. 그렇지만 가게 안에서는 어느 종족에 대해서든 멸칭은 삼가 주세요.”

“그래, 알았어. 조심할게.”

쥐 수인이 말하자, 드디어 분위기가 본래대로 돌아왔다.

“하하~ 내 파트너가 미안해.”

“파트너라면, 새롭게 파티를 짜신 건가요?”

“그래. 요전의 방어전에서 함께 싸웠을 때 마음이 맞아서.”

웃으면서 말하는 노나 씨 너머에서 쥐 수인이 흥, 코웃음을 치며 고개를 돌렸다.

“축하합니다, 노나 씨.”

“고마워, 로로.”

로로가 휴식하러 갔다가 돌아왔다.

“오늘은 뭘 준비할까요?”

“나는 늘 사던 거. 이 녀석은―.”

“나는 마력 회복약을 줘. 두 개면 돼.”

로로에게 상대를 맡기고, 나는 재빨리 주문한 물건을 준비했다.

노나 씨가 말하는 방어전이라는 것은 사령술사 잔자산사가 언데드 군단을 이끌고 요새 도시에 쳐들어온 사건이다. 마지막은 상급 마족까지 난입해서 상당히 하드한 싸움이었다. 동료들이나 대마녀 아카티아와 신수 펜릴뿐 아니라, 모험가들도 대활약을 했단 말이지.

물론 잔자산사의 목적이나, 상급 마족이 어째서 참전했는지 수수께끼가 많다.

아직 소동이 숨어 있을 것 같아서 조금 불길한 느낌이란 말이지.

"상품은 여기 있어요. 확인해 주세요."

"개봉해서 확인해도 되나?"

"네, 괜찮아요."

쥐 수인의 말에 고개를 끄덕였다.

처음 오는 가게라면 품질이 신경 쓰일 테니까.

"―좋은 물건이네."

"네가 알 수 있어?"

아무래도 상품은 마음에 든 모양이다.

"무기 정비도 필요하신가요?"

"괜찮아?"

"이 시간에는 여유가 있으니까요."

노나 씨에게 받은 금속제 검을 숫돌로 가볍게 갈고, 마지막에 기름을 얇게 바른 뒤 절삭력을 확인했다.

"너도 맡겨보지 그래?"

"내 지팡이는 흔한 잡화점에서 정비할 수 있는 게 아냐."

쥐 수인이 가진 지팡이는 군용 불 지팡이니까, 그녀의 말은 옳았다.

"젊은 나리라면 할 수 있을 것 같은데."

"됐다니까."

나는 정비도 할 수 있고 새로 만들 수도 있지만, 본인이 생각이 없다면 강요하진 않는다.

"다음에 마음이 내키면 보여주세요."

일단 립서비스로 말하고, 싸우기 직전의 난폭한 어조로 사양하지 않고 대화를 나누는 사이좋은 2인조를 배웅했다.

"저런 식인데 괜찮을까요?"

"괜찮아."

걱정스러워 보이는 로로에게 말해줬다.

꽤 마음이 맞는 것 같단 말이지.

◆

"차를 타왔어요."

"고마워, 로로."

로로가 차랑 간식을 가져와줬다.

손님이 한 번 끊어졌기 때문에, 가게는 리자에게 맡기고 우리는 백 야드에 들어와 휴식 중이었다.

"나중에 리자한테도 가져다주자."

"그쪽에는 루루 씨가 가져갔어요."

역시 루루. 배려가 틈이 없어.

"로로, 면접하는 점원 후보의 설명을 할 테니까 앉아봐."

아리사가 지원한 점원 후보 일람을 보여주면서 설명하기 시작했다.

"생각보다 적네요."

"문제가 있을 법한 사람은 쳐냈지."

공간 마법을 쓰는 낌새가 있었으니, 멀리 보기나 멀리 듣기 마법으로 지원자의 신변 조사를 했을지도 모른다.

"그래도 모두 면접을 보기에는 많으니까, 조금 더 줄이자."

모집하는 곳이 인간족인 로로가 경영하는 용사 상점인 탓인지, 보기 드물게 인간족의 지원이 많다.

"유망해 보이는 사람은 여기. 경호원을 겸한 사람이 몇 명 필요하니까, 전직 모험가도 넣었어."

"사토 씨, 사토 씨는 어떤 사람이 좋다고 생각하세요?"

"스톱! 용사 상점의 점장은 로로니까, 처음부터 주인님을 의지하는 게 아니라 스스로 고르세요."

"……네, 죄송합니다."

아리사에게 혼난 로로가 고생하면서 면접할 지원자를 골랐다.

"다음은 공장이나 공방의 연계에 대해서야."

내가 만들고 있는 보존식이나 아이템을 외주 제작으로 맡기기 위해서다.

아리사가 내민 리스트를 본 로로가 당황한 표정을 지었다.

"저, 저기 아리사, 부탁하고 있던 루지브 씨의 공장이나 톤페리 씨의 공방이 안 들어가 있어요."

"아~ 그거 말인데."

아리사가 말하기 어려워 보인다.

"공장은 망하고, 공방은 간판이 바뀌었어. 둘 다 새로운 사람이 하고 있어서, 지금은 고르고르 상회란 곳의 산하 같아."

고르고르 상회는 요새도시 아카티아에서 수위를 다투는 커다란 가게다.

"아는 사람이 하던 곳이니?"

"네, 용사 상점의 선선대— 할머님이 가깝게 지내시던 분들인데, 선대인 어머니가 자주 신세를 졌어요."

"옛날에는 장사를 크게 했었어?"

"할머님이 살아 있을 무렵은 수많은 사람을 고용해서, 점포를 여러 개 냈었어요. 어머니 대에 여러 가지 일이 있어서, 지금의 용사 상점이……."

로로의 어머니에게 상재가 없었거나, 재산을 털어가면서 무언가를 하느라 규모가 축소된 거겠지.

지금 있는 용사 상점 점포는 초대가 처음에 연 기념 점포로서 마지막까지 남았다고 한다.

"흐~응? 그러면, 로로는 용사 상점을 옛날처럼 크게 만들고 싶어?"

"간단하지 않다고 생각하지만요……."

로로가 조금 고개를 숙인 다음에 고개를 들었다.

"그 시절처럼 되면 좋겠다고 생각할 때도 있어요."

로로가 옛날을 그리워하며 희미하게 미소를 지었다.

"그러면, 하면 되잖아?"

"제가 할 수 있을까요?"

로로가 기대를 담아 아리사와 나를 보았다.

"할 수 있어. 그치? 주인님."

"으음. 다행히 손님도 순조롭게 늘고 있으니까 지금의 매상이라면, 일손만 확보하면 점포를 늘려도 문제없어."

오히려 지금 용사 상점의 좁은 점포에서는 바쁜 시간에 손님을 다 받지 못하니까.

"규모를 늘릴 거면 점원을 늘리기만 하는 게 아니라, 로로 아래서 전체를 통괄할 지배인 같은 사람과 회계를 전문으로 담당하는 사람이 있어야겠어."

"그건 사토 씨나 아리사가—."

"우리는 안 돼. 언제까지 여기 있을지 모르니까."

"—그렇, 겠죠. 여러분은 모험가니까요……."

아리사가 딱 잘라 말하자 로로가 굳었다.

"처음에 말했었는데, 저도 참…… 언제까지나 함께 있을 수 있다고 생각해 버렸어요."

로로가 어색한 웃음을 지으며 말했다.

당장이라도 울 것 같았다.

"금방 가버리는 건 아냐."

나는 풀이 죽은 로로를 끌어안고서, 상냥하게 위로해줬다.

아리사가 입을 벙긋거리며 「바·람·둥·이」라고 말했지만, 그런 의도는 전혀 없다. 루루와 꼭 닮았으니까, 그만 루루를 상대할 때처럼 대해버리는 것뿐이다.

"하지만, 언젠가는 가버리는 거죠."

"……그렇지."

거짓말을 해도 어쩔 수 없으니 솔직하게 대답했다.

"우리들이 있는 사이에, 용사 상점의 새로운 중추 멤버를 찾으면 돼."

"……네."

로로가 내 가슴에 고개를 묻으면서 수긍했다.

"주인님— 왜 그러세요? 로로 씨."

점포에서 돌아온 루루가 로로의 모습을 보고 놀라 달려왔다.

"아무것도 아니에요. 괜찮아요."

루루가 걱정하는 모습을 본 로로가 한껏 웃음을 짓고 억지로 기운을 냈다.

아리사가 손뼉을 파앙 쳐서 분위기를 강제로 바꾸었다.

"일단 인재 확보와 규모 확대는 앞으로 진행한다 치고, 외주할 곳을 선정해버리자—."

아리사가 연계할 곳 리스트를 테이블에 펼치고, 눈물을 닦은 로로가 나랑 아리사의 조언을 받으며 외주처를 골랐다.

◆

리자와 가게 보기를 교대하고, 취미인 공작을 하면서 손님을 기다리는데 문이 열렸다.

대마녀의 제자를 자칭하는 티아 씨가 찾아왔다. 그녀의 정체는 요새도시를 다스리는 대마녀 아카티아 본인이다.

티아 씨는 두리번두리번 가게 안을 둘러보며 살금살금 다가왔다.

평소에는 활기차게 「로로 있어~?」 하고 말하며 들어오는 사람인데 희한하군.

"티아 씨 안녕하세요? 로로 불러올까요?"

내가 말을 걸자, 입술에 검지를 세우고 「쉬잇」 주의를 주었다.

아무래도 로로에겐 비밀인 용건인가 보다.

"펜 씨 상태는 어때?"

"계속 저런 느낌이에요."

나는 선반 위에서 잠든 새끼 늑대를 가리켰다.

"그래. 역시 한동안은 전력으로 여길 수는 없겠네."

티아 씨는 펜의 정체가 신수 펜릴이라는 것을 아는 몇 안 되는 사람이다.

"조금 비밀 이야기가 있어. 장소 바꾸지 않을래?"

"알겠어요."

나는 백 야드에 있던 나나에게 가게 보기를 부탁하고, 티아 씨와 함께 그녀의 안전가옥 중 하나로 이동했다.

"—이제, 됐어. 도청 방치 술식을 발동했으니까 누가 엿볼 걱정은 없어."

티아 씨가 챙이 넓은 모자를 모자걸이에 던지고 소파에 앉았다.

찰칵찰칵 소리를 내면서 리빙 돌이 과자와 주스를 가져다 줬다. 주스처럼 보였는데 용사 상점 특제 영양 보급제군.

티아 씨는 그것을 벌컥 들이켜더니 단숨에 마셨다.

"크으, 맛있다아. 요즘엔 이제 이게 없으면 하루가 시작되질 않아."

"즐겨 마셔주시니 감사합니다. 하지만, 용법 용량은 잘 지켜주세요."

"아, 알고 있어. 리미도 그랬으니까, 하루에 다섯 잔까지밖에 안 마셔."

"충분히 과음인데요."

"에이. 사토 씨까지 리미 같은 말을 하기는."

리미 씨라는 건 대마녀의 필두 제자인 모양이다.

"이걸 마시지 않으면 일을 못하니까 상관없잖아."

"그렇게 바쁘세요?"

빈 컵을 흔드는 티아 씨에게 물었다.

"통상 업무만으로도 빠듯한데, 요전 사건으로 일이 잔뜩 늘었어. 그리고, 소동을 일으키고 다니는 난처한 녀석도 있고."

"요전 사건이라면 언데드의 대군이나 상급 마족이 쳐들어온 건이군요."

"그래. 뒤처리로 고생이야."

"티아 씨는 그걸로 끝이라고 생각하나요?"

내 질문에 티아 씨가 지친 표정으로 고개를 옆으로 저었다.

"잔자산사— 언데드를 조종했던 사령술사가 모든 것을 꾸민 흑막이라면 얘기가 쉽겠지만, 그건 아니니까……."

"친한 분이었나요?"

"그럭저럭. 요즘에는 소원했지만, 우호적인 사이였어. 요새도시에 사령술사 길드를 만들 때 가장 열심히 일한 게 잔자산사였어. —그런 짓을 할 만한 사람은 아니었는데, 대체 무슨 일이 있었던 건지……."

티아 씨가 후반의 말을 혼잣말처럼 중얼거렸다.

그녀는 잔자산사를 믿고 있는 모양이지만, 나로서는 로로의 소꿉친구인 소년 사령술사 샤시 군을 조종하기 위해 그의 마음을 저주로 일그러뜨린 걸 알고 있어서 좀처럼 동의할 수가 없다.

그가 선인인지 아닌지는 제쳐두고, 이야기를 진행해야지.

“잔자산사는 마족과 무슨 연관이 있었나요?”

“들어본 적도 없어. 마왕 신봉자에게 부모가 살해당했다고 해서, 오히려 싫어하지 않았을까?”

“그러니까 마족을 조종하고 있던 누군가가, 잔자산사 씨를 조종하고 있었다?”

“그렇게까지 말할 수는 없지만, 흑막이 따로 있다고는 생각해.”

—흑막이라.

“뭐, 아무리 봐도 비장의 수 같았던 상급 마족이 쓰러졌으니, 더 수작을 부릴 거라고 생각은 안 하지만 말야.”

“마족은 그 뒤로 나타나지 않나요?”

“그래. 하급 마족은커녕, 종종 침입하던 소마족(임프)도 보이질 않게 됐어.”

나도 틈날 때 맵 검색을 해봤는데, 잔자산사 일 이후로는 요새 도시 부근이나 수해 미궁에서 마족을 보지 못했다.

“흑막의 노림수가 뭔지 알고 있나요?”

“그래. 아마도— 근데, 그건 비밀이야. 비밀은 아는 사람이 적을수록 안전하니까.”

그 의견에는 동감이다.

“한 가지만 확인하게 해주세요. 흑막이 노리는 게 마왕 부활 같은 건 아니겠죠?”

“그래. 아니야. 그것만은 단언할 수 있어.”

티아 씨가 확신을 가진 표정으로 말했다.

비밀이라고 한 것치고는 즉시 대답을 해주었다. 어쩌면 용사 나나시의 정체가 나라는 걸 눈치챘을지도 모른다.

"뭔가 도울 수 있는 일이 있다면 말해주세요."

"글쎄. 세계의 위기가 닥치면 부탁할게."

티아 씨가 농담을 했다.

—농담 맞죠?

이 세계는 생각보다 아무렇지도 않게 세계의 위기가 굴러다니니까 방심할 수가 없다.

지금은 각지에서 모은 정보로 그런 소문이나 전설은 못 들었으니까 괜찮을 거라고 생각하지만.

"그런데, 오늘 초청하신 용건은 방금 그 이야기인가요?"

"아니야. 로로랑 사이가 진전됐는지 확인하고 싶었어."

"진전이라뇨. 그런 이야기 자체가 없는데요."

티아 씨가 연애로 뇌가 가득 찬 소리를 한다.

몇 살이 되어도 여성은 사랑 이야기를 좋아하는구나. 뭐 남자도 좋아하는 사람은 좋아하지만.

"얼버무리지 마! 중요한 일이거든? 요새도시에는 그렇잖아도 인간족이 적다니까!"

티아 씨가 작은 소리로 「자연스럽게 비슷한 나이의 남자애를 파견해도 계속 반응이 없었다고」라고 중얼거렸다.

로로는 용사 상점을 경영하는데 필사적이라, 연애에 시간을 들일 여유가 없었을 뿐이라고 생각한다.

"로로가 그런 식으로 즐겁게 남자애랑 이야기하는 건 처음이었어! 사토 씨 정도로 아내가 많으면, 한 명쯤 더 늘어나도 상관없잖아? 와타리도 고향에 임신한 아내가 있는데도 이쪽에서 미미랑 아이를 만들었을 정도니까."

와타리— 아아, 로로랑 루루의 증조부 말이구나. 같은 용사라고 생각해서 똑같다고 생각하지 말았으면 좋겠는데.

"기다려 주세요. 루루랑 다른 애들은 아내가 아닙니다."

"어? 에이~."

티아 씨가 믿어주질 않네.

"정말입니다."

"그렇게나 서로를 죄다 안다는 식으로, 오래된 부부 같은 느낌인데?"

"누구랑 그렇다고 말하는 건지는 모르겠지만, 연애관계는 없습니다. 제가 사랑하는 상대는 달리 있어요."

보르에난 숲의 하이 엘프, 사랑스런 아제 씨 말고는 사랑할 생각 없다.

"내가 아는 사람?"

"아마, 전혀 모르는 사람일 겁니다."

"그래……. 놀이가 아니라면 아내가 여러 명 있어도 될 거라고 생각했는데, 안 되는구나~."

티아 씨가 책상에 머리를 박았다.

기대에 가득 찬 눈으로 힐끔거리며 이쪽을 보지 말아주세요.

로로랑 바람피울 생각은 없습니다.

"아~ 어떡하지. 사토 씨가 기준을 올려 버렸으니까, 같은 레벨의 사람을 찾는 게 너무 힘들어."

레벨이 312나 되니까.

농담은 관두고, 티아 씨는 로로의 결혼 활동으로 고민하고 있는 모양이다.

"그렇게 고민하지 않아도, 로로는 아직 열네 살이잖아요."

루루랑 같은 나이라고 생각했는데, 로로는 루루보다 한 살 어렸다.

"연령의 문제가 아냐. 로로는 잔뜩 아이를 낳아서 자손 번영을 해줘야 한다니까. 아니면, 나랑 바람 피워서 아이 만들어줄래?"

"매력적인 제안이지만, 이래봬도 일편단심입니다."

전반과 후반이 어떻게 이어지는 건지는 모르겠지만, 티아 씨랑 아이가 생길 일을 할 생각은 없다.

"나이가 신경 쓰여?"

"아뇨. 제 사랑도 연상이니까요."

심지어 1억살이다.

"하아, 어디에 좋은 남자가 떨어져 있지 않을까?"

그런 농담을 하면서 티아 씨가 두 잔째 영양제를 들이켰다.

어쩐지 분위기가 이상해졌으니 다른 화제를 꺼내자.

"잔자산사 씨 일로, 그가 조종하고 있던 소년 사령술사 말인데요—."

"샤시 말야? 로로의 소꿉친구."

내가 물어보자, 티아 씨가 근황을 알려주었다.

초보자 구역에 모험가가 피난할 수 있는 요새를 건설 중이라고 하는데, 거기서 사령술사의 기술을 써서 요새 안의 내장을 돕고 있다고 했다. 위험한 옥외 작업은 베테랑이 하고 있어서, 나름대로 배려를 해준 모양이다. 나중에 샤시의 어머니인 양초가게 주인아주머니에게 전해야지.

"초급 모험가의 사망률을 낮추기 위한 요새 건설도 중요하지만, 도시 외벽 수리는 더 큰 공사란 말이지~."

"도와드릴까요?"

"그건 기쁘지만— 역시 됐어. 방위상의 문제가 되는 장소는 먼저 처리했고, 빈곤층에게 일을 준다는 의미도 있으니까."

그렇군. 안전에 문제가 없다면 공공사업을 없애면 안 되겠지.

용사 상점의 사업 확장을 위해 조금 연줄을 빌리고 싶다고 하자, 생각보다 간단히 승낙해 주었다.

"괜찮아요?"

"로로를 위해서지? 그 정도는 얼마든지 도와줄게."

티아 씨가 로로에게 무른 건 알고 있었지만, 공적인 입장에서 편의를 봐줄 줄은 몰랐다.

이걸로 용사 상점의 새로운 중추 멤버가 모이겠군.

"혹시, 티아 씨가 로로의 어머니라거나?"

"—어머니? 아하하하. 어머니는 아냐. 물론 할머니도 아니야!"

티아 씨의 나이라면 증조모라는 패턴도 있을 법하지만, 괜한 말을 하지는 말자.

혈연이라는 건 부정하지 않았고, 나이가 떨어진 로로의 이모 정도로 생각해두면 될 거야.

티아 씨의 안전가옥에서 용사 상점으로 돌아오자—.

"밀회는 길티야!"

"응, 길티."

"사토 씨가, 바, 바람이라고요?!"

미아와 아리사가 바람 인정을 하고, 로로한테도 오해를 받았다.

"티아 씨하고라면, 저는—."

"오해야."

"그, 그래도……."

"괜찮아요, 로로 씨. 주인님은 오해를 받기 쉬워요."

루루 덕분에 어떻게든 로로의 오해는 풀렸지만, 아리사와 미아에게 바람 핀 벌로 주인니움 보충의 형벌에 처해지고 말았다.

승낙하자마자 기분 틀어진 게 나았으니, 분명히 처음부터 바람 피운 게 아니란 걸 알고 있었을 거야.

요즘 얼마 동안 로로랑 용사 상점에만 매달려 있느라 아리사랑 우리 애들 어리광을 안 받아줬으니까, 조금 쓸쓸했나 보네.

◆

오늘은 용사 상점 점원 모집의 지원자들을 로로와 같이 면접 진행했다.

여자애들의 지원이 많았던 탓인지 아리사와 미아가 참관인으로 동석했다.

“호우, 인간족 14세입니다. 뭐든지 할게요! 열심히 일할 테니까 고용해 주세요!”

“페페, 쥐 수인족 15세, 전직 모험가, 힘낼게.”

“시포, 개 수인족 16세, 점장이 하는 말 지킬게. 모험가 했었어.”

면접에서는 이름, 인종, 연령, 한 마디 어필을 듣게 되었는데—.

“소슈, 인간족 16세, 요리가 특기. 엄마도 할머니도 5명 이상 아이를 낳았으니까, 나도 기대해도 돼. 모험가는 적성에 안 맞았어.”

“코나라고 합니다. 인간족 15세입니다. 가사는 대강 다 할 수 있어요. 지참금은 필요 없으니까 얼른 시집가라는 말을 늘 듣고 있어요!”

—이런 느낌으로, 취직이 아니라 결혼 활동으로 착각하는 애가 여럿 왔다.

특히 인간족이 많다. 만남이 적은 곳이라서 그런 걸지도 모르지만, 아리사와 미아의 기분이 틀어지니까 그만 뒀으면 좋겠어.

“결혼 활동이랑 착각한 거라면 돌아가.”

“싫어~ 일도 제대로 한다니까.”

공공 교육기관이 없어서, 대부분의 애들이 존댓말을 못 쓴다.

서당 같은 사설 학원은 있지만, 요새도시의 인간족은 대부분 가난해서 그런 장소에 다닌 경험이 있는 건 로로 같은 일부 예외뿐이라고 한다.

한 차례 질의응답을 하고, 합격 여부는 나중에 알리기로 하면서 면접 참가자를 돌려보냈다.

“제대로 된 애가 적네. 로로는 어떤 애가 좋아?”

"저기, 호우 씨랑 페페 씨와 시포 씨가 좋다고 생각해요."

로로가 나를 올려다보았다.

"주인님의 반응을 보지 마! 스스로 정해!"

"네, 네에에! 호우 씨는 채용하면 된다고 생각해요! 페페 씨랑 시포 씨는—."

"그쪽 두 사람은 망설이는 느낌이야?"

"네. 페페 씨는 멍한 느낌이었고, 시포 씨는 주의력이 산만한 느낌이었으니까요."

질의응답을 할 때 아리사에게 주도권을 맡기고만 있어서 걱정이었지만, 제대로 봐야 할 부분은 보고 있었구나.

"그러면, 소슈랑 코나 쪽을 고용할래?"

결혼 활동으로 착각하는 느낌이라 신경 쓰이지만, 가사나 요리를 할 수 있는 건 높은 점수를 줄 수 있다.

"안 돼요!"

"안 되지."

"안 돼."

로로, 아리사, 미아 세 사람이 즉시 부정했다.

"주인님 주변에 나쁜 벌레를 둘 수는 없어."

"응."

아리사의 발언에, 로로와 미아가 끄덕끄덕 고개를 움직였다.

"그러면, 이번 채용은 두 사람을 하기로 했었는데, 호우를 본채용으로 하고, 페페랑 시포는 임시 채용해서 일하는 걸 보고 정할래?"

“기다려. 그럴 거면 세 명 다 임시 채용을 하는 편이 좋아. 충분히 일을 한다고 판단한 시점에서 본 채용으로 이행하면 되고, 3개월 정도 일하는 걸 보고 안 될 것 같으면 그 시점에서 계약을 종료하면 되지.”

“어느 쪽으로 할래?”

아리사의 안이 좋은 것 같지만, 점장으로서 로로의 성장을 촉진하기 위해 마지막 결단은 로로에게 돌렸다.

“그러니까…….”

로로가 내 표정을 훔쳐보았다.

“내 판단은 신경 안 써도 돼. 점장으로서 로로의 결단이 제일 중요하니까.”

의견을 내긴 하지만, 최종적인 결정권은 점장에게 있다.

“알겠어요. 아리사의 안으로 갈게요.”

“오~케이. 그러면 채용 합격 통지문은 이렇게 써. 불합격 통지는 내가 쓸 테니까, 그쪽은 맡길게.”

불합격 통지는 수가 많으니까, 아리사에게는 대상자의 이름만 부탁하고 다른 곳은 내가 필사 스킬을 써서 복사기 같은 속도로 양산했다. 참고로 아리사가 정한 불합격 통지 문장은, 이른바 「장래 기원 메일」 같은 구문이었다. 「취직할 때가 떠오르네」라면서 눈빛이 공허해졌다.

◆

"빗자루질 요령은 한 방향으로 하는 거예요."

"네, 루루 씨."

"유생체의 취급은 신중히 해야 한다고 고합니다."

"새끼 늑대 귀엽다~."

"걸레로 바닥을 닦을 때는 꼬옥 짜는 거예요."

"응, 알았어."

동료들이 임시 채용된 아이들에게 통상 업무를 가르치고 있었다.

아니, 나나는 다른 거구나.

"상품을 내오는 건 로로 점장이나 사토 씨한테 물어보면 되는 거구나."

"그래. 주인님한테 손대는 건 금지야."

"그래그래, 알아요 안다니까."

"선배, 귀여워. 뭐가 어디에 있어?"

"여기, 맛있어."

"여기, 좋은 냄새."

"여기, 땡땡이."

햄스터 꼬마들은 참고하지 말도록.

"마법약은 여기 바닥 아래 수납장에 넣을 것. 병은 쉽게 깨지니까 조심해서 취급해."

"그래~ 이거 하나가 며칠 분량의 급료랑 같은 금액이니까."

"히엑, 조, 조심할게. 신중하게 조심할게."

아리사가 겁을 준 탓에, 개 수인 시포가 꼬리를 다리 사이로 감추었다.

"그러면, 괜찮을 것 같으니까, 우리는 미궁에 다녀올게."

"조심해서 다녀와라."

""""네~에."""" "인 거예요!"

동료들을 배웅한 다음, 일의 로테이션을 로로가 설명했다.

내가 손이 좀 비었으니, 그 동안 상품 보충을 해둬야겠군.

저녁이 다가와 가게에 손님이 늘기 시작해서 점포 쪽으로 이동했다.

"이제 곧 손님이 늘어날 시간이에요. 손님이 계속 오면 조바심이 날 수도 있지만, 차분하게 한 명씩 정성 들여서 대응해 주세요. 그래도 처리가 안 되면, 저랑 사토 씨가 도울 테니까 당황하지 마세요."

로로가 점원들에게 말하는 걸 엿듣기 스킬이 포착했다.

"그러면, 나는 지원에 전념할게."

"네. 오늘은 새로 들어온 여러분이 경험을 쌓아야 한다고 생각해요."

여유가 있는 로로에 비해, 신입 점원들은 긴장해서 딱딱하다.

"사토 씨."

로로가 귓속말을 했다.

"아리사가 『신입이 긴장하면 엉덩이라도 한 번 만져서 긴장을 풀어줘』라고 했는데요. 하는 편이 좋을까요?"

"안 해도 돼."

정말이지, 아리사답다고 하면 아리사답지만 성희롱은 안 된다고.

그런 대화를 하고 있는데 손님이 들어왔다.

단골인 늑대 수인 모험가다.

"오, 새로운 애야? 털이 귀엽구나. 나랑 사귈래?"

"업무 아냐. 거절할래."

"매정하구나~. 로로, 늘 사던 거 부탁해. 타우로스 육포도 3개 주고."

"네, 키코코 씨. 2번 미식 20개랑 길잡이 양초 10개랑 벌레 퇴치제 세 다발 준비해 주세요."

로로에게 지시를 받은 신입들과 햄스터 꼬마들이 상품을 준비했다.

계산은 로로에게 배우면서 호우가 조견표랑 계산자를 써서 계산하고, 조심조심 대금을 받아 거스름돈을 돌려주었다.

"자, 이건 신입들한테 선물이다."

늑대 수인 모험가가 말하더니, 여분으로 산 타우로스 육포를 하나씩 신입의 입에 물려주고 가버렸다.

"좋은 사람. 또 와."

"맛나."

"수인이 친절하게 대해준 거 처음이야."

시포와 페페가 육포를 우물우물 먹고, 인간족인 호우는 어쩐지 깜짝 놀라고 있었다.

"이 가게 손님은 인간족을 『털이 없다』는 멸칭으로 부르는 사람이 거의 없으니까요."

로로가 말하며 자랑했다.

"로로, 마력 회복약이랑 독충용 해독제, 그리고 맛있는 보존식을 다섯 끼 분량 줘. 가장 싼 거면 돼."

"젊은 나리, 검 손질해줘. 그리고 늘 사던 거."

방금 전의 늑대 수인을 시작으로, 단골손님들이 차례차례 찾아왔다.

단골들은 「늘 사던 거」로 떼우는 경우가 많으니까, 로로가 단골의 이름과 언제나 어떤 상품을 사는지 가르쳐주고 있었다.

아무래도 이름과 조합해서 갑자기 외울 수는 없을 테니까, 당분간 이름을 기억하는 것부터 해야 할까?

"로로는 가르치는 게 익숙하구나."

"언제나 애들한테 가르치고 있으니까요."

"로로, 잘해?"

"로로, 맡겨줘."

"로로, 칭찬해줘."

로로가 햄스터 꼬마들의 머리를 쓰다듬으면서 이유를 가르쳐주었다.

"점장~! 사토 씨~! 도와줘~!"

어이쿠. 놀고 있을 때가 아니었지.

저녁은 아침 정도는 아니라지만 꽤 바쁘니까, 나도 열심히 3인분 정도 일을 해야지.

일이 끝났을 무렵에는 신입 세 명이 파김치가 됐지만, 맛있는 걸 잔뜩 준비해서 환영회를 한다고 했더니 곧장 기운을 차렸다.

"타우로스 고기 처음이야."
"로로 점장도 사토 씨도 좋은 사람."
"이렇게 맛있는 요리를 먹어서 행복해요."
그런 감상을 들은 것은 처음뿐이다. 자유롭게 더 먹어도 된다는 말을 들은 세 사람이 노호 같은 기세로 입 안에 요리를 넣기 시작해서, 푸드 파이트 대회장 같은 느낌이 되어 버렸다.
그래도 아인 소녀들의 식욕에 비교하면 귀여운 수준이다. 요리가 꽤 남아 버려서, 용기에 담아 선물로 들려 돌려보내기로 했다.
"평생 점장 따라갈래."
"내일 아침도 맛있는 요리."
"고맙습니다! 가족에게도 먹여줄 수 있어요."
선물을 받은 세 사람이 감격해서 빙글빙글 춤을 추었다.
어지간히도 기뻤나 보다. 또 잔뜩 요리를 만들면 나눠줘야겠군.

◆

신입 점원을 고용하고서 사흘이 지나고, 바쁜 시간대 말고는 신입 점원들끼리 돌릴 수 있게 되었다.
이제 조금 취미인 공작을 할 수 있을 거라 생각한 것도 잠시, 초대하지도 않은 트러블 씨가 찾아왔다.
"뭐라고오~! 이 가게는 불량품을 팔고서, 손님한테 트집을 잡는 거냐!"
노성을 듣고서 점포로 가자, 신입 점원 호우에게 소리치는 험

상궂은 수인들이 있었다.

척 보기에도 「양아치입니다」라고 말하는 패션이었다. 이 도시에 찾아온 처음에는 판별 못했을지도 모르지만, 지금이라면 잘 알 수 있었다.

"트집은 그만 잡아."

페페가 반론하고, 시포가 호우를 등 뒤로 감쌌다.

평소에는 선반 위에서 자고 있는 새끼 늑대 모드 펜도, 카운터로 이동해서 부동의 자세로 으르렁거리고 있었다.

"무슨 문제라도 있으신가요?"

일촉즉발의 상태기에 온화한 목소리로 끼어들었다.

"문제라고? —아아주 많다아아아아아!"

양아치가 카운터 위에 놓은 물건을 팔로 쓸어냈다.

"—엿차."

나는 카운터에서 밀려나 떨어지는 상품을 재빨리 공중에서 회수했다.

일부러 부수게 해서 관헌에 보내 버리는 것도 생각했지만, 기껏 만든 상품을 이런 녀석이 부수는 건 싸증나니까.

"사토 씨, 굉장해."

"엄청 빨라."

시포와 페페가 칭찬해 주었다.

나는 피해가 늘어나지 않도록, 카운터 밖으로 이동했다.

"방금 전에 불량품이라고 하는 게 들렸습니다만?"

"아~ 그래 맞아! 이 마법약을 마셨는데, 효과가 전혀 없었다!"

남자가 뻔뻔스레 보여준 것은 모험가 길드나 다른 점포에서 일반적으로 판매하고 있는 마법약 병이었다. 용사 상점에서 파는 병이 아니다.

"이건 저희들이 파는 마법약이 아니군요."

"뭐라고? 발뺌할 셈이냐!"

필사적으로 외친 나머지 침이 튀기에, 카운터에 있던 쟁반으로 가드했다. 나중에 소독해야지.

"발뺌하는 게 아닙니다. 이것이 용사 상점의 마법약인데, 이렇게 병 바닥에 표식이 있고, 개봉한 걸 알 수 있는 구조로 되어 있습니다."

표식은 히라가나인 「ゆ」를 동그라미로 감싼 거다. 뚜껑 구조는 PET병 뚜껑을 흉내 냈다. 수해 미궁 고유소재로 생각보다 간단히 만들 수 있었으니, 에치고야 상회에도 퍼뜨릴 생각이었다.

"시끄럽다아아아아! 그딴 건 됐으니까 민폐료를 내라고, 이자식아아아아아아아!"

남자가 기세로 밀어붙이고자 무서운 표정으로 외쳤다.

신입 점원들이 무서워하니까 그만 좀 하시죠.

펜이 크르르 소리에 위압 스킬을 담았다.

"—히엑!"

효과가 절대적이라서, 남자들이 겁을 먹고 뒤로 물러났다.

"혀, 형니임!"

"오늘은 그만 둡시다."

"머, 멍청한 녀석! 실패하면 내일부터 벽의 허름한 오두막에서 살아야 한다고!"

남자들이 소근거리며 다투는 것을 엿듣기 스킬이 포착했다.

—실패?

그들은 누군가에게 명령을 받아 시비를 걸러 온 건가?

"우오오오! 나는 한다아아아아아!"

자포자기가 된 형님이라고 불린 남자가 주먹을 치켜들고 카운터로 다가왔다.

""꺄아아아!""

"사토 씨!"

신입들의 비명을 BGM 삼아서, 남자의 주먹이 내 볼에 다가왔다.

교과서 같은 텔레폰 펀치기에, 아슬아슬한 위치에서 받아 흘리고 그대로 부하 두 사람 쪽으로 던져버렸다. 손목을 비틀기만 해서 날려버린 것은 격투 스킬과 말도 안 되는 근력치 덕분일 거야.

구에엑! 개구리 울음 소리 같은 비명을 지르고 눈이 핑핑 돌아가고 있는 남자들을 휙휙휙 가게 밖으로 던졌다. 이러면 도망치겠지.

남자들이 신경 쓰이는 말을 했으니, 마커를 날고서 공간 마법 「멀리 보기」와 「멀리 듣기」를 형님이라고 불린 남자에게 써서 추적했다. 잠시 동료들의 상황이 안 보이는 게 걱정이지만, 아이들의 홀로서기를 위해서도 참아야지.

"사토 씨, 고마워."

"사토 씨 강하구나."

"응, 모험가 같아."

"나는 이래봬도 모험가야."

은호급 모험가증을 보여주자, 신입 점원들이 존경의 눈으로 보았다.

나는 카운터 위에 앉아 있는 새끼 늑대 모드의 펜을 선반 위로 돌려놓고서 작은 소리로 감사했다.

"방금 전에는 신입들을 지켜줘서 고마워."

『로로의 무리를 지켰을 뿐이다.』

펜이 염화 같은 걸로 나에게 대답했다. 참으로 늑대다운 말이었다.

남자들이 어지럽힌 가게 안의 청소와 가게 보기를 신입 점원들에게 맡기고, 나는 백 야드로 돌아왔다.

잠시 중단하고 있던 작업을 하고 있는데, 남자들이 아지트 같은 장소에 돌아가서 다투기 시작했다.

『돌아와버렸는데, 괜찮은 걸까요?』

『그래. 지고코 두목 조직 사람이 도우러 들어올 때까지 시비를 건다고 했었는데.』

『알고 있다! 가게를 보는 애송이가 그렇게 강할 줄은 몰랐지!』

인물 이름이 나왔기에 검색해보니, 뒤쪽 마을에 있는 구성원 30명 정도의 반사회 조직 보스라는 걸 알아냈다.

맵 검색을 하니까, 그 구성원 중 한 명이 용사 상점 근처에 있었다. 광점의 움직임을 추적하자, 용사 상점에 들어가서 당황한 움직임을 보인 다음에 금방 가게를 나서서 길을 빠르게 걸어갔다. 방향을 보니 조직 거점으로 돌아가는 거겠지.

그렇군. 자작극으로 은혜를 입히려 하다가 실패한 거구나.

『형니임. 우리는 어떻게 되는 거유?』

『어떻게든 일을 끝까지 해야지! 마누라랑 애들을 배불리 먹여 주고 싶잖아!』

『그렇긴 한데~ 그 녀석 이상하게 강했고, 이상하게 박력이 있는 강아지도 있고…….』

『기합을 넣어라! 애들한테 제대로 된 옷을 입혀주고 싶다고 말을 했었잖아!』

『일거리만 있으면, 이런 짓은…….』

『어쩔 수 없잖아! 우리는 모험가가 되질 못했다고.』

『첫날에 크게 다쳐서, 죽을뻔했으니까…….』

그들은 모험가가 되고 싶었나 보군.

용사 상점이 공장을 가지게 되면, 이런 전직 모험가도 고용 대상으로 삼아서 범죄에 이용당하는 사람들을 줄여가고 싶다.

이제 그만 아까 전의 구성원이 조직의 거점에 도착할 것 같기에, 지고코라는 인물에게「멀리 보기」와「멀리 듣기」의 타깃을 변경했다.

『두목,「털 없는 녀석」이 돌아왔습니다.』

『벌써 끝난 거냐?』

『아뇨, 아무래도 실패한 모양이라…….』

『역시,「털 없는 녀석」은「털 없는 녀석」이군. 기껏 써줬더니, 무능한 자식이야.』

아까 가게에 온 건 인간족의 구성원이었나 보다.

금방 그 인물이 끌려왔다. 기생오래비 같은 패션이지만, 그렇게 잘 생긴 것도 아니다.

『두, 두목! 기다려 주세요! 용사 상점에서 소동 따위 일어나질 않았습니다.』

『뭐라고오오? 부부이 자식, 튀었다는 거냐? —이봐.』

『네.』

대기하고 있던 한 명이 거점을 나서서 어딘가로 갔다.

아마, 아까 소동을 일으킨 세 명을 연행하러 간 거겠지.

『너희들은 부부이 자식이 올 때까지 가서 기다려라.』

지고코 두목이 측근 말고 다른 구성원을 물렸다.

『다른 토지 매입은 진행되고 있냐?』

『네. 협박을 해도 팔지 않는 녀석은, 전직 모험가들을 시켜 납치를 해서라도 서명을 받았습니다.』

요 근처에 그런 일이 진행되고 있었나?

인사는 하지만, 그다지 오래 이야기하지를 않으니까 몰랐다.

아닌가? 우리가 용사 상점에 왔을 무렵에는 양 옆이 빈 집이었고, 길거리 주민 자체가 적었으니까 토지 매입은 꽤 전부터 진행되고 있었을지도 모르겠군.

『그래. 고르고르 상회에서 재촉을 하고 있다.』

—고르고르 상회?

고르고르 상회라면— 그래, 용사 상점의 말 수인 연금술사를 빼간 그 상회다.

어쩌면, 그것도 토지 매입의 일환이었던 걸까?

『모험가 단골이 많은 용사 상점은 힘으로 밀어붙이면 수지가 안 맞으니까.』

『예전에 한산했던 때랑 달라서, 지금은 은호급이나 금사자급 모험가까지 단골이 되어 있으니까요.』

『정말이지, 말 자식 다음에 들어온 펜다라인지 뭔지 하는 녀석들 때문에 일이 귀찮아졌다.』

우리 이야기인가?

『대마녀의 제자도 드나드는 것 같으니, 신중하게 진행합시다.』

『어쩔 수 없구만. 고위 모험가가 쳐들어오면, 저항할 틈도 없이 당해버릴 테니까.』

『놈들은 괴물이니까요. 정면으로 싸우는 건 어리석은 짓입니다.』

『그렇지. 토지 매입이 끝난 다음에 만들 환락가는 우리가 뒤에서 조종한다는 계약을 했으니, 신중하게 진행을 하자구.』

『예입. 두목.』

그렇군, 그걸 위해 토지 매입을 하는구나.

이 대화는 「녹화」랑 「녹음」 마법으로 기록했으니, 나중에 고르고르 상회 쪽의 증거를 확보해서 티아 씨한테 맡겨야겠다. 로로를 위해서라면 기꺼이 힘을 써줄 테니까.

그리고 이틀이 지났다.

그 뒤로 요전의 3인조가 다섯 번 정도 시비를 걸러 왔지만, 금방 돌려보냈으니 반사회 조직의 속셈은 진행되지 않았다.

그 3인조는 악당이 적성에 안 맞아서, 용사 상점 입구에 놓인 타마가 만든 모뉴먼트를 걷어차려다가 중간에 망설여서 넘어질 정도였다. 만약 부쉈으면 일이 심각해졌을 테니, 운도 좋은 것 같다.

"사토 씨랑 장보러 온 것도 오랜만이네요."

"최근에 심부름은 신입들에게 맡기는 일이 많으니까."

오늘은 로로랑 같이 시장에 장을 보러 왔다.

가게는 펜이 지키고 있고, 호위용 골렘들도 있다. 골렘들은 검을 뽑거나 점원에게 해를 끼치지 않는 한 움직이지 않으니, 아직은 나설 차례가 없었다.

"『털 없는 녀석』이 어슬렁거리지 마."

그런 생각을 하고 있는데, 갑자기 모험가 같은 호랑이 수인이 시비를 걸었다.

"이봐, 저 녀석 젊은 나리한테 시비를 거는데?"

"바보 아냐?"

"딴 데서 온 놈이겠지. 어느 쪽이 이길지 내기할래?"

"내기가 되겠냐?"

주위에 있는 모험가들과 시장 사람들이 속삭이는 소리를 엿듣기 스킬이 포착했다.

시비를 건 호랑이 수인에게도 들렸는지, 조금 신경 쓰는 기색을 보인 다음 내 멱살을 잡으려 했다.

—위기 감지.

눈앞의 호랑이 수인이 아니라 뒤에 있는 로로의 등 뒤에서다.

나는 앞으로 뻗은 호랑이 수인의 손을 붙잡는 것과 동시에 뒤로 돌아서, 로로를 내 등 뒤로 돌리듯 위치를 바꾸어, 노파 차림을 하고 마비독을 쓰는 쥐 수인에게 호랑이 수인을 내리쳤다.

쥐 수인 뒤에 있던 커다란 주머니를 가진 개 수인은 마비된 로로를 납치하는 역할이 틀림없다.

개 수인은 곧장 도망치고자 했지만, 주변 사람들이 즉시 움직여 포박해 주었다.

"로로를 납치하려고 하다니, 뻔뻔스런 자식이구만."

"그러게 말이다. 게다가 젊은 나리 앞에서라니, 기가 막힌 걸 넘어서 불쌍할 정도야."

나는 협력해준 사람들에게 감사를 하고, 범인을 넘겨받아 노점 사람들이 준 밧줄로 남자들을 묶었다.

어느샌가 로로나 우리들에게 우호적인 사람이 늘어난 것 같다.

순찰을 돌던 위병들이 지나가기에, 사기 스킬의 도움을 빌어 「지고코 조직에서 본 적이 있다」라고 전달해 두었다. 방금 전의 소동도 지고코의 부하가 멀리서 보고 있었으니까, 누명은 아닐 거야.

◆

"로로! 괜찮아?!"

그날 밤, 티아 씨가 뛰어 들어왔다.

낮의 소동을 들은 모양이다.

"티아 씨, 안녕하세요? 저는 괜찮아요. 사토 씨가 지켜줬으니까요."

"그래, 다행이야. 너한테 무슨 일이 생겼으면 어떡하나 했어."

티아 씨가 초췌한 느낌이기에 늘 먹는 영양 드링크를 내밀었다.

그녀는 그것을 받더니 내용물을 확인도 안 하고 쭉 들이켰다.

"하지만, 왜 노리는 사람이 있는 거야?"

"고르고르 상회가 이 일대 토지 매입을 꾸미는 모양이라서, 그들에게 의뢰를 받은 지고코 일가가 시비의 일환으로 공격한 모양입니다."

"고르고르 상회? 세이코를 뽑아간 상회구나. —증거는 있어?"

"유감이지만 물증은 없어요. 의뢰를 받았다고 지고코가 말하는 걸 몰래 숨어서 들었습니다만, 고르고르 상회가 시치미를 떼면 그걸로 끝이죠."

"그것도 그렇네. 그러면—"

티아 씨가 흉악한 빛을 눈에 깃들이면서 웃었다.

"—발뺌을 못하는 증거를 만들면 되지."

어쩐지 티아 씨가 무서운 말을 했다.

"리미."

"—여기 있습니다."

티아 씨가 누군가의 이름을 부르자, 한순간에 티아 씨랑 같은 의상을 입은 여성이 나타났다. 그녀는 대마녀 아카티아의 필두 제자로, 단거리 전이(숏레인지 리프)의 선천성(기프트) 스킬을 가지고 있다.

"지고코 일가를 뭉개버려. 지고코만 놓아주고. 고르고르 상회로 도망칠 때까지 몇 번이든 습격을 해야 된다?"

"알겠습니다."

작전을 들은 리미 씨가 그 자리에서 사라졌다.

“이제 됐어. 아침까지는 증거가 생길 테니까, 오늘 밤은 푹 자도 돼.”

“티, 티아 씨?”

티아 씨가 당황하는 로로의 머리를 얼버무리듯 한 번 쓰다듬고 용사 상점을 나섰다.

그녀가 붙여준 호위가 용사 상점 주위를 지켜보고 있으니 지고코 일가가 용사 상점을 습격하려고 해도 저지해줄 모양이다.

“사토 씨, 어떡하죠?”

“괜찮아. 뒷일은 티아 씨한테 맡기자.”

나는 그렇게 말하고, 발치에서 잠든 햄스터 꼬마들을 안아서 들어 침실로 옮겨주었다.

어디, 오늘 밤은 취미인 공작을 하면서 지고코 일가나 고르고르 상회의 파멸을 구경해볼까.

『두목! 습격이다!』

그날 심야에, 티아 씨가 파견한 부대의 제압이 시작됐다.

『젠장, 어디 사는 어느 놈이야!』

『모르겠어. 죄다 보통 놈들이 아냐. 두목은 구멍으로 얼른 도망쳐.』

『젠장, 금사자다! 저 녀석 금사자급 모험가야.』

제압 부대의 모험가들은 대드는 구성원을 손쉽게 처리했다.

오랜만에 이 세계의 목숨이 가볍다는 걸 재인식해버렸군.

『어째서 저런 고위 모험가가…….』

『너희들은 손대면 안 되는 곳에 손을 푹 집어넣었거든.』

로로를 접촉엄금(언터처블)처럼 취급하지 말아 주세요.

피투성이 제압극은 정신 대미지가 크니까, 도망친 지고코 쪽에 시선을 옮겨야겠다.

『두목, 어디로 도망칩니까?』

『벽 가까운 곳 안전가옥이다.』

지고코는 뒷골목을 빠져나가 목적한 장소에 도착했지만, 그곳은 이미 다른 제압부대가 점거하고 있었다.

『젠장, 여기도?』

『저기 있다! 추적해!』

『위험해. 여기는 나한테 맡기고 두목은 여자한테 가쇼.』

『알았다. 죽지 마라.』

따르던 부하를 두고서 지고코가 혼자 도망쳤다.

『미다미, 나다. 들여보내줘.』

『나리, 얼른 도망쳐. 여기는 놈들이—.』

『누가 있나? 있다! 지고코다!』

애인의 거처도 이미 들켜서, 궁지에 몰린 지코고는 뒷골목의 쓰레기장에 파고들어 도망쳤다.

『이렇게 되면, 고르고르 상회에 숨겨달라고 하는 수밖에 없군.』

티아 씨의 속셈대로 일이 진행될 것 같네.

지고코는 뒤를 신경 쓰면서 골목을 나아가, 추적자를 따돌리면서 고르고르 상회의 뒷문에 도착했다.

물론 티아 씨의 부하들이 놓친 행세를 하며 멀리서 감시하고 있었다.

『나다, 지고코다. 고르고르 나리를 만나게 해줘.』

뒷문의 틈으로 지고코의 말을 들은 사용인이 그 자리를 벗어나 지배인 같은 사람을 불러왔다.

『주인어른은 바쁘다. 어느 말 뼈다귀인지도 모르는 자를 만나지 않아.』

역시 내치나?

『괜찮겠나? 내가 순순히 잘려나갈 것 같아? 고르고르가 우리한테 시킨 일의 증거는 듬뿍 남겨뒀다. 나를 내치면, 고르고르도 길동무로 삼아주마.』

『……조금, 기다려라.』

지배인이 암살자 같은 냉혹한 목소리로 말하고, 고르고르 곁으로 확인하러 갔다.

나는 지고코에게서 지배인에게 멀리 보기와 멀리 듣기의 초점을 옮겼다.

『회장님, 지고코가—.』

지배인이 방금 전 얘기를 고르고르에게 전했다.

『주인의 손을 무는 개는 필요 없지. 선생을 창고로 불러라. 지고코는 거기서 처리한다.』

고르고르가 비서 여성과 함께 창고로 이동하자, 지배인이 데리고 온 지고코가 나타났다.

『—나리.』

『섣부른 짓을 한 모양이군, 지고코.』

『미안해. 용사 상점의 점주를 납치하려고 했을 뿐인데, 그렇게 많은 수가 동원될 줄은 몰랐어. 하지만, 이번에는 잘해볼게. 이번에는 간접적으로—.』

『필요 없다.』

『—어?』

『너에겐 이제 용건이 없어. 토지 매입은 다른 일가에게 맡기지.』

『나를 잘라내려고! 당신이 부탁한 토지 매입을 위해서 몇 명이나 죽였는지 알아?』

『그게 어떻다고? 하층민이 몇 명 죽든 상관없다. 환락가가 생기면 구석에 무연고 묘라도 만들어 공양해주지.』

상당한 악당인걸.

『그냥 당할 거라고 생각하지 마라!』

지고코가 허리의 단검을 뽑아 고르고르에게 덤벼들었지만, 창고에 있던 모험가 출신 검사가 순식간에 단검을 튕겨내 무력화했다. 그가 「선생」이겠지.

『넌 이제 볼 일이 없어. 선생, 잘 부탁하지.』

선생이 말없이 고개를 끄덕이고, 역수로 쥔 검을 지고코의 등에 들었다.

『—멈추시지!』

어디선가 들은 목소리와 동시에, 발치에서 돋아난 흙의 가시가 사람들을 구속했다.

선생만 첫 일격을 벗어났지만, 추적해오는 흙의 가시를 모두 처리하지 못하고 포박되어 버렸다.

『너는 티아! 대마녀님의 제자가 어째서 선량한 시민을 구속하는 거냐!』

『방귀 뀐 놈이 성낸다더니…….』

어이쿠, 티아 씨가 직접 쳐들어갈 줄은 몰랐네.

분명히 다른 제자에게 맡길 줄 알았는데.

『당신들의 악행은 전부 내가 들었어. 고르고르 상회는 폐업하고 재산 몰수. 당신들은 광장에서 공개처형. 악행에 가담한 상회원은 죄의 무거움에 따라 벌을 정하겠어.』

『어째서냐! 나는 토지 매입을 명했을 뿐이다. 직접 악행을 한 것은, 저기 있는 지고코다!』

『당신 바보야? 악행을 교사했으면, 악행을 한 거나 마찬가지야.』

『증거는?! 어디에 내가 교사했다는 증거가 있지?』

『내가 들었어. 그게 증거야.』

『말도 안 된다! 그런 횡포는 들어본 적이 없다! 대마녀님에게 고소해주지.』

『—고소해? 누구에게 하는 말이야?』

티아 씨가 용사 상점에서는 절대 보이지 않는 냉혹한 눈으로 고르고르를 내려다보았다.

『서, 설마 너— 당신은!』

고르고르가 티아 씨의 정체를 깨달아 버렸나보군.

『수다는 끝이야. —데려 가렴.』

어느샌가 창고에 나타난 티아 씨의 부하가 고르고르 일행을 연

행했다.

『이걸로 이번 사건은 종결, 이네.』

티아 씨가 **이쪽을 향해서** 윙크를 했다.

아무래도, 엿보고 있는 걸 진작에 들킨 모양이다.

역시 대마녀님인걸.

◆

"—저, 저기, 어째서 이렇게 된 걸까요?"

"민폐료 대신이래."

망해버린 고르고르 상회의 상점과 공장이 전부 용사 상점으로 흘러 들어왔다.

고르고르 상회가 토지 매입을 한 토지도 희망자는 반환을 받았지만, 이미 새로운 생활을 시작한 자들은 대가로 금전을 받았다. 그렇게 남게 된 토지의 소유권이 흘러 들어왔다.

형식으로는 경매에 내놓은 여러 상점이나 공장과 창고를 용사 상점이 낙찰한 형태였다. 낙찰에 필요한 사금은 내가 빌려줬다. 아무래도 동화가 부족하기에, 스토리지에 사장되어 있던 구리 괴로 지불했다.

『이런 대규모 거래 때는 귀찮네. 어째서 요새도시는 동화밖에 못 쓰는 걸까?』

『구리 말고는 안정적으로 얻을 수가 없어서 그래.』

거래할 때 아리사가 흘린 불평에 티아 씨가 반응하여 가르쳐

주었다.

수해 미궁에 고순도 동광석을 흘리는 마물이 있는 것과, 요새 도시에는 고대의 조폐 시스템이 있는 것 때문에 동화가 통화로 운용되는 모양이다.

그 조폐 시스템은 기동 코스트가 이상하게 큰 대신, 한 번 기동하면 굉장한 수의 동화를 한 번에 만들 수 있어서 효율을 고려한 결과 동화 온리가 됐다고 한다. 그리고 화폐를 외국에서 입수하는 것은 통치자로서 여러모로 안 좋으니까.

"다행이네요, 로로 씨."

"그러게~. 선선대 무렵에 필적하는 규모가 된 거 아냐?"

루루랑 아리사가 말한 것처럼, 뜻하지 않게 로로의 희망대로 용사 상점의 규모가 확대됐다.

당연하지만 점주와 점원 네 명으로 운영될 리 없다. 동료들이 도와줘도 일손이 모자라니, 얼마간 티아 씨가 말해둔 상업 길드에서 사람을 빌려 어떻게든 운영하는 형태가 되었다.

"사토 씨, 오늘부터 잘 부탁해."

"사원 기숙사 문은 늘 열어둘 테니까, 언제든지 덮치러 와. 기다릴게."

지난번 면접에서 탈락한 애들을 급거 임시 채용했는데, 조금 성급했을지도 모른다.

"로로 있어~?"

추가 점원과 인사를 하고 있는데, 티아 씨가 평소 같은 어조로 나타났다.

오늘은 뒤에 몇 명 데리고 왔다.

“혹시, 부탁했던 사람들인가요?”

“그래, 로로는—.”

“루지브 씨! 톤페리 씨도!”

가게 앞에 모습을 드러낸 로로가 티아 씨 뒤에 있는 노인들을 보고 기쁜 소리를 냈다.

이름을 들어본 적이 있다. 분명히, 선선대— 로로의 할머니가 가깝게 지냈다는 공장주와 공방주였지?

“그렇게 조그맣던 로로가 어엿해졌구나.”

“멍청한 녀석. 이제부터는 우리들의 고용주잖아. 로로가 아니라 로로 점장이지!”

“그렇지 참. 이거 너무 그리워서 그만…….”

두 사람과 로로가 우의를 다졌다.

“저기, 이제 슬슬 저희들도—.”

“아아, 그랬었지. 로로 점장, 너희 어머니 가게를 관두고 시골에 돌아갔던 지배인 토반도 있어. 놀랍게도 아내도 따라왔지.”

전직 공장주 루지브 노인이, 뒤에 있던 중년 노움과 어린 소녀를 앞으로 보냈다. 어린 소녀로 보인 것은 집 요정 브라우니다. 토반 씨는 겉모습 때문에 중년 노움이라고 표현했지만, 실제 나이는 앞의 노인 두 사람보다 고령이었다.

“오랜만이군요, 로로 씨.”

“토반 아저씨! 와~ 아저씨다!”

로로가 어린아이 같은 어조로 팔짝 뛰며 기뻐했다.

"이쪽은 제 처인 아에키키입니다."

"—처, 처? 이 애가 말인가요?"

로로가 어린 소녀로 보이는 브라우니를 보고 놀란 소리를 흘렸다.

"처음 뵙겠습니다, 로로 점장. 이래봬도 성인 연령을 넘었으니까 안심하세요."

아에키키 씨는 자기 겉모습에 놀란 소리를 흘리는 로로에게 보충설명을 했다. 그리고 그녀의 실제 연령을 생각하면 「성인 연령을 넘었다」는 상당히 얌전한 표현이지만, 일부러 언급할 필요는 없으니 나는 입을 다물었다.

"전에 있던 브라이헤임의 상회에서는 회계처리를 담당하고 있었으니, 조금은 도움이 될 거라 생각합니다."

"브라이헤임이라면, 토반의 고향 아닌가? 무슨 실수라도 해서 쫓겨났냐?"

"아니요. 머리가 굳은 바보 같은 부모가, 저랑 아에키키 사이를 인정해주질 않기에 뛰쳐나왔어요."

"뭐야, 나이도 먹을 만큼 먹고서 사랑의 도피야?"

"아 냅두세요."

오랜 친구가 놀리자 노움이 토라진 소리를 냈다.

내 기억이 분명하다면 노움과 브라우니 사이에서는 아이가 생기지 않을 테니까, 보수적인 노움의 마을에서는 받아들일 수 없는 결혼이었을 거라고 생각한다. 사람 목숨이 덧없는 세계니까 현대 일본보다도 그런 부분은 엄격한 걸지도 모르지.

"이 네 사람은 뒷조사를 다 했으니까 안심해. 로로의 할머니나 어머니하고도 잘 지냈고, 괜찮을 거라고 생각해. 톤페리는 인맥도 넓고, 기술자 관계는 맡겨도 될 거야.”

“정말 고맙습니다, 티아 씨.”

지금 본 바로는 로로하고 사이도 좋아 보인다.

나 대신 로로를 지탱해줄 지배인에 토반 씨, 아리사 대신 회계를 봐줄 아에키키 씨, 공장을 맡길 수 있는 루지브 노인, 기술자 인맥이 넓다는 톤페리 노인, 로로를 정점으로 이 네 사람이 용사 상점의 새로운 체제를 구축해주겠지.

“사토 씨, 어쩐지 사람이 잔뜩 늘었어요.”

“그렇네. 호우랑 점원들은 선배로서 새로 들어온 점원들을 잘 가르쳐줘야 한다.”

긴장하는 호우에게 말하고, 로로의 소개로 새로운 간부들과 교류를 했다.

나는 일에 익숙해진 호우 일행 세 사람과 협력하여 새로운 점원들을 교육하고, 토반 씨를 비롯한 중추 멤버의 헌신적인 협력을 얻어 용사 상점의 새로운 체제가 나랑 동료들 빼고 돌아갈 수 있게 되는 걸 목표로 달리기 시작했다.

그리고 새로운 체제 발족에서부터 보름 뒤인 지금, 용사 상점은 커다란 발전을 이루었다.

티아 씨의 전면적인 지원이 있었던 것도 크지만, 복지 사업을 할 셈으로 공장에 대량 고용을 한 빈곤층 중에서 쓸만한 인재가 꽤 많았던 덕분에 사업을 급격히 확대할 수 있었단 말이지. 새로운 점포도 완성되어 매장 면적도 늘어서, 외문 근처에 소규모 용사 상점 2호점, 3호점도 오픈했다.

……음. 조금 지나쳤을지도 모르겠군.

로로의 의향으로 시작한 사업 확장이긴 하지만, 지나치게 급격한 발전이라 로로가 몇 번 현실 도피를 했을 정도였다.

지금은 로로도 조금 익숙해져서, 지나치게 늘어난 점원을 부리는 것도 모양이 잡힌 것 같았다.

이미 동료들의 지원은 필요 없어졌고, 내가 담당하고 있던 업무도 거의 다 인계를 마쳤다.

—이제 슬슬 괜찮지 않을까?

로로의 독립을 진행하기 위해서도, 나는 잠시 가게를 비우는 편이 좋을 것 같다.

내가 곁에 있으면, 로로는 새로운 간부들보다 나를 의지해 버리는 경향이 있단 말이지.

시가 왕국 방면으로 가는 것도 좋지만, 기왕이면 동료들이 다음에 계획하고 있는「성」공략에 동행할까?

「성」 공략!

> "사토입니다. 온라인 게임이라면 대개 선구자가 있으니 공략 사이트를 조사하면 대략 그 공략 방법을 얻을 수 있습니다. 그렇지만 최전선에서 싸우는 사람은 그것을 스스로 헤쳐나가야 합니다."

"타앗~ 인 거예요!"

황금 갑옷에 노란 망토를 입은 포치가, 열 마리가 넘는 소 모양 마물 타우로스 집단에 돌격했다.

포치는 작은 몸에 안 어울리는 호쾌한 검기로 차례차례 타우로스들의 발목 힘줄을 베어내 행동불능으로 만들었다.

수해 미궁에서 최강종족으로 꼽히는 타우로스도, 포치의 강검 앞에서는 쓰러지는 것을 기다리는 썩은 나무 같았다.

"류류! 지금인 거예요!"

—LYURYU.

포치를 따라서 비행하는 하얀 어린 용 류류가 섬광과 함께 레이저 같은 가느다란 브레스를 토해, 움직임이 없는 타우로스들의 머리를 차례차례 쓸어버렸다.

꼬리를 포함해도 몸 길이 1미터가 안 되는 어린 용이라지만 「용의(드래곤) 숨결(브레스)」은 위력이 어마어마해서, 휩쓸어버린 타우로스들의 머리가 탄화되어 부스스 무너졌다.

레벨에 안 어울리는 높은 공격력 덕분에, 류류는 순조롭게 레벨 업을 하고 있었다. 레벨 업에 필요한 경험치가 아인 소녀들의 몇 배는 되는 모양이지만, 지금은 레벨 차이가 커서 그다지 문제가 되지 않았다.

"뉴~ 진미가~."

그렇게 중얼거린 것은 황금 갑옷에 핑크 망토를 두른 타마였다.

아마 타우로스의 눈알이 타버려서 슬픈 거겠지. 타마의 고양이 귀와 연동되는 투구의 귀가 폭 쓰러져서, 슬픈 기색으로 타우로스의 시체를 들여다보고 있었다.

"풀이 죽어 있으면, 다른 타우로스들도 잿더미가 되어버립니다."

리자가 타마를 타일렀다.

엄격하게 말을 하면서도, 갑옷이 감싼 리자의 꼬리는 타마를 격려하듯 등을 밀었다.

"네잉. 타마, 힘낼래."

타마가 발치의 그림자로 사라지고, 포치와 류류가 싸우는 전장 너머에서 나타나는 게 보였다.

"닌닌~?"

타우로스의 등 뒤에 붙은 타마가 한순간의 빠른 기술로 한 마리째의 목을 베어 떨어뜨리고, 돌아본 타우로스들을 발치에서 뻗은 그림자로 구속하더니 질풍신뢰 같은 속도로 나머지 타우로스들의 목을 사냥했다.

시체는 그대로 발치의 그림자에 먹혀서 사라졌다. 모두 그림자를 다루는 닌자 타마의 인술이다. 그림자 속으로 끌어들인 것은, 시체가 류류의 브레스에 유린당하는 걸 막기 위해서가 틀림없어.

"아~! 포치의 사냥감을 빼앗겨 버린 거예요!"

—LYU?

"류류! 타마랑 경쟁인 거예요!"

—LYURYU.

포치와 류류가 타마에게 지지 않고자 섬멸 속도를 올렸다.

"꼬맹이들, 열심히 하네~. 우리들 차례가 없어."

"응, 활기차."

아리사가 상전처럼 평가하자, 미아가 연장자 행세를 하며 고개를 끄덕였다.

"리자 씨와 나나 씨는 사냥감 쟁탈에 참가 안 해도 되는 건가요?"

루루는 그렇게 물으면서, 포치나 타마가 타우로스에게 둘러싸일 것 같아질 때마다 정밀한 사격으로 커버하고 있었다.

"예스, 루루. 약한 상대라면 방패의 진가를 발휘할 수 없다고 고합니다."

나나가 대형 방패의 끝 부분을 땅바닥에 짚으면서 고개를 끄덕였다.

"나나, 2시 방향에서 챔피언이 셋이야!"

"예스 아리사. 전투 행동을 개시합니다."

"주인님, 저도 요격하러 가겠습니다."

나나와 리자가 성채의 그림자에서 튀어나와 다가오는 강적 타우로스 챔피언들을 요격하러 갔다.

"생각보다도 저항이 적네요."

"그냥 우리들이 강해진 거 아냐?"

사령술사 잔자산사가 이끄는 불사자(언데드)의 군세가 요새도시 아카티아를 습격한 사건이 일어난 것도 이미 보름 이상의 시간이 지났다. 그때 싸운 상급 마족에게 고전한 일도 있어서, 동료들은 그때부터 정력적으로 레벨 올리기에 전념했다.

"방심 안 돼."

"알고 있어어. 방심은 안 해."

동료들은 지금 있는 「성」 주변을 비롯한 수해 미궁의 난관들 대부분을 공략하고, 마지막 마무리로 성 내부의 공략에 도전하고 있었다.

여기는 요새도시 아카티아의 모험가들에게 도저히 손댈 수 없는 취급을 받고 있지만, 우리들은 아리사의 공간 마법을 사용해서 성 안에 직접 전이한다는 금지된 방법으로 공략을 시작하고 있었다.

"주인님, 타우로스들이 『성』 밖으로 나간 기색은 없어?"

"괜찮아. 성문만 막은 게 아니라 성벽 바깥쪽에도 두껍고 넘을 수 없는 높이의 흙벽을 만들었고, 굴삭하지 못하도록 마법으로 보강해뒀으니까."

내 마법뿐 아니라, 미아가 사역하는 흙의 의사정령 게노모스에게도 협력을 구했으니까 완벽하다.

"유비무**하하핫**이라는 거네."

"『유비무환』아니고?"

"그렇게도 말을 하지."

농담을 주고받으면서도, 아리사는 공간 마법 「격리벽(데라시네이터)」과, 「차원베기(디멘젼 슬래셔)」로 동료들의 지원을 하고 있었다.

"우웅, 메이지."

나나가 마법으로 공격을 받은 모양이다.

물론 용사나 검성에게 배운 마법 베기로 베어 넘겼으니, 나나에게 대미지는 없다.

"나에게 마법이나 투사무기는 안 통한다고 고합니다."

날카롭게 고하는 나나에게 작게 박수를 보냈다.

나나는 위태로울 것 없이 실천하고 있지만, 상당한 요령이 필요하단 말이지.

"저격 못하는 장소에 숨어 있어요."

"맡겨둬. 게노모스."

차폐물 뒤에 숨어 있던 타우로스 메이지들에게 대응하라는 명을 받고, 흙의 의사정령이 섬멸하러 갔다.

"아처 발견! 노려서 쏩니다!"

멀리 누각에 힐끔 보인 타우로스 아처를 루루가 휘염총으로 저격했다.

중거리용 휘염총으로 이 거리에서 저격을 하다니, 역시 스나이퍼 루루다.

"나나! 주의해! 안쪽에서 캡틴이 이끄는 정예 부대가 와! 포병도 있으니까 방심하지마!"

"예스 아리사. 성채방어(포트리스) 발동에 필요한 차지는 완료되었다고 고합니다."

여기는 수해 미궁 안에서도 가장 난관인 「성」의 안쪽, 타우로스 성의 내부라서 끊임없이 타우로스들이 공격해온다.

포병이 쏘는 부식산성탄을 나나가 황금 갑옷의 포트리스 기능으로 막아내고, 공격이 그친 순간에 리자가 붉은 빛을 끌면서 돌격하여 마창 도우마로 타우로스의 정예병을 유린했다.

"오늘은 오랜만에 주인님이 관전을 하고 있으니까, 다들 기합이 들어갔네."

"우후후, 그렇게 말하는 아리사도, 평소보다 공격 마법을 쓰는 비율이 높잖아."

아리사가 여유를 가장했지만, 루루가 웃으며 폭로했다.

"그, 그건, 그러니까! 지휘할 필요가 없을 정도로 모두 자기가 할 행동을 해주고 있어서, 공격 마법을 쓸 여유가 있는 거야!"

"하필이면 오늘?"

"—으윽."

말문이 막힌 아리사를 본 루루가 웃었다.

여전히 사이 좋은 자매다.

"주인님, 최근에 굉장히 바빴던 모양인데, 용사 상점을 비워도 괜찮아?"

"괜찮아. 사업을 확장하고서 잠시 바빴지만, 지금은 인원도 늘었고 점주인 로로도 사람을 부리는데 익숙해졌으니까."

그리고 이번에는 로로의 독립을 촉진하기 위한 시험 기간이기도 하다.

이 기회에 로로가 새로운 간부들과 인연을 더 깊게 맺어서, 새로운 용사 상점 체제의 기반이 다져지는 것을 기대하고 있었다.

"돌입 완료~?"

"문지기 가디언도 토벌완료인 거예요!"

어이쿠. 잡담을 하는 사이에 타우로스 성의 중심부 돌격을 시작해 버린 모양이다.

"류류도 잘 한 거예요!"

—LYU……RYU.

"류류?"

포치의 머리에 착지한 어린 용 류류가 고개를 숙이더니, 그대로 포치의 가슴팍에서 흔들리는 비보(아티팩트) 「용면 요람(드래곤 크레이들)」에 파고들어 버렸다.

"자버렸어~?"

"자는 아이는 자라는 거예요."

류류는 태어난 지 얼마 안 됐으니, 지쳐서 잠들어 버린 모양이군.

"이제부터는 포치한테 맡기고, 편하게 자는 거예요."

포치가 용면 요람의 펜던트를 상냥하게 쓰다듬고 엄마 같은 말을 했다.

"다들 잘 들어! 여기서부터는 강적이 우글거리는 소굴이야—아무래도 소니까!"

아리사가 이상한 말장난을 해서 동료들이 당황했다.

한자를 모르는 사람한테 「우글」과 「소굴」까지 빗대는 말장난은 안 통하겠지.

"그, 그럼! 더욱 기합을 넣고 가자!"

아리사가 헛기침을 하면서 얼버무리고, 다시 마음을 가다듬은 동료들이 척후 타마를 선두로 나아갔다.

타우로스 로드가 이끄는 정예 타우로스 상위종들— 타우로스 나이트, 타우로스 워록, 타우로스 비숍, 타우로스 캡틴이 차례차례 나타났지만, 동료들은 고전하지 않고 쓱싹 쓰러뜨렸다.

"나선창격(螺旋槍擊) 눈사태—."

리자가 필살기인 나선창격을 일반공격처럼 연발하는 기술로 타우로스 킹스가드들을 격파하고, 타우로스 킹이 기다리는 알현의 방에 도착했다.

"안에 있는 금색이 보스구나!"

알현의 방에는 옥좌에 앉은 거대한 타우로스 킹 말고도 지금까지 본 타우로스 상위종이 100마리 가까이 우글거리고 있으며, 그 안에는 공격 특화인 타우로스 익스큐셔너나 타우로스 어벤저, 방어 특화인 타우로스 킹스가드나 타우로스 팔라딘 같은 것도 포함되어 있었다.

지원 마법이나 지원 스킬을 이미 다 걸었는지, 모든 개체가 한껏 강화되어 있었다.

"프린스나 퀸은 없구나~. 애들 데리고 친정에 돌아간 걸까?"

농담을 하는 아리사도, 강적이 모두 모여 있는 상황에서는 긴장하지 않을 수 없는 모양이다.

"하지만, 마법사 앞에서 다들 모여 있다니 바보인걸."

—BZUUMZOOOO.

아리사가 지팡이를 드는 것과 동시에, 타우로스 킹이 메이스 같은 왕홀을 휘둘렀다.

타우로스들이 눈사태처럼 공격해온다.

보텍스 블레이드 램페이지
“먹어라— 폭인공멸(爆刃空滅)!”

아리사가 지팡이를 내밀면서 상급 공간 마법을 쏘았다.

다음 순간, 알현의 방을 공간 단층이 휘저으며 춤추었다.

타우로스들이 단분자 섬유보다 가는 2차원의 공간 단층에 난도질 당했다.

“핫하~! 큐브 스테이크 선배도 새파래지겠어!”

“스플래터~?”

“아주 아파 보이는 거예요.”

소리 높여 웃는 아리사 옆에서, 타마와 포치가 양손으로 투구의 바이저를 가렸다.

“방심 금물.”

“예스 미아. 적의 일부는 살아 있다고 고합니다.”

미아와 나나가 말한 것처럼, 킹을 비롯한 최상위 타우로스는 무슨 비보로 아리사의 마법에서 몸을 지키고 있었다. 이미 무슨 대미지를 대신 받아주는 비보겠지.

템페스트
“가루다— 천람(天嵐).”

미아가 중얼거리자 투명화로 모습을 감추고 있던 의사정령 가루다가 황금색 모습을 드러내고, 비장의 오의 같은 「천람」을 발동하여 알현의 방 벽이나 천장까지 한꺼번에 잘게 베어냈다.

오의로 마력을 다 써버린 가루다가 공중에 녹아드는 것처럼 사라졌다.

전멸한 것처럼 보인 타우로스들이었지만, 아리사의 공간 마법에서 벗어난 것과 같은 방법으로, 몇 마리가 살아남은 모양이다.

"우응."

"가루다의 『천람』에도 살아남다니, 제법 끈질기네."

"하지만, 대미지가 없진 않은가 봐."

킹도 피투성이고, 로드나 팔라딘은 빈사의 중상이다. 킹스가드도 어찌어찌 살아남았나?

—BZUUMZOOOO!

킹이 포효를 하면서 왕홀로 바닥을 터엉 때리자, 공간 마법으로 전이한 것처럼 무사한 타우로스 부대가 출현했다. 킹이 가진 권속 소환 스킬로 성 밖을 순찰하고 있던 타우로스 캡틴이나 타우로스 리더의 부대를 불러온 거겠지.

"역시 킹인걸. 이제부턴 리자 씨 쪽에 맡길게."

"네, 맡겨 주세요. 포치와 타마는 저를 따라 길을 열도록 하세요. 나나는 후위의 수비를 부탁합니다."

"닌닌~."

"라져인 거예요! 류류는 자버렸지만, 포치는 류류 몫도 일하는 거에요."

"예스 리자."

마지막 승리는 모두 함께 쥐기로 한 모양이군.

—BZUUMZOOOO!

"갑니다!"

리자의 선언과 킹의 포효가 겹쳤다.

일제히 진군을 시작한 타우로스 군단 앞에서, 리자의 눈동자가 용맹하게 반짝였다.

"순동— 나선창격 관통!"

새빨간 마인의 소용돌이를 앞에 만들어낸 리자가 순동의 기세 그대로 중앙에 돌입했다.

트럭에 치인 전생자처럼, 타우로스들이 스치기만 해도 날아갔다.

뱅퀴시 슬라이서
"거합발또, 마인선풍(魔刃旋風)인 거예요!"

리자가 열어낸 한줄기 길을, 포치가 아주 작은 태풍 같은 칼날의 선풍으로 유린했다.

타우로스들은 그 강검에서 벗어나고자 했지만, 발목을 묶고 있는 검은 그림자가 그것을 막았다.

"인법(忍法)— 그림자 묶기."

"악즉차참인 거예요!"

타마의 인술로 움직임이 멈춰버린 타우로스들을, 마력으로 길이가 변하는 포치의 성검이 파란 빛을 끌면서 일도양단했다.

양단된 타우로스의 상반신 뒤에서 타우로스 어쌔씬이 나타나 사각에서 포치의 등을 노렸다.

"그렇겐 못해~?"

타마가 투척한 쿠나이가 어쌔씬의 흉인을 막아내고, 풍둔의 술법으로 어쌔씬을 공중에 날려버렸다.

"에잇!"

무방비하게 날아가는 어쌔씬의 이마를 루루가 쏘아 맞추었다.

"나이스 어시스트~."

타마가 루루에게 손을 붕붕 흔들고, 다시 발치의 그림자로 사라졌다.

"뒤는 『미로(라비린스)』로 막았으니까, 나나도 앞에 가도 돼."

"응, 게노모스."

미아의 지시를 받고서, 흙의 의사정령 게노모스가 견고한 진지를 구축했다.

"소리가 크다고 고합니다."

나나가 등 뒤의 스러스터를 분사해서, 평소보다 고속 순동으로 킹 앞에 돌격했다.

이미 아인 소녀들의 손으로 킹의 측근들은 토벌됐고, 남아 있던 타우로스 군단은 아리사와 루루가 하나도 남김없이 쓰러뜨렸다.

—BZUUMZOOOO!

킹이 포효를 하자 마왕「황금의 저왕」이 떠오르는 다층 장벽의 갑옷이 몸 주위를 두르고, 왕홀에는 검붉은 아우라가 깃들었다. 레벨 60이나 되면 여러모로 재주를 익히는 모양이군.

"나선창격— 중첩."

움직임이 멎은 킹에게 리자가 다단형 나선창격을 때려 박았지만, 그것들 몇몇은 킹의 왕홀에 튕겨나가고 나머지도 다층 장벽을 깎아내는 것에 머물러버렸다.

"생각보다 수비가 단단한 모양이군요. —어쩔 수 없겠습니다."

한 걸음 물러난 리자가, 마창 도우마를 황금 갑옷의 수납으로 되돌렸다.

그것을 틈으로 보았는지 킹이 검붉은 아우라를 두른 왕홀을 곤봉처럼 휘둘러 리자를 노렸지만, 타마의 그림자 묶기와 루루의 저격이 왕홀의 일격을 막았다.

"발치가 허술한 거예요!"

포치가 킹의 아킬레스 건을 노려 거합 베기 자세를 취했다.

―BZUMZO!

킹이 한 번 울고 쿠웅 발을 구르자, 발을 지키는 것처럼 두꺼운 철벽을 만들었다.

"우~읍스인 거예요."

까라라랑 소리를 내면서 포치의 성검이 철벽 위로 미끄러졌다.

저건 아마도 보통 철이 아닐 것이다. 만약 보통 철이었다면, 아무리 두꺼워도 포치의 일격에 절단되었을 테니까.

그런 포치의 등으로 킹이 왕홀을 휘둘렀다.

"팔랑크스~."

그림자에서 쏘옥 나타난 타마가 1회용 방어 방패 팔랑크스로 킹의 일격을 받아냈다.

"실드 배쉬에서 『마인붕채(魔刃崩砦)(블래스트 포트)』라고 고합니다."

내리친 킹의 팔부터 어깨에 걸쳐, 스러스터로 가속한 나나가 대형 방패로 부딪치며 필살기로 킹의 다층 장벽을 부수었다.

"아직."

"예스 미아! 『마인쇄벽(魔刃碎壁)(블래스트 아머)』 러쉬라고 고합니다!"

나나가 금이 간 다층 장벽을 필살기 연타로 열었다.

"맡겨둬~? ―마인쌍아(魔刃雙牙)(보팔 팡)~."

타마가 나나가 만든 틈에 몸을 밀어 넣더니, 안쪽에서 쌍검의 필살기로 때려 부순다.

두 사람의 연계기로, 킹의 다층 장벽이 유리처럼 부서져 깨졌다.

—BZUUMZOOOO!

"못 해요!"

킹이 포효를 지르며 다층 장벽을 재생하고자 했지만, 장벽의 기점이 되는 장소를 루루의 휘염총이 꿰뚫어 저지했다.

"나이스, 루루!"

아리사가 찬사의 소리를 지르고, 킹의 얼굴을 불 마법으로 태워 주의를 돌렸다.

"순동—『마인돌격(뱅퀴시 스트라이크)』인 거예요!"

텅 빈 킹의 배를 포치의 찌르기가 총탄 같은 속도로 공격했다.

—BZUMZZZO!

"아와와, 안 빠지는 거에요!"

칼자루 부근까지 파고들어버린 포치의 성검을, 킹이 복근으로 붙들어 빠지지 않도록 한 모양이군.

—BZUUMZOOOO.

더욱이, 포치를 둘러싸는 것처럼 다층 장벽이 여럿 생겼다.

나나가 방금 전의 재현처럼 다층 장벽을 부수지만, 모두 부수진 못한 모양이다. 아리사도 공간 마법으로 지원했지만, 그래도 마지막 하나가 킹과 포치를 우리들과 격리하듯 둘러싸고 있었다.

"포치, 위험해!"

킹이 왕홀을 버리고 포치를 양손으로 때리려고 했다.

"난쿠루나이사~?"

타마의 그림자 묶기가 킹의 팔에 달라붙었지만, 이미 충분한 속도를 얻은 양손을 멈추지는 못했다.

그러나 그걸로 충분했다.

왜냐 하면—.

드래그 버스터
"섬광(閃光)— 마창용퇴격(魔槍龍退擊)!"

순동의 영역을 넘은 속도로 날아온 리자의 일격이 다층 장벽을 한순간에 파헤치고, 그대로 킹의 가슴을 꿰뚫은 것이다.

「모든 것을 꿰뚫는」 용의 송곳니를 창날로 쓴 용창과 리자의 필살기가 이루는 상승효과는 어마어마하다.

—BZUUMZOOOO!

심장이 꿰뚫렸는데도, 킹의 눈동자에는 투지가 깃들어 있었다.

표적을 리자로 바꾼 킹이 양손에 검붉은 아우라를 깃들인 손톱 공격을 뿌렸다.

리자는 그것을 눈동자로 포착하면서, 마음이 흐트러지지 않고 마지막 발동구를 읊었다.

마나블레이드 블러스터
"질기(絶技)— 마인폭렬(魔刃爆裂)."

다음 순간 킹이 내압으로 부풀어 오르더니, 몸 안쪽에서 뛰쳐나온 무수한 마인이 킹의 몸을 찢어버렸다.

—BZUM—ZZZO!

검붉은 아우라가 깃든 손톱을 리자의 눈앞까지 뻗은 순간에, 킹의 무릎이 꺾였다.

"당신은 강했어."

—BZUMZO.

리자에게 대답하는 것처럼 한 번 중얼거리고, 만족한 표정으로 갔군.

"마물이라도 왕의 위엄이 있었는걸."

"네, 그렇군요. —주인님."

아리사에게 동의한 리자가 나를 돌아보았다.

"주제넘은 부탁입니다만, 이 소들의 왕을—."

"소재로 삼지 않고, 정중하게 장사 지낼까?"

"죄송합니다."

"사과하지 않아도 돼, 리자."

나는 「이력의 손」으로 킹의 시체를 옥좌에 앉히고, 아리사에게 부탁하여 불 마법으로 화장을 했다.

다들 묵도하고, 전리품 회수를 하려는 참에 타마가 말했다.

"숨겨진 통로 발견~?"

타마가 발치의 벽을 툭 차자, 옥좌 뒤의 벽이 움직여 아래로 내려가는 계단이 나왔다.

"뭐가 기다리고 있을까?"

"분명히 보물이 잔뜩인 거예요!"

"숨은 보스."

숨겨진 계단을 내려가면서 동료들이 예상을 했다.

맵 정보에 따르면 성의 지하 가장 안쪽 방으로 통하고 있으며, 레벨이 66이나 되는 타우로스 퀸이 있으니 미아의 예상이 정답이다.

"안개~?"

"하얗게 흐려져 있군요."

"안개 너머에 커다란 소가 있는 거예요!"

"판다처럼 앉아 있는 소는, 별로 귀엽지 않네."

신장이 5미터쯤 되는 타우로스 킹과 달리, 타우로스 퀸의 크기는 30미터의 거대함이었다.

"그렇게 넓은 방이 아니니까, 얼른 쓰러뜨려 버리자."

아리사가 말하고 루루의 어깨를 톡 두드렸다.

"미안, 아리사. 이 넓이에서는 가속포 도탄이 무서운걸?"

"그러고 보니 도탄을 고려해야겠구나. 내 불 마법으로는 잿더미가 될 거고, 미아가 할래?"

"응, 맡겨둬. ■■……."

미아가 정령 마법의 영창을 시작했다.

이 영창은 의사정령 베히모스겠지. 마지막은 괴수대결전—이 안 되는 모양이군. 마력의 고양을 감지했는지, 잠든 것처럼 눈을 감고 있던 퀸이 시선을 이쪽으로 돌렸다.

BZUUUUMZO.

권속 소환 스킬을 쓴 모양이지만, 이미 킹이 모조리 긁어 소환한 다음이라 아무것도 안 나타난다.

"눈치채 버린 거예요."

"그런 모양이군요. 우리들이 미아의 영창 시간을 벌도록 해요."

"아이아이 서~."

리자를 선두로 아인 소녀들이 달려갔다.

의문스런 표정을 하고 있던 퀸이었지만, 달려오는 아인 소녀들을 보고 구조물 안에 넣고 있던 여섯 개의 손을 뽑아 위압하듯 펼쳤다.

—BZUUUUMZO.

“다들 조심해! 그 녀석 아이템 박스를 가졌어!”

아리사의 경고와 동시에, 퀸이 아이템 박스 안에서 거대한 무기를 꺼내 여섯 손 모두에 장비했다.

“크다! 다들! 공격에 대비해!”

아리사의 목소리와 동시에 퀸이 무기를 마구잡이로 휘둘러댔다.

거대한 바위 덩어리나 뼈 덩어리 같은 무기 자체는 닿지 않는 거리지만, 무기가 부순 바닥이나 벽의 파편과 바닥에 떨어져 있던 대량의 잔해가 산탄처럼 날아왔다.

피할 도리가 없는 면의 공격이지만, 이런 공격이 처음인 것도 아니다.

“—격리벽!”

“인법, 영둔의 술법~.”

아리사의 공간 마법이 산탄을 막아내고, 그 틈에 타마가 만든 그림자 쉘터에 전위진이 파고들었다.

후위 쪽에도 산탄이 날아왔지만, 그건 루루가 팔랑크스를 펴서 막았다.

흙먼지가 두꺼운 장막처럼 서로를 감추었다.

—BZUUUUMZO!

“……■■ 마수왕 창조(크리에이트 베헤모스).”

퀸의 포효와 미아의 영창이 겹쳤다.

"해치워."

—PUWAOOOOWWNNN!!

베히모스의 힘찬 포효가 울리고, 흙먼지 너머에 있는 퀸을 향해 돌격했다.

공기가 흐트러지고, 흙먼지 너머에 장벽이 부서지며 벽에 처박힌 퀸이 보였다.

"히야~. 베히모스 강하네."

흙먼지가 방해되어 잘 안 보이지만, 상당히 우세하게 싸우는 모양이다.

이윽고 흙먼지가 걷히고, 전장이 보였다.

—PUWAOOOOWWNNN!!

사지—가 아니고 세 쌍의 팔과 두 쌍의 다리니까, 십지가 부서진 퀸을 베히모스가 짓밟고 승리를 뽐내는 모습이 보였다.

"베히모스, 마무리."

—PUWAOOOOWWNNN!!

미아의 명을 받은 베히모스가 머리 부분의 뿔에 스피그를 둘렀다.

그 뿔이 퀸을 찌르려는 순간—.

"사라졌잖아?"

퀸의 모습이 사라지고, 주위에 떠돌던 흙먼지가 빨려 들어가는 것처럼 퀸이 있던 장소에 흘러들었다.

"아리사가 전이했을 때 같은 느낌이네요."

"주인님, 알 수 있어?"

"적어도, 『성』이나 인접 구역에는 없어."

금방 쓰러뜨릴 거라고 생각해서 마커를 안 달았단 말이지.

"퀸한테 전이계 스킬은 없었지?"

물어보는 아리사에게 고개를 끄덕였다.

"내가 본 느낌으로는, 퀸이 자주적으로 전이했다기보다, 누군가가 퀸을 데리고 간 것처럼 보였어. 아리사의 공간 마법으로 뭔가 알 수 없니?"

"우~응. 이미 추적할 수 있을 법한 흔적은 안 남은 느낌이야."

아리사가 공간 마법을 쓰면서 주위를 둘러보았다.

"어라라~?"

"벌써 끝난 거예요?"

전위진이 타마의 그림자에서 나왔다.

"후우…… 두 사람은 용케 아무렇지도 않군요."

"그 공간은 연산 회로에 악영향이 있다고 고합니다."

리자와 나나는 기분이 안 좋아 보였다.

타마의 그림자는 젠이 그림자 마법으로 만든 「그림자 감옥(섀도우 제일)」이랑 같은 종류의 공간이니까 적성이 없는 사람은 멀미 같은 느낌이 된단 말이지.

"—아, 이건."

아리사가 중얼거리고 나를 올려다보았다.

"던마 짓일까?"

"던마—『미궁의 주인(던전 마스터)』 말이구나!"

자세히 들어보니, 이 자리에 남아 있던 흔적이 수해 미궁의 공간 왜곡과 아주 비슷하다고 한다.

그렇군. 미궁 전체에 공간 왜곡을 걸 수 있는 존재라면, 자기 지배하에 있는 미궁의 몬스터를 자유롭게 이동시킬 수 있어도 신기할 것 없다.

"뭐, 그걸 입증할 수단은 없지만 말야."

"됐어. 그쪽이 전투포기를 한 느낌이지만, 이긴 건 이긴 거야."

내가 말하자, 동료들이 승리의 함성을 질렀다.

◆

"이쪽에 보물창고 있어~."

타마의 안내를 받아서 벽의 균열을 통해 보물창고에 들어가자, 체육관 정도의 공간에 난잡하게 보물이 쌓여 있었다.

정통파 금은보화에 더해, 세리빌라 미궁에서 「계층의 주인」을 토벌했을 때 얻은 것과 동등한 수준의 마법 물품이나 마법약을 얻었다.

마법 물품은 무기와 방어구가 많았지만 타우로스 사이즈가 많고, 인간 사이즈의 장비품은 저주 받은 물품이 90퍼센트였다.

아무리 공격력이 높아도, 이성의 나사가 풀릴 법한 물건은 노땡큐야.

적당한 물건은 요새도시에서 매각해도 되겠지만, 위험해 보이는 물품은 스토리지의 봉인용 폴더에 사장시켜야겠는걸.

"주인님! 두루마리를 찾았어요!"

발견 소식에 순간이동 같은 속도로 달려갔다.

"고마워, 루루."

받은 두루마리를 확인했다. 「피막(도금) 생성」의 두루마리인가 보다.

지금까지 드롭한 적이 없었는데, 수해 미궁에서도 두루마리가 나오나 보군.

얼른 두루마리를 써서 메뉴의 마법란에 등록하고, 적당한 철검과 은괴를 꺼내 도금을 써봤다.

"꽤 깔끔하게 되네."

도금에 쓰는 은의 양은 임의로 바꿀 수 있고, 사용하는 양에 따라 도금의 두께가 바뀌는 모양이다.

꽤 쓰기 편해 보이는 마법이군.

"언데드용 은제 무기 양산을 할 수 있겠는걸."

"에치고야 상회를 통해서 판매할까?"

상위 호환인 마검이 있다지만, 이 은제 무기는 훨씬 합리적인 가격으로 판매할 수 있을 테니까 수요는 있을 거야. 은제 무기는 액막이도 되고.

"주인님, 그건 금속밖에 안 돼?"

"그렇지 않을까? 도금이라는 건 금속 피막을 입히는 거잖아?"

"종이에 플라스틱 코팅 같은 거 못해? 라미네이트 가공 같은 느낌으로."

"피막으로 쓸 수 있을 법한 건— 아르아면 되겠지."

굳으면 보석처럼 예뻐지는 아르아 수지를 써서, 스톡 해둔 상질

종이에 라미네이트 가공을 해봤다.

"……되네."

도금이란 건 대체…….

마법 이름이 좀 납득이 안 되지만, 사용이 편해 보이니까 깊이 생각지 말아야지.

이걸 쓰면 위조 불가능한 회원증 같은 것도 간단히 만들 수 있겠어.

"그러면 이거 부탁해! 부드럽고 방수 되는 피막으로!"

아리사가 함박웃음을 지으며 꺼낸 것은, 마왕 시즈카가 만든 BL 동인지였다.

◆

"펜드래건이다! 펜드래건 일행이 개선했다!"

요새도시 아카티아에 귀환하자, 모험가들과 시민들이 환성을 지르며 맞이해 주었다.

"퍼레이드 준비는 다 됐어."

그렇게 말을 건 것은 금사자급 모험가 티거 씨였다.

"이건 티거 씨가?"

"그럼! 『성』에서 깡으로 싸우고 있던 거 당신들이지? 엘프 아가씨가 성 외벽을 따라서 커다란 흙벽을 만들었으니까."

그렇군. 사전 준비를 본 거구나.

용케 공략 실행 전에 말리지 않았군.

"사소한 건 됐으니까, 마차 타라고! 길드의 마차에 도시 녀석들이 장식을 해줬어!"

티거 씨가 가리킨 곳에는 미궁 소재로 화려하게 장식된 지붕 없는 마차가 있었다.

"웃햐~! 느낌 좋아! 고마워, 티거 씨!"

엄지를 척 세우는 아리사에게, 티거 씨도 신이 나서 같은 포즈로 화답했다.

"자아, 영웅의 개선이다! 음악대! 무도대! 준비 됐냐!"

""""네!""""

삼바 같은 의상을 입은 남녀가 대륙 남서쪽이 발상이라는 타악기나 관악기로 즐거운 리듬을 타면서, 조금 선정적이고 즐거운 춤을 추며 퍼레이드 마차를 선도했다.

"포치이~! 이쪽 봐봐~."

"네, 인 거예요! 포치는 여기 있는 거예요!"

"타마아~! 또 그림 그려줘어."

"오~케이."

어느샌가 친해졌는지, 포치와 타마는 도시 사람들에게 얼굴이 알려진 모양이군.

그건 다른 애들도 마찬가지인지—.

"나나~! 유생체라고 해줘~."

"미아 님, 오늘도 아름다워."

"루루 선생님! 나중에 맛있는 거 가져갈게요~."

"흑창! 이번에야말로 한 판 따낸다아!"

"아리사! 오늘 놀이는 술래잡기 한다! 늘 하던 광장이야!

길옆을 메운 사람들이 친근하게 말을 걸었다.

"젊은 나리! 로로랑 행복하세요!"

"젊은 나리! 맛있는 신제품 기다릴게요!"

일부 오해가 있는 성원도 있었지만, 딱히 신경 쓰지 않고 손을 흔들어줬다.

"이제 『털이 없다』고 바보 취급 못하겠구만."

"정말 그래. 저 조그만 애조차도 우리 정도는 한 방이라니까."

"겉모습은 상관없다는 거지. 요새도시는 강함이 제일 중요해."

인간족이나 유사한 아인종을 「털이 없다」고 차별하는 사람들도, 동료들의 강함과 위업은 눈여겨보는 모양이다.

"흥! 송곳니 뽑힌 가축 자식들! 아무리 강해져도 『털 없는 녀석』은 『털 없는 녀석』이야. 나는 절대 인정 못 한다!"

"머리가 굳은 놈이구만."

"애당초 코뿔소 수인도 털 안 났잖아."

"시끄러워! 이 몸에겐 이 단단한 가죽이 있다!"

"그래 맞다! 약해 빠진 맨들맨들한 실의 털 없는 녀석하고는 달라!"

코뿔소 수인이나 원숭이 수인이 어깨동무를 하고, 반대의견에 대항하고 있었다. 아직 차별이 뿌리 깊군.

긴 역사 속에서 뿌리내린 차별의식은 그렇게 쉽게 불식되지 않을 테지만, 그래도 아무것도 변하지 않는 것보다는 훨씬 낫다.

"어라? 용사 상점이랑 방향이 다르지 않아?"

"대마녀의 탑으로 가는 모양입니다."

아리사와 리자가 말한 것처럼, 퍼레이드의 꽃길은 대마녀의 탑으로 이어지고 있었다.

용사 상점에도 소식이 간 모양이라, 로로와 햄스터 꼬마들은 모험가 노나 씨의 안내를 받아 탑으로 가고 있었다.

"펜드래건이 왔다! 축포를 올려라아아아!"

노마법사가 외치자, 탑 앞의 광장에서 대기하고 있던 마법사들이 상공에 화염구를 쏘았다.

펑펑 화려한 소리가 울리고, 하늘에 폭연이 퍼졌다.

축포라고 하기에는 좀 위험하지만, 요새도시 사람들에게는 익숙한 건지 광장을 둘러싼 사람들이 환성을 질렀다.

"주인님, 대마녀 모드 티아 씨야."

"대마녀 아카티아라고 불러줘라."

아리사가 대마녀가 잠행으로 행동할 때 쓰는 이름을 부르기에, 대마녀의 본래 이름으로 정정했다.

"그러고 보니 대마녀님은 이른바 『털 없는 녀석』인데, 그걸 지적하는 사람이 없는 건 어째서일까?"

"글쎄? 그들의 내면에서는 분류가 다른 거 아닐까?"

"대충이네~."

"동감이야."

어깨를 으쓱거린 아리사에게 동의하는 대답을 했다.

"그리고 사람들 앞에 나설 때는 챙이 넓은 마녀 모자를 깊숙하게 쓰고, 고성능 인식 저해 아이템을 장비하고 있으니까 보통 사람은 조금 떨어지면 인식이 애매해지지 않나?"

그리고 평소에는 티아로 행동하고 있으니까, 대마녀를 가까이서 본 일이 없는 사람도 많을 것 같다.

광장 안쪽에 마차가 멈추고, 대마녀가 있는 단상에 오르도록 재촉을 받았다.

동료들과 함께 단상에 오르자, 지금까지 퍼레이드에 따라와준 악단이나 댄서들이 연단 주위에 퍼져서 음악과 춤으로 분위기를 띄웠다.

"『성』 공략이라는 위업을 잘 달성해 주었다. 모험가 『펜드래건』이여."

대마녀 앞에 정렬하자, 대마녀가 조금 낮고 엄숙한 목소리를 만들어 말을 걸었다.

"무모한 짓을 하다니!"

"공략에 실패해서 『성』에서 타우로스의 무리가 공격해 오면 어쩔 셈이었어!"

아까 그 코뿔소 수인과 원숭이 수인이 분위기 파악 못하고 야유를 했지만, 주위에 있던 사자 수인이나 호랑이 수인이 때려서 입을 다물게 만들었다. 꽤나 폭력적이군.

"흠. 사정을 몰라 걱정한 자들에게 설명하지. 이 자들은 공략 계획을 세워, 설령 공략이 실패해도 스탬피드가 일어나지 않도록 준비를 하고서, 내 허가를 얻어 공략에 착수했다. 만약 스탬피드가 일어나도, 그것은 대책이 충분하다고 판단하여 허가를 내어 준 내 책임이다."

실제로 허가를 얻은 건 아니니까, 대마녀가 시민 감정을 배려해서 오명을 써준 모양이군.

"그리고, 스탬피드는 일어나지 않았으며, 『펜드래건』은 전인미답의 『성』 공략을 이룩했다. 나는 이 위업을 축복하고자 한다."

대마녀가 지시하자 다다다다다하고 타악기가 드럼롤을 시작하고, 뒤에 대기하고 있던 제자들이 쟁반에 올린 가시관과 모험가증을 가져왔다. 여덟 명의 제자들이 가져온 쟁반에, 한 세트씩 올라가 있었다.

대마녀가 그 중 하나를 집자 두둥, 강한 소리와 동시에 드럼롤이 멎고 광장이 정적에 휩싸였다.

"위업을 이룩한 영웅에게는 마를 떨치는 『가시나무 보관』을 내리고, 『대마녀의 기사』 칭호를 내리도록 한다."

대마녀가 무릎을 꿇은 내 머리에 보관을 씌우고, 제자들이 동료들에게 보관을 씌웠다.

"이어서, 『펜드래건』에게는 새로운 모험가증을 내린다."

대마녀가 쟁반에서 모험가증을 집어, 사람들에게 보이도록 들었다.

—어라?

그녀가 들어 올린 것은, 금사자급이 아니네?

"……광룡(光龍)."

연단 가까이 선 노인이 떨리는 목소리로 중얼거렸다.

그 중얼거림을 들은 사람들 사이에 술렁거림이 퍼졌다.

"광룡증이다!"

“설마 그 환상의 광룡증!”

그 외침 속에서, 대마녀가 살짝 입가를 끌어올리고 우리를 둘러보았다.

아무래도, 이건 그녀의 서프라이즈였던가 보다. 나는 무표정 스킬을 오프로 전환하고, 놀란 표정을 지었다.

“오래도록, 내린 적이 없었던 모험가증이야.”

대마녀가 티아 씨 어조로 나에게 속삭였다.

“새로운 광룡급 모험가에게 축복을!”

섬광이 번뜩이고 투명한 빛의 용이 우리들에게 깃들더니, 광장의 사람들에게서 몸이 떨리는 폭음 같은 환성이 올랐다.

섬광이나 용의 환영은 빛 마법을 쓸 수 있는 제자들의 연출이겠지.

함박웃음을 지은 동료들이 광장의 사람들에게 손을 흔들자, 더욱 자리가 끓어올랐다.

포치와 타마는 어지간히도 기쁜지, 단상을 비좁다는 듯 뛰어다니며 손과 꼬리를 붕붕 휘둘렀다.

—LYURYU!

흥분한 포치의 마음에 이끌린 류류가 용면 요람에서 튀쳐나왔다.

“용이다! 조그만 용이다!”

“광룡급 모험가의 탄생을 축복하는 거야!”

주변 사람들이 류류를 보고 소란을 피웠다. 그 열기에 들뜬 류류가 하늘을 향해 노래하자, 어디선가 나타난 꽃잎이 하늘 가득히 흩어졌다.

"우하~! 멋져, 멋져! 나도 어디 한 번 미성을 선보여줄까!"

"기다려, 아리사."

"아리사, 조금 나중에 하세요."

아리사는 이대로 리사이틀이라도 열어버릴 기세였지만, 그것을 루루와 리자가 말렸다.

"소소하지만 술과 요리를 대접하지! 요새도시의 사람들이여! 함께 영웅의 탄생을 축하하자!"

대마녀의 말과 동시에 광장의 곳곳에서 술통이 개봉되고, 손수레에 실린 요리가 나왔다.

대마녀가 탑으로 귀환하는 것과 교대하듯 지역의 명사들에게 인사 러쉬를 받았지만, 그것도 어떻게든 돌파하고 먼저 연회에 참가한 동료들과 합류했다.

"주인님, 수고했어."

아리사가 건네준 과실수를 들이켜 한숨 돌렸다.

"사토 씨, 루루 씨, 여러분, 축하해요!"

맑고 가벼운 목소리가 인파 너머에서 들렸다.

인파를 헤치고 나타난 것은 맑은 목소리에 걸맞은 청초한 미모를 가진 용사 상점의 점장 로로였다.

"고마워, 로로."

"로로 씨, 고마워요."

루루와 로로가 얼싸안고 기쁨을 나누었다.

"젊은 나리, 축하해. 애들도 있어."

"고맙습니다, 노나 씨."

로로의 등 뒤에 있던 용사 상점 단골인 노나 씨가 인솔해온 아이들을 앞으로 보냈다.

"축하해, 마시타."

"축하해, 나나."

"축하해, 배고파."

용사 상점의 어린이 점원 털뭉치 쥐 꼬마들이 축복을 해줬다.

"유생체!"

그것을 발견한 나나가 신속하게 포획해서 품에 끌어안았다.

햄스터 꼬마들이 버둥버둥 탈출하려고 했지만, 나나의 포옹에서는 도망칠 수 없었다.

"미움 받아."

"예스 미아. 포옹은 나중에 또 한다고 고합니다."

미아의 꾸중을 들은 나나가 햄스터 꼬마들을 해방해 주었다.

"멍멍이도 같이 온 거예요."

"니헤헤~."

포치와 타마가 새끼 늑대 모드인 펜을 끌어안았다.

"주역이 이런 곳에 뭉쳐 있지 마. 저쪽에 자리를 준비했으니까, 모험가들한테 공략 이야기를 들려달라고."

금사자급 모험가 티거 씨가 부르러 왔기에, 로로 일행과 함께 자리로 이동했다.

요새도시는 마물 고기가 풍부해서, 연석에서는 대량의 고기 요리가 나온다.

"와오~ 엑센트릭~?"

"고기가 잔뜩이라, 포치는 어쩔 줄을 모르는 거예요!"

"그래, 먹어먹어! 오늘 주역은 너희들이라고!"

고기 요리에 눈빛을 반짝이는 포치와 타마의 등을 티거 씨가 밀어줬다.

"맛나맛나~?"

"고기는 최강인 거예요!"

—LYU!

"류류도 먹는 거예요! 먹는 아이는 자라는 거예요!"

—LYURYU!

한 입 먹고서 맛있었는지, 류류도 포치와 함께 고기 요리를 즐기기 시작했다.

아무래도 먹보가 한 명 늘어난 모양이군.

"그렇게 급하게 안 먹어도 잔뜩 있는 거예요. —자, 흘리지 말고 깔끔하게 먹는 거예요."

포치가 정성스레 류류를 보살펴주고 있다.

분명히 언니처럼 행동할 수 있어서 기쁜 거겠지.

"아~! 저거! 그때 구해준 고양이 귀다!"

"둘러싸였을 때 작은 용과 함께 마물을 해치워준 강아지 귀도 있다."

멀리서 보이는 모험가들이 이쪽을 보고 대화를 나눴다.

꽤 여러 번 구해줬으니까, 다 기억하질 못한다.

"이봐, 저기 흑창이다."

"정말이로군. 한 번이라도 좋으니 창을 가르쳐줬으면 좋겠어."

"작은 애들도 강하지만, 흑창은 격이 다르지~."

"나는 미아 님과 마술에 대해 대화를 나누고 싶어."

젊은 모험가들이 리자나 미아를 동경하는 눈으로 보았다.

"나나 씨가 만드는 인형이 엄청 귀여운 거 알아?"

"헤~ 그렇구나. 나도 다음에 보여 달라고 해야지."

"루루, 또 호신술 가르쳐줘~."

"요리교실도 기다릴게~."

"아리사! 공짜 밥 먹고서 늘 놀던 데서 놀자!"

주부층이 루루에게 말을 걸고, 악동들이 아리사에게 놀자고 불렀다.

미궁에서 사냥이 주체였던 것치고, 요새도시 사람들 속에 잘 녹아 든 모양이군.

"로로도 여기 있었구나!"

요정 레프라콘 족의 아가씨풍 소녀가 나타났다.

"아! 케리!"

"줄이지 말라고 말했지! 내 이름은 케리나그레! 웃샤 상회의 차기 회장이니까!"

케리 양과 로로가 평소와 같은 대화를 했다.

"아가씨, 구교를 다지는 것도 좋습니다만, 먼저 일을 하시죠."

케리 양 뒤에서 말을 건 것은, 그녀의 비서이며 감독자인 토마리토로레 양이다. 풍채가 좋은 장년 상인들을 데리고 있었다. 종족은 다양했다.

"알고 있어. 용사 상점의 상품을 다루고 싶다는 외국의 상회가

왔으니, 대면 소개를 하려고 데리고 왔어. 가게 쪽으로 갔더니, 지배인 노움이 오늘은 여기 있을 거라고 말하기에 찾아왔지."

상인들 뒤에는 용사 상점의 새로운 간부인 노움 토반 씨도 있었다. 인파가 굉장해서, 몸집이 작은 그는 이쪽으로 오는데 고생하고 있었다.

"고마워, 케리—나그레 양."

로로가 평소처럼 부르려다가, 일이라는 것을 떠올리고 고쳐 말했다.

"신경 안 써도 돼. 나와 토마리는 지금 하는 일이 정리되면 브라이브로가 왕국으로 갈 거니까, 얼른 소개를 해주고 싶었을 뿐이야."

솔직하게 감사 인사를 들은 케리 양이 쑥스러워하면서 고개를 돌렸다.

그런 케리 양과 교대하여 상인들이 로로에게 인사를 시작했다.

토반 씨도 드디어 도착하여, 눈인사를 하고 로로의 대각선 뒤에 섰다. 어디까지나 용사 상점의 대표는 로로라는 것을 태도로 드러내는 거겠지.

"라틸티 국 우챠 상화의 미챠라고 합니다. 용사 상점의 보존식에 대해서 거래를 하고 싶어서 찾아왔습니다."

"치프챠 국 모후 상회의 러프입니다. 용사 상점하고는 폭넓은 상품을 거래하고 싶다고 생각합니다."

쥐 수인이나 개구리 수인이 로로에게 인사를 하자, 상인들이 차례차례 앞다투어 로로에게 말을 걸었다. 아마 저 나라들은 수해에 인접해 있던 걸로 기억한다.

격렬한 어필 경쟁을 토반 씨가 처리하면서, 로로의 부담을 제어해 주었다.

그래도 로로에게는 격렬했던 모양인지—.

"사, 사토 씨, 도와줘요."

로로가 일찍부터 항복하고, 나에게 도움을 청했다.

얼마 전까지는 작은 상점을 근근이 경영하기만 했던 로로에게는 너무 버거운 짐인가 보다.

그건 좋지만, 기왕이면 로로 옆에서 도와주고 있는 토반 씨에게 도움을 청했으면 좋았을걸. 그는 어른이니까 흐뭇한 표정으로 지켜봐 주지만, 내심 조금 쓸쓸하게 느낄지도 모른다.

"어라라? 로로에게는 아직 일렀던 걸까?"

"죄송합니다. 한 번에 오시면 아직 감당을 못하는 것 같군요."

어안이 벙벙한 상인들 대신 케리 양이 주도권을 쥐어주기에, 나도 로로 대신 대답하고 상인들에게 고개를 숙였다.

"모든 상회가 웃샤 상회와 거래한 일이 있는 신용할 수 있는 상회야."

케리 양이 보증을 해주었다.

일개 상회로서는 그것만으로 받아들이는 것이 문제가 되지만, 용사 상점에 신용 조사를 할만한 인재가 부족한 것도 사실이었다. 치명상이 될 법한 대형 거래만 피하고, 다른 트러블이 있다고 해도 로로의 성장을 위한 코스트로 쳐야겠군.

"그러면 안심이군요. 구체적인 상담은 훗날에 하기로 하고. 로로도, 그거면 될까?"

"네! 사토 씨가 그렇게 말한다면, 그렇게 할게요!"

로로가 완전히 신뢰에 가득 찬 표정으로 말했다.

나를 신뢰해주는 건 기쁘지만, 토반 씨하고 거리를 좁히기 위해서도 조금 거리를 두는 편이 좋을지 모르겠군.

"그럼, 다음에 또 올게."

케리 양이 상인들을 데리고 다음 거래처로 갔다.

주위에서 상거래 상대가 물러난 것을 확인하고서 로로에게 주의를 주었다.

"방금 그 태도는 좋지 않았어. 용사 상점은 로로의 가게니까. 의견을 구하거나 상담을 하는 건 괜찮지만, 최종적인 판단은 로로가 해야지."

"—죄, 죄송합니다."

로로가 고개를 깊숙하게 숙이며 사과했다.

"화 안 났으니까 사과는 안 해도 돼. 다른 사람의 의견을 구하는 건 중요하지만, 판단을 남에게 맡기면 안 되는 거야."

"……네."

로로가 부모에게 혼난 작은 어린애처럼 풀이 죽었다.

"사토 씨, 로로 점장도 반성하고 있으니, 그쯤 하시죠—."

그것을 보다 못한 토반 씨가 중간에 끼어들어 말해주었다.

나도 조금 말이 지나쳤으니, 로로에게 사과했다.

그런 어색한 분위기를 밝은 목소리가 씻어내 주었다.

"—로로 점장!"

용사 상점에서 새롭게 고용한 점원들이 커다랗게 손을 흔들면서 인파 너머에서 찾아왔다.

"로로 점장! 안 보인다 했더니 젊은 나리랑 러브러브였네요!"

"아, 아니에요!"

"에이~ 쑥스러워하는 거 귀엽다."

로로가 점원 여자애들이 놀리는 소리를 듣고 새빨개졌다.

"점장! 젊은 나리랑 아리사 일행도 있어! 다들~! 이쪽이야!"

다른 점원들도 로로를 발견하고 모여들었다.

요전의 토지 매입 사건이나 티아 씨의 백업도 있어서, 용사 상점은 급속하게 규모가 확대되고 있었다. 점원도 더욱 늘어나, 새로운 애들은 대화를 나눠본 적 없는 사람도 적지 않았다.

"주인님, 잠깐 괜찮아?"

그런 로로를 지켜보고 있는데, 아리사가 작은 소리로 귓속말을 했다.

"좋아, 뭔데?"

"방금 전에 로로 말인데—."

"판단을 다 넘겨버린 거?"

"—다 넘겨?"

아리사가 고개를 갸웃거린 다음에, 게슴츠레한 눈으로 나를 보았다.

"……하아. 무슨 말이야. 둔감 주인공도 아니고."

"나에게 의존하는 태도를 말한 거 아냐?"

"아니야! 그건 로로가—."

"로로가?"

"어리광."

아리사가 머뭇거린 말을 재촉하자, 미아가 짧은 단어로 끼어들었다.

"—어리광?"

"방어 행동."

추가 보충으로 드디어 미아와 아리사가 하려는 말을 이해했다.

"이해한 모양이네."

"내가 용사 상점과 거리를 두려고 하는 걸 깨닫고, 그걸 막기 위해 그런 행동을 했다?"

로로가 나에게 호의를 가지고 있는 건 알고 있었지만, 판단을 나에게 넘겨 버리는 경향이 있는 것이 나를 붙잡기 위한 행동이라고는 생각 못했다.

"로로는 연애의 밀당을 할 수 있는 타입이 아니니까, 본인이 의식적으로 행동한 건 아니라고 생각하는데……."

하지만, 그렇다면—.

"내가 용사 상점 점장인 로로의 성장이나 체제 구축을 방해하고 있다는 건가?"

그건 위험하다.

"좀 안 좋게 들리지만, 결과적으로는 그런 느낌이 되고 있네."

"응, 동감."

아리사가 묵직하게 고개를 끄덕이고, 미아도 그걸 따랐다.

나는 숙고한 다음, 결론을 내렸다.

“이제 슬슬 로로와 용사 상점의 경영에서, 조금 거리를 두는 편이 좋을지도 모르겠어.”

“그렇네. 그러는 편이 좋을 거야. 로로에게 말하는 건—.”

“내가 할게.”

그건 내 역할이라고 생각하니까.

◆

“사토 씨, 무슨 생각하세요?”

로로가 특산주가 든 고블렛 잔을 나에게 건네면서 옆에 앉았다. 조금 가깝다. 어깨가 닿을 거리다.

로로도 마셨는지, 분위기가 요염한 것 같다.

“응, 그게…….”

나는 조금 망설인 다음에, 로로에게 말하기로 했다.

“이제 슬슬 요새도시를 떠날 생각이야.”

고개를 숙인 로로가 내 어깨에 얼굴을 묻었다.

희미한 오열 같은 것이 들렸다.

언젠가 그녀 곁을 떠난다고 하긴 했지만, 조금 갑작스러웠을지도 모른다.

“로로?”

“……네.”

그녀의 머리를 쓰다듬고, 작게 말을 걸었지만 대답이 돌아오기까지는 꽤 시간이 걸렸다.

"알고 있어요. 사토 씨 일행이 용사 상점에 있는 건 잠깐뿐이라는 거."

로로가 떨리는 목소리로 자신에게 들려주듯 말했다.

"……하지만. 하지만, 전 아직 사토 씨한테 아무것도 돌려주지 못했어요."

로로가 내 팔을 끌어안았다.

"저, 저를 사토 씨한테……."

"안 돼, 로로."

기세와 분위기에 휩쓸리지 말고, 자신을 소중히 여겨야지.

"그렇, 죠. 사토 씨에겐 루루 씨랑 모두가 있으니까요."

고개를 숙인 채 로로가 어떤 표정을 짓고 있는지는 모르겠다.

하지만 상처를 줬다는 것은 둔한 나도 알 수 있었다.

"지금까지, 정말, 고마웠어요."

고개를 든 로로가 눈물지은 채, 한껏 웃으며 지금까지의 감사 인사를 했다.

그런 로로를 보다 못했는지, 숨어서 지켜보던 루루와 아리사가 달려왔다.

"괜찮아요, 로로 씨. 두 번 다시 못 만나는 게 아니니까요."

"그래! 로로의 핀치라면, 전세계 어디서든 달려올 거야."

"우오옹!"

두 사람이 로로를 격려했다. 새끼 늑대 펜도 있었다.

로로가 새끼 늑대 펜을 강하게 끌어안으며, 다시 한번 고개를 끄덕였다.

◆

며칠 뒤—.

여러 가지 인계를 마치고, 우리는 여행 준비를 갖추고 용사 상점 앞에 있었다.

"나나, 고마워~."

"나나, 끌어안아?"

"나나, 간식 있어?"

햄스터 꼬마들이 나나와 작별인사를 나누고, 꽃다발을 든 로로가 앞으로 나섰다.

"루루 씨, 그리고 여러분, 지금까지 정말 고마웠습니다."

로로가 한 명 한 명에게 꽃다발을 건네고, 마지막 꽃다발을 끌어안고 나를 올려다보았다.

"—사토 씨. 지금의 용사 상점이 있는 건 사토 씨 덕분이에요."

눈물지은 로로가 말문이 막혔다.

"점장! 파이팅~!"

"끌어안아버려!"

젊은 점원들이 로로를 부추겼다.

끌어안으라고 부추긴 점원을, 아리사와 미아 철벽 페어가 귀신 같은 표정으로 노려보았다.

"또, 놀러 올게."

"꼭, 꼭이에요."

로로가 꽃다발을 건네고— 내 팔을 끌어 볼에 부드러운 감촉을 남겼다.

"에헤헤, —답례예요."

수줍게 웃으면서, 흐를 것 같은 눈물을 손등으로 닦았다.

루루와 햄스터 꼬마들이 무릎을 꿇는 로로를 위로했다.

그런 로로와 교대하여 단골 손님들이 우리들 쪽으로 왔다. 노나 씨와 몇 명의 여성진은 로로 쪽으로 가주었다.

"젊은 나리, 정말로 가는 거야?"

"네, 본래 그럴 셈이었으니까요."

"로로는 우리들한테 맡겨둬."

"이상한 녀석들이 와도 지켜줄게."

단골손님들이 가슴을 치면서 말해주었다.

그런 단골손님들에 섞여서, 용사 상점의 거래처 사람들도 인사를 하러 왔다. 물론 용사 상점의 종업원들도.

"선수를 뺏겼네. 이건 선물."

"고맙습니다, 케리나그레 양. 아직 출발을 안 했었군요."

"생각보다, 일이 난항을 겪어서…… 영역 의식이 강한 녀석의 협력을 얻는데 고생하고 있어."

그건 힘들겠네. 그런 힘든 일 와중에 배웅을 와준 케리 양에게 감사해야겠다.

"어쩐지, 사람들 수가 굉장하네."

"티아 씨도 와주셨네요."

"그럼. 잔자산사 때 도움을 받았으니, 배웅 정도는 해야지."

제자 모드 티아 씨가 그렇게 말하고 책과 마법약을 선물로 주었다.

그걸 마지막으로, 우리는 용사 상점 앞을 떠났다. 서로 보이지 않게 된 참에, 오열이 들렸다. 로로와 고참 종업원들이겠지. 동료들도 울적한 무드다.

"자, 마음을 고쳐먹어야지!"

무드 메이커인 아리사가 모두를 독려했다.

"주인님도! 기운 내. 주인님한테는 우리가 있잖아."

아리사의 격려를 받고 깨달았는데, 나도 조금 기분이 가라앉았던 모양이다.

"그래. 일단 수해에 인접한 나라들을 돌아보자."

그 정도 거리라면, 로로와 용사 상점에 무슨 일이 있을 때 달려가기도 쉬우니까.

막간: 어둠 속에 꿈틀거리는 자

"상급 마족씩이나 되면서 한심하군."

마법사풍 로브를 입은 족제비 수인이 거대한 수조 안에 떠오른 고깃덩어리를 매도했다.

고깃덩어리는 매도를 받을 때마다 맥동하며, 간신히 얼굴이라는 걸 알 수 있는 부분에 나무껍질 같은 피부가 남아 있었다.

그의 말과 흔적에서, 이 고깃덩어리가 사토 일행과 싸운 나무껍질 상급 마족의 말로라는 걸 알 수 있었다.

"셰셰셰, 일은 어찌 되고 있습니까니이, 악마 소환사 조마무고미 공?"

어둠 너머에서 질척한 말투로 말을 건 것은, 정체를 감추듯 후드를 깊숙하게 눌러쓴 수인 남성이었다.

"대장이 오다니 희한하군. 계획은 예정된 범수 안이다."

후드 남자에게 악마 소환사라 불린 족제비 수인 조마무고미는 목소리와 말투로 상대가 누군지 알아낸 모양이다.

"셰셰셰. 역시 친왕 전하가 눈여겨본 악마 소환사 입니다니이. 그러나, 제 귀에는 마왕의 유물을 받은 사령술사가 실패했다는 소식이 들렸습니다만, 그것도 예정된 범위 안입니까니이?"

"……알고 있었군. 본래 그건 버리는 말. 대마녀의 전력을 재기 위해 보냈을 뿐이야."

"셰셰셰. 정신 마법으로 대마녀에 대한 사모를 집착으로 바꾸어, 경애의 정이 일그러진 애정으로 뒤틀려 버린 개구리 수인도 참 가엾구먼니이."

그들이 이야기하는 것은 언데드의 군세로 요새도시 아카티아에 쳐들어간 사령술사 잔자산사였다.

"흥, 열등한 타 종족이 우등종인 우리들 족제비 수인의 도움이 되는 거다. 아무 문제없어."

"셰셰셰."

우생사상을 말하는 조마무고미를 보는 후드 남자의 눈동자는 차가웠다.

"그래서 정작 자월핵의 존재는 확인을 했습니까니이?"

"파견한 사역마도 모험가에 빙의시킨 마족도, 모두 대마녀의 수하들이 토벌했다."

"다시 말해서, 아직, 이라는 것인가요니이?"

추궁하는 후드 남자에게서, 조마무고미가 시선을 돌렸다.

"……난처한 일입니다니이."

"비장의 수인 상급 마족마저도 토벌됐다! 어째서, 아무도 따를 리 없는 신수 펜릴이 대마녀에게 협력하는가! 어째서, 용사가 나타나는가! 용사는 파리온 신국에서 마왕을 토벌하고, 용사의 나라로 송환된 것이 아니었던가!"

기가 막힌 기색을 드러내는 후드 남자의 태도에, 조마무고미가 흥분했다.

“정보가 낡았습니다니이. 당대의 용사는 두 사람. 사가 제국의 용사 하야토와 시가 왕국의 용사 나나시. 아마도, 수해 미궁에 나타난 것은 용사 나나시 쪽일 것입니다니이.”

“두 사람이라고?! 그러나, 증식했던 상급 마족을 단번에 쓸어버리다니, 용사의 범주를 넘어선—.”

“셰셰셰.”

“뭐가 우습나!”

“용사 나나시는 『자유의 빛』 간부가 시가 왕국에 소환한 『마신의 찌꺼기』를 멸했습니다니이.”

“『찌꺼기』를? 신의 화신을 사람의 몸으로 쓰러뜨렸다고?”

“셰셰셰, 시가 왕국에 있는 조카의 이야기로는, 수호천룡과 힘을 합쳐 쓰러뜨렸다고 했습니다니이.”

“천룡이 협력했다면— 아니, 있을 수 없다. 『찌꺼기』의 일화는 프루 제국 이전의 유적에도 남아 있지만, 현대보다도 뛰어난 마법 문명을 자랑한 나라들마저도 몇 개나 멸망시켰을 정도의 존재인데? 시가 왕국을 잿더미로 만드는 정도로는 쓰러뜨릴 수 없을 거다.”

“시가 왕국의 피해는 경미했다고 합니다니이.”

조마무고미는 다시 한번 「있을 수 없다」라고 말한 뒤, 잡념을 떨쳐내듯 붕붕 고개를 흔들었다.

“그 정도로 비상식적인 상대가 있다면, 정공법은 어렵다.”

“셰셰셰. 잠입 공작원이라면 준비해줄 수도 있습니다니이.”

“돈으로 고용한 놈들 따위 필요 없다. 소환한 마족 중에 잠입에 특화된 놈들도 있다."

"대마녀에게 감지 당하는 거 아닙니까니이?"

"알고 있다. 먼저 대마녀를 무력화하겠다."

"무력화할 수 있습니까니이?"

"저주를 쓴다. 마왕 『사령명왕』이 남긴 유물을 쓰면, 대마녀를 저주하는 것 따위 쉬운 일이지."

"셰셰셰, 그건 기대할 수 있겠습니다니이."

"……그렇지만, 유물을 이용한 저주 따위 가볍게 할 수 없다. 대장도 의식에 필요한 물건을 준비해줘야겠어."

"셰셰셰. 그걸로 자월핵의 존재를 확인할 수 있다면 쉬운 일입니다니이."

후드 남자는 품목을 사역마로 보내라고 말하더니, 어둠 너머로 사라졌다.

"사라졌나. 그러나, 마녀를 저주해 봐야 용사가 나타나면 행동할 수가 없다."

조마무고미는 어둠을 바라보면서 생각했다.

"아무리 초상적인 힘을 가졌어도, 용사 또한 인간. 주변 나라들에 재앙의 씨앗을 뿌리면, 대처하느라 분주하여 피폐해지겠지."

조마무고미는 주변 나라의 장군이나 대귀족에게 마족을 빙의시켜 혼란을 일으키고, 요새도시를 공격하는 계획을 마족들에게 명령했다.

◆

마족 소환으로 마력을 모조리 쓴 조마무고미는 의자에 깊숙하게 앉아서 불룩불룩 소리를 내는 수조를 보았다.

“자월핵……. 그것만 있으면, 우신(愚神) 놈들이 숨긴, 무적의 부유 요새를 찾아내, 손에 넣을 수가 있다.”

조마무고미가 어둠 속에서 누구에게 들려주는 것도 아닌데 중얼거렸다.

“그러면, 지고의 친왕**폐하**께 헌상하여, **과학**을 신봉하는 거짓된 황제를 옥좌에서 끌어내릴 수 있다.”

홍소하기 시작한 조마무고미를, 수조 안의 상급 마족이 한쪽만 재생된 눈으로, 그저 보고 있었다.

주변 국가의 관광

"사토입니다. 관광 가이드를 열심히 읽고 어떤 장소를 방문할 것인지 정한 다음 여행을 하는 것도 즐겁습니다만, 아무 예비지식 없이 몸통 박치기로 여행을 하는 것도 즐거운 법입니다. 물론, 그만큼의 트러블을 만날 각오는 필요하지만요."

"여기는 쥐 수인들의 나라네."

아리사가 흙빛 벽돌로 만들어진 건물을 돌아보면서 말했다.

요새도시 아카티아를 떠난 우리는 수해에 인접한 주변 국가를 관광하고 있었다.

지금 있는 곳은 아카티아의 남서쪽에 위치한 쥐 수인의 나라 라틸티다. 여기는 가까워서, 로로에게 무슨 일이 있을 때 금방 달려갈 수 있으니까.

"유생체……."

"저건 성인."

햄스터와 비슷한 털뭉치 쥐 수인이나 생쥐와 비슷한 흰 털 쥐 수인 쪽으로 비틀비틀 다가가려는 나나를 미아가 막았다.

"쥐 수인이라고 해도, 여러 종류인 분들이 있네요."

"그렇군요. 이 정도로 다양한 종족이라고는 생각 못했습니다."

루루와 리자가 보는 방향에는 카피바라 같은 모습의 쥐 수인이나 긴 털을 가진 긴 털 쥐 수인에 꼬리가 풍부한 다람쥐 수인도 있었다.

말은 요새도시 아카티아에서 쓰이고 있는 남서 소국 공통어와 회색 쥐 수인족어에 가까운 남서 쥐 수인족어를 쓰는 모양이다. 후자는 스킬을 획득했지만, 남서 소국 공통어로 충분히 통하기에 유효화는 안 했다.

"입구가 작아~?"

"건물도 쬐그맣고 귀여운 거예요!"

큰 길의 대상회나 관청이 아닌 건물은 입구가 낮아서 어른 인간족은 들어갈 수 없는 사이즈였다. 키가 포치나 타마 정도라도 상인방에 머리를 부딪칠 것 같은 느낌이네. 상인방 같은 것도 없지만.

그 탓인지, 가게는 노점이 중심이었다. 점포를 가진 건 대상회 정도일까?

"주인님, 저걸 봐주세요."

루루가 가리킨 곳의 노점에서 용사 상점의 상품이 팔리고 있었다.

"행상인에게 융통한 선행 유출분이구나. 판매도 괜찮아 보여."

상품의 포장을 보니, 전에 용사 상점까지 두루마리를 팔러 온 행상인에게 팔았던 분량일 거야.

운송비가 비싸게 먹혔을 텐데, 벌레 퇴치제나 보존식 같은 것은 눈앞에서 재고가 줄어들었다. 이대로 주변국에 정착해준다면 수출도 본격화되겠지.

그러면 용사 상점도 걱정 없어.

"킁킁, 팬케이크 냄새가 나는 거예요."

"뉴~? 안 나~?"

포치가 확신하는 표정으로 단언했지만, 타마는 알 수 없는지 고개를 갸웃거렸다.

"이, 이건—."

포치의 안내를 받아 도착한 노점을 보고, 무심코 말을 잃고 말았다.

"콘이다!"

"콘? 이건 노란 알갱이야. 그대로는 먹을 게 못 되지만, 보리처럼 가루로 만들면 나름대로 쓸 수 있어."

노점의 커다란 바구니에서 팔리고 있는 건 옥수수였다. 심지에서 떼어낸 알갱이 상태로 팔고 있었다.

포치가 말한 팬케이크 냄새란 것은 옥수수 냄새였나 보군. 그러고 보니 세리빌라 미궁에서 걷는 옥수수의 거대한 옥수수 알갱이를 가루로 만들어 팬케이크를 구웠었지.

"조금 시식해 봐도 될까?"

"좋수다."

팔리고 있던 다섯 종류의 노란 알갱이를 순서대로 먹어봤다. 건조시킨 모양이라 생각보다 딱딱하다. 씹어봐도 달콤함은 느껴지지 않았다. 식탁에서 흔히 보는 스위트콘이 아니라, 사료 같은 걸로 쓰이는 일이 많은 덴트콘에 가까운가 보다.

그래도 쓸 방법은 많지.

"살게. 살 수 있는 만큼 전부 사고 싶은데."

"그거 호쾌하시우. 오늘은 가게를 닫아도 되겠구만."

심지가 달려 있는 것도 있으면 달라고 했더니, 대량구매에 기분이 좋아진 가게 주인이 밭까지 가서 따와 주었다. 게다가 바구니 두 개 분량으로 잔뜩. 물론, 심지는 물론 껍질에 싸여 있었다.

"이렇게 많이 사서 뭐 만들 거야?"

"조금 시험해볼 게 있어서."

나는 노점 주인과 헤어진 다음 인적이 없는 장소로 이동하여, 껍질에 싸여 있는 옥수수를 집고 반대쪽 손에 스토리지에서 수령주를 꺼냈다.

"혹시—."

내 속셈을 짐작한 아리사에게 씨익 웃음을 지어주고, 수령주에 마력과 소원을 흘려 넣었다.

"이거면 될 텐데……."

나는 껍질을 벗긴 옥수수 알갱이 하나를 떼서 입에 넣었다.

—달다.

"어때?"

"성공이야. 확실하게 **스위트콘**이 됐어."

시험 삼아 해본 건데, 명확한 이미지가 있는 덕분인지 잘 됐다. 안 되면 세대를 거듭하여 달게 만들 셈이었는데, 수령주 덕분에 한 번에 됐군.

이 스위트콘의 절반은 보르에난 숲의 엘프들에게 키우는 걸 부탁하고, 나머지 반은 밭에 옥수수를 사러 갔을 때 제공해서 옥수수의 전문가에게 키우는 걸 맡기자. 산지가 늘어나면 여러 가지 바리에이션이 생길 테니까.

구운 옥수수에 콘 튀김, 피자나 샐러드에 쓰는 것도 좋겠다. 스위트 콘은 쓸 길이 많으니까, 요리의 바리에이션이 더욱 넓어질 거야.

그 전에—.

“딜리셔스인 거예요!”

“맛나맛나~?”

“맛있어.”

사람 수만큼의 스위트콘을 생성하여, 삶은 옥수수를 먹었다.

역시 갓 딴 옥수수는 삶는 게 제일 맛있어.

◆

옥수수를 완식한 우리는 시장에 돌아가 쇼핑을 계속했다.

“이 버클이 멋지다고 고합니다.”

“독특한 의장.”

쥐 수인들은 손이 작고 손재주가 좋은 사람이 많아서, 섬세한 세공물이나 직물이 풍부했다. 미니멈 사이즈가 많지만, 다른 종족용 사이즈도 있으니 여러모로 사들였다.

이 근처 나라는 노마크였으니까, 쿠로로서 에치고야 상회에 들렀을 때 샘플 상품으로 제공해야겠군.

“모험가 님! 거기 고위 모험가 분!”

"저 말인가요?"

리자에게 말을 건 것은 유복해 보이는 긴 털 쥐 수인 상인이었다.

"네. 그 몸놀림, 천을 감은 마창! 당신은 아카티아의 모험가 님이 아니신가요?"

"분명히 그렇습니다만…… 당신은?"

"버릇없이 말을 걸어 죄송합니다. 저는 미제느 상회의 지배인을 맡고 있는 소무라 합니다. 혹여 괜찮으시다면 저희들 가게에 와주실 수 없을까요?"

리자와 나나가 판단을 맡기듯 나를 보았다.

무슨 용건이 있는 모양이니, 그의 초대에 응할 생각이었다. 유복한 상인이라면, 이 나라의 특산품이나 명물을 잘 알 것 같으니까.

"—뼈 무기나 타우로스 소재 말인가요?"

커다란 상회의 응접실로 안내를 받아서 달콤한 냄새가 나는 챠이 같은 밀크티를 즐기고 있는데, 지배인 소무 씨가 본론을 꺼냈다.

"네, 우리 나라에서도 아카티아의 뼈 무기는 대인기인지라……."

이 나라에 인접한 수해는 미궁화되지 않았을 텐데, 성가신 「녹칠(러스트) 덩굴(아이비)」이 맹위를 떨치고 있다고 한다.

"그거라면 가진 게 있으니 조금 넘기죠."

대부분 용사 상점의 창고에 두고 왔지만, 놀이 삼아 만든 뼈 무기는 아직도 대량으로 있다. 사고친 물건은 그대로 사장한다쳐도, 각종 소재의 연습으로 만든 것은 여기서 매각해도 문제없겠지.

"이, 이것은! 모두 명장이 만든 것이군요? 저는 이래봬도 무기를 보는 눈에는 자신이 있습니다. 미궁산이 아닌 것은 한 눈에 알 수 있습니다만, 제작자를 알아보는 건 꽤 힘들 것 같군요. 모톤 공, 은 아니군요. 잔자산사 공의 것은 좀 더 흉흉할 터. 롯페 공의 계통에 가깝습니다만, 그보다도 몇 단계나 완성도가 좋아요. 으~음."

그는 뼈 무기 매니아인지 사령술사의 이름을 들면서 끙끙거렸다.

아마도 정답에 도달하지 못할 테니까, 적당한 타이밍에서 가격 협상을 해야지.

"명검, 명창들뿐이라 가격을 매기는데 고생했습니다. 평가액은 조금 더 신경을 써서— 이 정도면 어떨까요?"

상당히 거액을 제시했다. 100자루 이상의 준마검이나 준마법 무기가 있었다지만, 시가 왕국의 금화 환산으로 금화 2만닢을 넘을 줄은 몰랐다. 마검급의 가격이네.

"이 가격에는 주빙검(朱氷劍)과 창염검(蒼炎劍)은 안 들어가 있습니다. 이것은 경매에 내거나, 국왕 폐하께 헌상하여 작위를 얻는 것을 추천 드립니다."

검 두 자루로 얻을 수 있다니, 작위가 저렴하군. 딱히 필요도 없고, 경매가 끝날 때까지 머무를 생각은 없으니 그가 부른 가격에 그대로 매각했다.

"사토 님, 참으로 말씀 드리기 송구합니다만……."

금액이 너무 방대해서, 현금을 준비하는데 열흘 정도 필요하다고 했다.

"그러면, 이 가게의 상품을 사서 상쇄하죠. 노란 알갱이도 취급하고 있나요?"

"그건 고마운 말씀입니다. 노란 알갱이는 물론 취급하고 있습니다. 가루로 만든 것부터, 사료용 알갱이까지, 마차로 몇 대 분량 구매하실 것인지요?"

옥수수를 사들일 수고를 줄일 수 있으니, 빈 창고를 하나 빌려서 그곳에 상품을 넣어달라고 했다. 시험 삼아 가공하기 전의 껍질이 달린 옥수수를 희망했더니, 그쪽도 내일 낮까지 바구니로 100개 분량 정도 준비해준다고 한다. 역시 대상회로군.

물론 곡물로 다 상쇄할 수 없으니, 동료들과 함께 미제느 상회의 상품을 구석구석 보았다. 브라이브로가 산이라는 보석류나 대량의 시나몬으로 구입액이 늘었지만, 최종적으로 비장의 토정주나 대량의 흙 광석으로 상쇄할 수 있었다. 토정주는 재고가 적었으니 다행이다. 흙 광석은 타마의 인술에도 쓴단 말이지.

"이 나라에서는 흙 광석이 많이 채굴되나요?"

"네. 자세하게 말씀 드릴 수는 없지만, 이 나라의 몇 안 되는 특산품입니다."

흙 광석의 가격이 묘하게 저렴하기에 물어봤더니, 예상했던 대답이 돌아왔다.

수해와 반대쪽 경작지는 척박하니까, 비료 대신 흙 광석을 부숴서 뿌릴 정도라고 한다. 흙 광석의 채굴장은 맵 검색으로 금방 알았으니, 나중에 어떤 장소에서 캘 수 있는지 멀리 보기로 관찰해야겠군.

거래를 마치고, 상회에서 산 현지풍 의상으로 갈아입고 밖으로 나갔다. 물론, 현지의 세공품도 세트다.

"이렇게 방문한 나라의 의상을 입으면, 어쩐지 기분이 들뜨지!"

"예스~?"

"살랑살랑해서 아주아주 즐거운 거예요!"

연소자 팀이 현지 의상으로 빙글빙글 춤을 추었다.

미아는 아무 말도 안 하지만, 표정을 보니 무척 즐거워 보인다.

"류류도 즐겁다고 하는 거예요!"

포치의 가슴 앞에서 흔들리는 용면 요람이 하얗게 깜박거렸다.

잠꾸러기 백룡 류류도, 졸음 속에서 포치의 즐거운 마음을 느끼는 모양이다.

저녁까지 개미굴 같은 탑이 이어지는 랜드마크를 구경하고, 지방의 명물을 먹으며 다녔다. 옥수수 가루를 쓴 음식의 바리에이션이 풍부한 데다가 가격이 합리적이고 맛있었다. 이건 반드시 시가 왕국에도 퍼뜨려야겠어.

"노점은 쥐 수인 말고 다른 수인들도 하고 있네."

"외국의 행상인 같던데?"

이 나라와 인접한 나라에 사는 개 수인과 곰 수인이나 개구리 수인이 많지만, 코뿔소 수인이나 여우 수인이나 족제비 수인 같은 잡다한 종족도 있는 모양이다.

노점을 잔뜩 물색하고 있는데, 나나가 문득 고개를 들었다.

"마스터, 군대가 온다고 고합니다."

나나가 말한 것처럼, 외문 쪽에서 수백 명 규모의 병사들이 오고 있었다. 이 나라의 정규군 같았다.

척후로 보이는 병사가 와서 큰 길 사람들을 물러나게 하고, 큰 길 한 가운데로 군대가 지나갈 공간을 확보했다.

인파 너머에 장군으로 보이는 쥐 수인과 기사들의 모습이 보였다. 장군과 기사는 코뿔소 같은 기승 생물을 타고 있었다.

"뉴뉴."

"주인님—."

타마와 아리사가 재촉할 것도 없이 깨달았다.

장군과 주요 멤버에게 마족이 빙의하고 있었다.

이 자리에서 손을 대면 여러 가지 의미로 위험하니, 지금은 넘어가고 밤중에 쿠로로서 대응하기로 했다.

◆

"저, 정신이 나갔나? 지바 장군!"

밤의 시작이 찾아온 왕궁은 한창 수라장이었다.

장군의 어깨에서 돋아난 마족의 팔이 국왕을 조이고 있었다. 국왕은 도시 핵의 힘으로 저항하고 있었지만, 탈출할 정도의 여력은 없어 보였다.

"돕지."

나는 복화술 스킬로 국왕의 귓가에 속삭이고, 축지로 뛰쳐나가 마족의 팔을 자작 성단검으로 베어내 국왕을 해방시켰다. 장군이 몸의 전면 모두를 입으로 바꾸어 깨물려고 하기에, 곧장 차서 날려버렸다.

장군이 벽면에 격돌하는 것과 동시에, 입구를 걷어차고 피투성이 기사들이 난입했다.

"어서, 미치광이를 처단하라!"

아군의 등장에 국왕이 목소리에 희색이 섞였지만, 기사들은 한순간에 인간의 모습을 잃고 마족으로 변했다.

마족을 떼어내 구하고 싶었지만, 이미 늦은 모양이군.

나는 축지로 다가가 성단검으로 쓱싹 퇴치했다.

하급 마족들뿐이라서 딱히 저항다운 저항도 받지 않았다.

"그러면—."

성단검을 아이템 박스에 수납하고 국왕에게 다가갔다.

"그, 그대는 누군가?"

"용사 나나시 님의 종자 쿠로."

"용사의 종자?! 그렇군! 덕분에 살았네, 쿠로 공!"

어째선지 겁을 먹고 있지만, 용사의 종자라고 하자 갑자기 우호적이 되었다.

국왕은 방 정리를 시종에게 명하고, 나와 함께 호화로운 응접실로 이동했다. 국왕의 말에 따르면 외국의 국빈을 접대하기 위한 방이라고 한다.

"이 나라에서는 마족이 자주 나타나는 건가?"

"20년 만이라네. 결계를 쳐둔 왕성에 들어오다니, 있을 수 없어."

시나몬 향이 나는 달콤하지 않은 과자를 먹으면서 국왕이 대답했다.

"혹여—."

방에서 합류한 재상이 입을 열었다.

"최근 다발하고 있는 상인단의 행방불명 사건이나 변경 마을이 통째로 괴멸한 것도 마족 탓이 아닐지?"

"있을 수 있는 일이군."

만약을 위해서 사건 현장을 체크해야겠는걸.

이 나라에 도착했을 때 조사한 바로는 마족도 마왕 신봉자도 없었지만, 원정에서 돌아온 장군들이 마족에게 빙의되어 있었으니 조금 조사하는 편이 좋겠다.

"장군들이 원정을 간 곳은 어디지?"

"수해 미궁이라네."

그렇군. 요새도시 아카티아에도 출몰했으니, 장군들은 수해 미궁에서 빙의된 거겠지.

"—폐하."

갑자기 당황한 기색으로 나타난 시종장이 국왕에게 귓속말을 했다.

"뭐라고? 죠무죠가?!"

엿듣기 스킬로 훔쳐 들어보니, 국왕에게 충실했던 제2왕자가 도시 핵 단말을 써서 마족용 감지 결계나 차단 결계를 무효화해 버린 모양이다. 전자는 도시 외벽을 따라서, 후자는 왕성을 지키듯 치고 있었을 거라고 했다.

"재상, 이제부터 마족 토벌에 힘을 쏟겠다."

"예."

왕국에는 프루 제국 시절에 만들어졌다는 마족을 감지하는 방울이 여러 개 있다고 한다.

"쿠로 공에게는 앞으로도 협력을 부탁하고 싶네만……."

"미안하지만 나는 바쁘다. 언제나 도울 수 있는 건 아니지만, 마족 토벌에는 협력하지."

마족 감지의 방울 몇 개랑 맞바꾸어, 소검 사이즈의 주조 마검 열 자루를 건넸다. 쥐 수인에게는 딱 좋은 사이즈일 거다. 「영걸의 검」 정도의 성능이지만, 하급 마족을 상대하기에는 충분하겠지.

작위를 내려 자기 편 삼으려는 국왕의 권유를 뿌리치고, 국왕의 목숨을 구한 대신 왕녀를 아내로 준다고 했지만 쥐 수인 공주님에게 연심을 품을 수 있을 정도로 기호가 넓지 않으니 정중하게 거절했다.

목숨을 구해준 사례는 국왕에게 빚 하나 진 셈 치기로 하고, 언젠가 무슨 기회에 받을 생각이다.

◆

"물의 도시."

"예스 미아. 개구리 나라는 물이 풍부하다고 고합니다."

곤돌라가 오가는 수로를 내려다보며, 미아와 나나가 감상을 말했다.

쥐 수인의 나라 라틸터 다음으로 방문한 것은 개구리 수인의 나라 치프챠다. 이 근처는 시가 왕국 주변이나 서방 나라들과 달리 소국의 이름 끝에 「오크」가 안 붙는다.

“곤돌라 탈 거야? 어쩐지 베네치아에 온 기분인걸!”

아리사가 신바람이 났다. 마음은 이해한다.

“뉴~?”

곤돌라가 수로를 나아가기 시작하자, 타마가 수중을 들여다보았다.

“왜 그러는 거예요?”

“집 현관이 집 아래 있어?”

“정말인 거예요! 저런 곳에 있으면 빠져버리는 거예요!”

타마와 포치가 허둥거린다.

개구리 수인이 사는 집은 수중에 입구가 있는 모양이군.

“물고기~?”

“올챙이인 거예요!”

수중을 거대한 올챙이가 헤엄치고 있었다.

“저것은 유생체라고 고합니다.”

수중에 손을 뻗으려는 타마와 포치를, 나나가 막았다.

개구리 수인의 아이는 진짜 개구리와 마찬가지로 올챙이에서 개구리가 되는 모양이군.

“—와아.”

곤돌라가 커다란 건물 그림자를 지나가자, 시야에 광대한 호수가 들어왔다.

“호수 중앙에도 도시가 있습니다.”

리자가 말한 것처럼, 호수 중앙에 건물이 여러 개 있고, 수중에서부터 솟아 있었다.

저기는 개구리 수인이나 지느러미 수인 같은 종족들의 도시인 모양이다. 아까 본 수중에 입구가 있는 건물로 구성된 것 같았다.

"중앙에 있는 하얀 건 성일까?"

"저거는, 행정구다개굴."

곤돌라의 사공이 가르쳐 주었다.

조금 사투리가 섞였지만, 남서 소국 공통어를 쓰는 모양이군.

"저거, 뭐야?"

"저거는, 양식 마즈나의 저수지다개굴."

"나마즈? 메기 말야?"

"아니아니, 마즈나다개굴."

어업도 활발하지만, 물고기 양식도 하는 모양이군.

"여기 특산품은, 역시 물고기야?"

"물고기도 맛있지만, 특산품이라고 하면 『인어의 눈물』이다개굴."

사공 말에 따르면, 그렇게 불리는 보석이 특산품이라고 한다.

실제로 인어— 지느러미 종족이 울어서 생기는 보석이 아니라, 옛날 임금님이 「인어의 눈물처럼 아름답다」리고 말해서 「인어의 눈물」이라고 불리게 된 모양이다.

"그거 말고도 물 광석을 사용한 마법 도구도 인기다개굴."

물이 둘러싸고 있는 치프챠의 사람들에게는 필요 없을 테니까.

"커다란 입인 거예요!"

"하마일까? 커다란 뗏목을 끌고 있네."

수상도시 쪽에서, 수많은 짐을 실은 뗏목이 다가왔다.

수운에서는 하마가 말을 대신하는 모양이군.

"도착했다개굴. 바깥 사람은 여기로 들어간다개굴."

곤돌라가 지상부분에 열린 건물로 이어지는 나루터에 멈췄다.

여기는 대외적인 번화가인 모양이고, 수중으로 들어가는 거주구하고는 이어지지 않은 모양이다.

"산호 같은 질감이네?"

"옻칠이나 콘크리트는 아닐 거고, 뭘로 만든 걸까?"

"『마즈나의 침』이다개굴."

노점을 펼치고 있는 개구리 수인이 가르쳐 주었다.

"마즈나는 양식하고 있다는 그거?"

"맞다개굴. 마즈나의 피를 연성한 마즈나 정수(精水)랑 호수 바닥의 진흙을 섞어서 건축자재로 쓴다개굴."

개구리 수인이 말하고, 진흙이 든 항아리와 마즈나 정수가 든 도자기 병을 노점 매대 아래서 꺼냈다.

"흥미가 있으면 살 건가개굴? 진흙은 항아리 하나에 대동화 10닢, 마즈나 정수는 1병에 은화 3닢이다 개굴."

"그건 폭리지. 두 개에 대동화 4닢 정도가 시세 아닐까?"

갑자기 시세의 10배로 오기에, 시세에 딱 맞는 금액으로 대답했다.

"처음 온 사람이 아니었나개굴? 속았다개굴. 상처 받았으니까 대동화 8닢을 주지 않으면 재기 못한다개굴."

"대동화 6닢까지라면 사겠지만, 그 이상이라면 필요 없어."

"기, 기다려라개굴! 6닢! 6닢이면 되니까 사달라개구우우울."

삼류배우 같은 연기를 하는 노점 주인을 무시하고 지나가려 했더니, 굉장한 속도로 소매를 붙잡으면서 애원을 해버렸다. 어지간히도 안 팔리나 보군.

그 다음에도 몇 개 노점에서 토산품을 물색하면서, 명물 요리 가게를 찾았다.

"—뭐라고!"

길 앞에 무슨 인파가 생겨 있었다.

"한 번 더 말해봐라! 이 몸을 누구라고 생각하냐!"

"시끄러워! 아카티아에도 간 적이 없는 사이비 모험가!"

오는 말에 가는 말로, 모험가로 보이는 수인과 거친 지역 주민 개구리 수인이 싸움을 시작해 버렸다.

의외로 개구리 수인이 강해서 수인을 걷어차 버렸는데—.

"으엑, 저 녀석 길거리 싸움에서 칼을 뽑았어."

"그건 안 되겠군요."

리자가 내 쪽을 보기에 고개를 끄덕이자, 순동으로 수인 앞에 끼어들어서 순식간에 검을 빼앗아 제압해 버렸다. 창을 안 써도 리자는 우수하지.

"누님, 굉장하다개굴! 혹시 아카티아의 모험가인가개굴?"

"네, 최근까지 요새도시에 있었습니다."

리자가 말하자 어째선지 환성이 오르고, 주변 사람들이 차례차례 악수를 청했다.

"무슨 일이래?"

"이 나라에서는 아카티아의 모험가가 인기인이다개굴."

"아카티아의 모험가들이 미궁 안에서 열심히 싸워주니까, 미궁이 밀려오지 않는다개굴."

고개를 갸웃거리는 아리사에게 개구리 수인들이 가르쳐 주었다.

듣자니 몇 대 전인가 임금님이 그렇게 말하고, 국민이 모험가가 되어 아카티아에 원정을 가는 것을 권장했다고 한다. 그 관습이 지금도 이어지는 모양이다.

"정말이지. 이 나라의 평화는 아카티아 덕분인데, 그 바보 개구리는 난처하다개굴!"

"그럼그럼! 은혜도 모르는 잔자산사놈! 하필이면 아카티아에 반기를 들다니 터무니없는 놈이다개굴!"

들어보니 언데드 군단을 만들어 요새도시에 쳐들어간 사령술사 잔자산사의 고향은 이 나라이며, 지역의 유명인이었는지 최근에는 그가 아카티아에서 소동을 일으켰다는 소문으로 떠들썩하다고 한다.

한 차례 개굴개굴 잔자산사의 악담과 소문으로 이야기꽃을 피우던 개구리 수인들이었지만, 금방 호수의 물이 탁해진다는 최신 화제로 이행해 버렸다.

듣자니 왕궁에 있는 정수 마법 장치의 상태가 나쁘다고 한다.

왕국 측에서 고생하고 있다면 도와주는 것도 좋으려나? 그런 생각을 하면서, 개구리 수인들과 헤어져 명물 요리 가게를 찾아 길을 나아갔다.

"—우왓."

아리사가 노점에서 팔고 있는 벌레 요리를 보고 기겁했다. 이곳의 벌레 요리는 리얼한 사이즈감도 있어서 괜히 거북한 모양이군.

나도 미궁에서는 이것저것 먹었지만, 겉보기에 벌레 그 자체 같은 요리는 그다지 잘 못 먹는다. 새우나 게 정도 사이즈라면 평범하게 먹을 수 있으니, 단순히 편견이나 거북함 때문이라고 생각하지만.

시가 왕국의 왕성에서 재상과 점심 식사를 할 때 먹은 애벌레 요리는 맛있었다니까.

"설마, 명물 요리가 이거?"

"노점에 있는 건 마즈나가 아닌 것 같아."

맵 검색으로 조사해보니, 흰 살 생선일 거다.

"바깥 사람한테 벌레 요리는 무리다개굴."

아리사의 표정에 기분 나쁜 기색도 없이, 개구리 수인 노점 주인이 웃었다.

"그래그래. 바깥 사람에게는 마즈나 요리다개굴. 우리 가게가 싸고 양도 잔뜩이니까 추천한다개굴!"

"손님, 마즈나 요리를 먹고 싶으면 우리 가게가 제일 맛있다개굴!"

경쟁 가게가 많은지 우리들을 발견한 마즈나 요리점의 호객꾼이 달려왔다.

"우리가 맛있다개굴!"

"우리가 원조다개굴! 다른 가게하고는 다르다개굴!"

"흥! 우리가 본가다개굴! 가짜들은 빠져라개굴!"

드잡이질이 일어날 정도로 호객이 격렬하군.

이 지역에는 개구리 수인의 가게가 많지만, 개 수인이나 쥐수인의 가게도 종종 보인다. 수는 적지만 코뿔소 수인이나 족제비 수인의 가게도 있는 모양이다.

"손님, 얼른 와라개굴!"

"손님, 우리는 2할 싸게 해준다개굴!"

"그러면 우리는 3할이다개굴!"

이번에는 가격 경쟁이 시작돼 버렸다.

모든 가게의 호객꾼이 너무 필사적이라 고르기 어려우니까, 식사를 마치고 나오는 손님이 가장 만족스러워 보이는 가게를 골랐다.

"헤~ 이게 마즈나구나! 구운 걸 보니까 장어 같은 생선일까?"

공간 마법 「멀리 보기」로 확인했더니, 마즈나는 가물치를 조금 그로테스크하게 만든 것 같은 생선이다. 맛은 담백하고 감귤 계통의 레몬 소금 같아서 먹어보니 대단히 맛있었다.

백미가 먹고 싶어져서 몰래 스토리지에서 주먹밥을 꺼내 먹었더니, 아리사도 요청을 하기에 반으로 나눠 먹었다.

"맛있습니다. 이 투명한 말랭이는 씹는 맛이 좋고, 씹으면 씹을수록 맛이 스며 나오는군요."

"우이우이~ 조개랑 긴 털 새우도 맛있어~."

"포치는 흰 살 생산이 좋은 거예요!"

리자가 말하는 투명한 말랭이는, 호수 해파리라는 담수 해파리를 말린 것이었다.

"연근, 맛있어."

미아가 웃으며 연근 요리에 흡족해했다.

호수 바닥에 있는 진흙 안에서 자란다는 거대한 연근이 오독오독해서 무척 맛있다.

"예스 미아. 생선 요리나 말랭이가 아닌 요리도 맛있다고 동의합니다."

"이 『호수 해파리 매끈매끈』도 맛있어요."

「호수 해파리 매끈매끈」은 신선한 해파리를 우뭇가사리처럼 초간장에 찍어 먹는 디저트 같은 요리다. 오징어 소면처럼 탄력이 있어서 맛있었다.

"이봐, 주인장! 매끈매끈에 쓴맛이 있어개굴!"

"죄송합니다. 당장 바꿔올게요."

개인실 밖에서 손님의 불평이 들렸다.

엿듣기 스킬에 집중하자, 주인아줌마랑 요리사의 이야기가 들렸다.

"쓴 맛이 있대. 토노 나리가."

"밑 준비가 부족했나?"

"그 나리는 혀가 고급이니까."

"아마, 호수가 탁해진 탓이라고 생각하는데, 조금 더 방법이 없나 생각해 볼게."

"부탁해, 주방장."

개구리 수인이 모두 개굴개굴 말하는 건 아니구나. 이런 괜한 것이 신경 쓰였지만, 방금 길에서 들은 정수 마법 장치의 문제가 명물 요리에도 영향을 주기 시작한 모양이다.

맛있는 요리를 지키기 위해서라도, 조금 참견을 해야겠네.

◆

그날 밤, 나는 쿠로의 모습으로 왕궁에 실례했다.

"장치에 맞는 커다란 수정주는 아직 도착하지 않는가개굴!"

국왕의 방에서 노성이 들렸다.

"『숨겨진 마을』을 출발했다는 보고가 온지 사흘. 이제 슬슬 왕도에 도착했어야 합니다개굴……."

"그러면, 왜 오지 않는거냐개굴!"

"그리 말씀을 하셔도……."

방을 몰래 엿보니, 대신으로 보이는 개구리 수인이 왕관을 머리에 올린 국왕으로 보이는 개구리 수인에게 추궁을 당해 난처한 모양이었다.

"폐하! 큰일입니다개굴! 수송대가 습격을 받았습니다개굴!"

개구리 수인 여기사가 안색이 바뀌어 뛰어 들어왔다.

수정주가 중요한 모양이니까 그걸 타깃으로 맵 검색을 했더니, 특별히 커다란 수정주를 마족에게 빙의된 박쥐 수인이 나르고 있는 걸 발견했다.

만약을 위해 공간 마법「멀리 보기」로 확인했더니, 피를 뒤집어쓴 복면 차림 남자라서 명백하게 수상한 느낌이다. 뭐, 마족이 빙의해 있는 시점에서 아웃이지.

나는 그 자리를 벗어나, 섬구로 하늘을 달려 박쥐 수인의 눈앞으로 이동했다.

박쥐 수인은 내 정체를 묻지도 않고 비행속도를 낮추지도 않으며 옆을 지나가려 했지만 그렇게는 못하지. 편리한 「점착 그물」 마법으로 박쥐 수인을 구속해서 지상에 떨어뜨렸다.

부드러운 땅바닥에서 바운드된 박쥐 수인에게 섬구로 접근하여, 충격으로 그의 모습에서 어긋난 마족을 붙잡아 떼어냈다.

"영체 상태인 마족을 붙잡다니 부조리하다푸~."

코에 날개가 돋아난 이형의 마족이 불평을 했다.

입에 해당하는 부분이 없는데 어떻게 말하는 건지는 불명이다.

"뭣 때문에 수정주를 빼앗았지?"

"말할 리 없다푸~. 당연히 심술이다푸~."

말은 안 한다면서도, 심술로 수정주를 빼앗았다고 한다.

마족에게 논리적인 대화는 무리인가 보군.

"그 말투는 요새도시에 나타난 상급 마족의 권속이군?"

"푸웁푸~ 주인님은 유명하다푸~."

마족은 몸의 중심에 있는 코를 꿈틀거리더니 거친 콧김을 뿜으며 춤을 추었다.

"수정주를 빼앗은 건 상위 마족의 명령인가?"

"말이 필요없다푸~."

마족은 말을 돌리듯 코를 벌름거리더니, 단숨에 공기를 뿜어내어 흙먼지로 모습을 감추며 하늘로 날아올랐다.

놓치지 않으려고 쏘아낸 「점착 그물」 마법이 명중하기 직전, 마족이 공중에서 터지며 섬광과 고기 조각을 뿌렸다.

"—자폭?"

흩어진 고기 덩어리가 검은 안개가 되어 사라졌다.

로그에도 하급 마족을 토벌했다고 표시됐으니, 지금 그 폭발이 속임수가 아닌 건 틀림없다.

"그렇다면, 동료에게 보내는 신호인가?"

맵으로 확인했는데 다른 마족이나 마왕 신봉자는 없으며, 지금 그 섬광을 보고 도주를 시작한 자도 없는 것 같다.

"수정주는— 으엑, 이래서 자폭을 했구나……."

맵 검색으로 수정주의 무수한 파편이 발견됐다.

아무래도 마족은 수정주를 회수불능으로 만들기 위해 자폭한 모양이다.

"회수 자체는 간단하지만—."

맵 검색한 정보를 토대로 록온해서 「이력의 손」을 뻗어 스토리지에 회수하기만 하면 된다.

커다란 덩어리 몇 개를 빼면 모래 알갱이처럼 작다.

작은 알갱이는 안정성이 낮은 건지, 손바닥 위에서 공중에 녹아 사라져 버렸다.

위험하네. 재빨리 스토리지에 회수하지 않았다면 적지 않은 양이 소멸해버렸을 거야. 그렇지만, 이대로는 스토리지 밖으로 꺼낼 수가 없다.

나는 조금 생각하고, 잘 알 만한 사람에게 상담하는 게 제일이란 결론에 이르렀다.

『아제 씨, 안녕하세요?』

보르에난 숲에 있는 사랑스런 하이 엘프 아제 씨에게 「원거리 통화」로 말을 걸었다.

『사토!』

들뜬 목소리로 대답해준 아제 씨에게, 부서져서 가루가 된 수정주를 재생하는 방법이 없는지 물어봤더니—.

『그거라면 이력(마나 섹션) 결계 마법으로 뒤덮은 장소에, 듬뿍 마력을 담은 다음에 꺼내면 괜찮아. 모든 조각에 마력을 주입해서 점토를 반죽하는 것처럼 천천히 구슬로 만들면 돼.』

『고맙습니다, 아제 씨. 얼른 시험해 볼게요.』

『사토에게 도움이 된다면, 나도 기뻐.』

우리는 아쉬움을 느끼면서도 원거리 통화를 끊고, 아제 씨에게 배운 방법을 시험해 봤다.

수정주로 갑자기 시험하는 건 무서우니까, 이력 결계를 마력으로 채운 다음에 부서진 물 광석을 구슬로 되돌리는 걸 해봤다.

—어렵군.

갑자기 마력을 너무 주입하면 막대한 물로 바뀌어 터져 버린다.

천천히 마력을 물들이면서 주입하고, 아슬아슬한 선을 파악했다.

〉칭호 「수술사(水術師)」를 얻었다.

〉칭호 「물줄기의 지배자」를 얻었다.

〉「속성석 가공」 스킬을 얻었다.

편리해 보이는 칭호와 스킬을 획득했으니, 유효화하고서 다시 한번 해봤다.

—오옷, 쉬워졌어.

물 광석을 한 덩어리로 만든 다음에 점토처럼 성형할 수 있다. 굳은 다음에는 「석제 구조물」 마법이 필요하지만, 이 상태에서는 평범하게 손이나 「이력의 손」으로 가공할 수 있어 보였다.

—어라?

여러모로 놀다— 숙달 훈련을 하다 보니, 손 안의 덩어리가 수정주가 됐다.

혹시, 하는 생각에 시간을 들여 정성 들여 마력을 과잉 투입해 보니 물 광석이 작은 수정주로 바뀌었다.

크기는 상당히 작아졌다.

아마 물 속성 같은 것이 부족해서 작아진 거겠지.

"—도적은 아직 발견 못했는가!"

"찾아라! 우리 나라의 명운이 걸려 있다!"

엿듣기 스킬이 산을 뒤지는 병사들의 목소리를 포착했다.

시행착오하며 놀고 있을 때가 아니었군.

나는 필요한 수정주 파편과 가루를 꺼내서, 하나의 수정주로 합쳤다.

마족이 자폭할 때 잃어버린 부분도 있을 테니 본래 수정주보다도 작아졌을 테니까, 시행착오를 하면서 생긴 수정주를 더해 조금 늘려두었다.

"저기다! 저기에 누군가 있다!"

나는 수정주를 마력 차단 타입의 천 주머니에 넣고, 추락하여 의식을 잃은 박쥐 수인 곁에 두었다.

이걸로 만사 해결이군.

◆

—그렇게 생각한 건 조금 성급했던 모양이다.

“어째서, 이렇게 됐는가개굴!”

수정주가 도착하는 시간을 재어, 쿠로의 모습으로 재방문한 왕궁에서 개구리 수인 국왕이 머리를 감싸 쥐고 있었다.

“장치의 열쇠 형태로 자라도록 100년에 걸쳐 만들어낸 수정주가, 어째서 둥근가개굴!”

“혹여, 도적이 다른 수정주로 바꿔치기한 것은 아닐지?”

“어째서, 그런 짓을 할 필요가 있나개굴! 조금은 생각하고 말해라개굴!”

국왕이 실언한 대신을 짓밟았다.

설마 자폭으로 부서지기 전의 수정주가 특수한 형태였을 줄은 몰랐군.

“이놈, 이놈!”

“와, 왕이시여, 분노를 가라앉혀 주소서.”

어이쿠, 이대로 직장내 폭력을 방치하는 건 기없지.

“상당히 화가 난 모양이군. 국왕.”

“누구냐개굴!”

“도적이다! 잡아라!”

국왕과 대신의 외침을 들은 기사들이 뛰어들려고 하기에, 「점착 그물」 마법으로 문을 막았다.

“그렇게 당황하지 마라. 나는 용사 나나시 님의 종자 쿠로. 너희들에게 해를 끼칠 생각은 없다."

"용사의 종자개굴?!"

놀라는 국왕의 손에서 수정주를 빼앗았다.

"수, 수정주가!"

"—봐라."

나는 이력 결계를 친 다음, 마법란에서 발동한 「석제 구조물」 마법으로 자유롭게 수정주의 형상을 변형시켰다.

"변형했다개굴!"

"나라면 이것을 너희들이 바라는 형태로 변경할 수 있다."

"뭐, 뭘 바라나개굴!"

"호수가 오염되면 곤란하다."

기껏 맛있는 명물 요리의 맛이 떨어지는 건 싫거든.

"헛소리를—."

"폐, 폐하!"

대신이 국왕에게 귓속말을 했다.

엿듣기 스킬에 따르면, 이유는 몰라도 장치의 열쇠 형태로 바꿔야 한다고 속삭이고 있었다.

"알았다개굴. 내게 도움이 되어라개굴."

개구리 수인 국왕이 턱수염을 매만지면서 재며 말했다.

태도는 좀 마음에 안 들지만, 그의 마음이 바뀌기 전에 용건을 마쳐야겠군.

대신이 정화 장치의 열쇠 형태를 뽑아낸 틀을 가져다주기에, 그것에 수정주가 딱 맞도록 가공했다.

성형한 수정주를 받은 대신이 그것을 받쳐 들고서 방을 뛰쳐나갔다.

잠시 지나 병사들이 실어온 대신이 돌아와서, 정수 장치가 무사히 기동했다고 숨을 헐떡거리며 보고했다. 아무래도 편도를 달려간 참에 체력이 다한 모양이다.

"감사한다개굴, 용사의 종자—."

"쿠로다."

"쿠로 공."

정수 장치가 작동하지 않은 것이 어지간히 스트레스였는지, 보고를 들은 국왕의 미간에 있던 깊은 주름이 사라지고 너그러운 표정이 되어 나에게 포옹을 하면서 감사 인사를 했다.

그대로 연회를 벌여, 왕족도 대신도 병사도 시녀도 다 함께 개굴개굴 춤을 추고 술을 나누었다.

이 나라의 명물이라는 새빨간 난주(亂酒)는 마즈나의 알을 발효시켜서 만드는 독특한 풍미가 있는 도수가 낮은 술이다. 마시는 사람을 가리는 술이지만, 시녀가 가져온 「연근의 마즈나 다진 살 튀김」과 대단히 잘 맞았다.

"나의 벗, 쿠로여. 뭔가 바라는 포상은 없나개굴? 그렇지개굴! 내 딸을 처로 주마개굴."

요전의 쥐 수인 나라 라틸티도 그렇고, 나라를 구하면 임금님들은 딸을 처로 준다는 법칙이라도 있는 걸까?

국왕 옆에서, 드레스를 입은 개구리 수인이 싫지 않은 표정으로 나를 보았다.

개구리 수인은 마음이 넓은 모양이지만, 내 취향을 벗어나니까 사양해야겠어.

"공주에겐 더 걸맞은 개구리 수인 기사님이 있을 거다."

아까 전부터 질투의 시선으로 보는 기사가 여러 명 있었다. 개구리 수인의 미추는 알 수 없지만 주변 시녀의 정성스런 모습을 보면 잘생긴 개구리 수인들 같다.

"그러나, 답례를 아무것도 안 할 수는 없다개굴."

"—흠."

솔직히 말해서, 호수의 오염을 제거할 수 있으면 그걸로 충분한데 말이지.

"그러면, 『인어의 눈물』 교역권은 어떻지? 내 휘하 상회가 시가 왕국과 교역을 바랄지도 모른다."

"오오! 대국과 교역은 우리 나라로서는 바라는 바! 부디 교역을 시작하고 싶소이다! 국왕 폐하! 부디 받아 주소서!"

대신 한 명이 굉장히 적극적으로, 맹렬한 기세로 국왕에게 말했다.

"그, 그래. 대국과의 교역은 분명히 국익이 된다개굴. 교역권을 증정하는 것에 이견은 없다개굴. 그러나, 그것은 내 나라에도 이익이 있는 일이다개굴. 쿠로에 대한 감사가 안 된다개굴."

그걸로 충분한데, 국왕은 좀처럼 포기하질 않는다.

"폐하, 너무 난처하게 만들어선 안 된답니다."

개구리 수인 왕비님이 국왕을 달래주었지만, 국왕은 완고했다.

그 왕비의 가슴팍에서 희한한 것이 보였다.

"그 목걸이의 보석은 어둠 광석인가?"

"어머나, 아시겠나요? 암정주를 사용한 호신의 마법 도구랍니다."

"맞다개굴, 내 나라의 호수 밑바닥에 있는 동굴에서 채취—."

"—폐하!"

국왕이 말실수를 한 것을 대신들이 황급히 말렸다.

너무 당황해서 국왕이 대신들에게 깔려 버렸으니 얼른 비켜주면 좋겠다.

"나는 아무것도 못 들었다. 그보다도, 왕비. 그 목걸이를 조금 보여줄 수 있나?"

"이것은 국보입니다만— 구국의 영웅에게 보여드리는 것 정도는 상관없겠죠."

"감사하군."

왕비가 내민 펜던트를 받아서, 어둠 광석에 새겨진 룬 문자와 받침대에 새겨진 마법진을 자세히 읽어 보았다.

이것은 어둠 관련의 장벽을 만들어내는 타입의 마법 도구다. 공격 마법뿐 아니라, 불꽃이나 산 같은 공격도 막을 수 있겠지. 대략적인 구조는 알았으니, 돌아가면 어둠 광석이나 암정주를 써서 시험작을 만들어 봐야겠는걸.

"멋진 호신구다."

나는 그렇게 말하고 왕비에게 펜던트를 돌려주었다.

이걸로 답례는 충분하다고 국왕에게 말했지만, 그는 꼭 형태가 남는 답례를 하고 싶었는지 왕국의 유명 마법 도구사가 만들었다는 물 광석의 공예품을 선물해 주었다. 대단히 보기 좋은 물건이라, 에치고야 상회의 본점 홀에 장식하면 좋겠군.

◆

"이걸로 다섯 나라째?"

"아니, 여섯 나라째야."

개구리 수인의 왕국을 나선 우리는 사흘 정도 주기로 수해 주변 소국을 돌면서, 드디어 마지막 한 나라인 브라이브로가 왕국에 찾아왔다.

여기서 더 앞으로 나아가면 엘프들이 있는 브라이난 씨족의 숲이 있지만, 연구를 좋아하는 엘프들에게 붙잡히면 몇 개월은 머무르게 될 것 같아서 이번에는 방문 예정이 없다.

이 브라이브로가 왕국은 요정 레프라콘의 나라지만, 수인이나 다른 요정족도 많다. 그래도 틀어박히는 걸 좋아하는 엘프들은 없는 모양이다.

"여기에도 마족이 있을까?"

아리사가 지긋지긋하단 표정으로 불평했다.

여기까지 다섯 나라에서는 모든 나라에서 하급 마족이 암약하고 있었다.

"아니, 여기는 괜찮은가 봐."

맵 검색으로 보니 마족도 마왕 신봉자도 없다.

"긴 코~?"

"코끼리 아저씨인 거예요! 기린 아저씨는 본 적 없지만, 코끼리 아저씨는 본 적 있는 거예요!"

이 나라에서는 코끼리가 짐 나르기에 쓰이는 모양이라, 상당한 수를 기르고 있었다. 시가 왕국에서도 이 나라의 스마티트 왕자 일행이 사역하고 있었다.

식물과 건물이 융합한 것 같은 독특한 건축이 늘어선 메인 스트리트를 나아가, 특산품으로 보이는 다종다양한 과일을 맛보면서 잔뜩 사들였다. 알갱이가 작은 과일이 많지만, 모두 달고 맛있다.

엄청나게 다양한 허브가 팔리고 있으며, 허브의 전문점까지 있는 모양이다. 노점에서 팔리는 요리에도 허브를 듬뿍 쓰고 있어서 맛이 다채롭다.

"이 나라도 덥네. 역시 수해 옆이라 그럴까?"

"아마도."

도시 핵의 힘으로 기후를 조정하고 있다지만, 국경에 물리적인 벽이 있는 게 아니니까 주변국의 영향을 받아 버리는 거다.

"예뻐."

"예스 미아. 보석이나 보석 세공이 윤택하다고 고합니다."

이 나라는 보석이나 은의 산출로 대륙 남서부 제일을 자랑하며, 시가 왕국에도 여러 종류의 보석을 수출하고 있었다.

"저렴하네."

"시가 왕국의 3분의 1 정도일까?"

가치가 높은 것은 가게 앞에 진열하지 않았지만, 언뜻 봐서는 엄청 이득이다.

보석은 마법 도구나 연성에 자주 쓰이고, 가공 중에 나오는 부스러기는 정말로 푼돈이니까 나중에 잔뜩 사야겠는걸.

"킁킁, 바다 냄새가 나는 거예요."

포치가 코를 벌름거리며 바다 냄새를 맡았다.

이 브라이브로가 왕국은 바다와 닿아 있었다.

"오랜만에 바다의 산물도 좋네."

"포치가 안내하는 거예요! 바다 냄새는 이쪽에서 나는 거예요!"

포치의 손에 이끌려, 바다 쪽으로 발길을 옮겼다.

"마스터, 어디선가 본 적 있는 배를 발견했다고 보고합니다."

나나가 발견한 것은 노가 달린 범선 같은 대형선이었다.

"……족제비."

리자가 밉살맞다는 기색으로 중얼거리는 걸 엿듣기 스킬이 포착했다.

그녀가 말한 것처럼, 저건 족제비 제국의 상선이다. 갑판에도 수많은 족제비 수인 상인과 뱃사람들이 보였다. 지금까지의 나라에서도 족제비 수인의 행상인들이 진출해 있었지만, 제대로 접촉하지는 않았었단 말이지.

리자에게 뭐라고 말을 걸어야 할지 망설이고 있는데, 예상치 못한 방향에서 떠들썩한 목소리가 들렸다.

"아~ 당신들!"

돌아본 곳에, 요새도시 아카티아에 있어야 할 웃샤 상회의 케리 양이 있었다.

"우연이잖아, 케리코."

"응, 우연—이 아니고! 케리코라고 하지 마! 내 이름은 케리나그레! 줄이는 것도, 이상한 경칭을 붙이는 것도 금지!"

아리사의 친근한 말에 웃으며 대답한 케리 양이었지만, 금방 자기 이름을 이상한 식으로 부른 것을 깨닫고 흥분하며 정정했다.

"당신들은 고향에 돌아간 거 아니었어?"

"돌아가기 전에 여기저기 들르고 있었어요. 요새도시는 어떤가요?"

케리 양에게 로로가 어떤지 물어봐야겠다.

"로로가 걱정인 거지? 그 애라면 괜찮아. 티아 씨도 있고, 강아지랑 골렘이 지키고 있으니까. 물론, 햄스터 꼬마들도."

다 안다고 말하듯 케리 양이 자세한 이야기를 여러모로 들려주었다.

"그대, 사토가 아닌가?"

친교를 다지고 있는 우리에게 말을 건 것은 이 나라의 스마티트 왕자였다. 그의 옆에는 케리 양의 비서인 토마리토로레 씨의 모습도 있었다.

"흠. 웃샤 상회의 딸과 아는 사이인가?"

"네, 전하. 요새도시 아카티아에서 상업의 라이벌이었습니다."

"—잠깐."

내 농담에 케리 양이 조바심을 내고, 뿅뿅 뛰면서 내 입을 막고자 소란을 피웠다.

"아가씨, 전하의 어전입니다."

"그, 그치만, 토마리……!"

토마리토로레 씨가 케리 양을 붙들어서 진정시켰다.
"사토 씨는 전하와 아는 사이셨나요?"
"그래. 사토는 내가 까불이 경으로 임명한 자다!"
그녀의 물음에 대답한 것은 스마티트 왕자였다.
""까불이 경!""
케리 양과 토마리토로레 씨가 동시에 외쳤다.
그러고 보니 레프라콘에게 까불이 경이란 꽤 높은 지위였던가?
"무례를 용서해 주세요. 사토 님께서 까불이 경이시란 걸 모르고……."
고개를 숙인 케리 양이 스커트 자락을 잡았다.
"딱히 신경 쓰지 않아도 돼요. 무례하지도 불쾌하지도 않았으니까."
케리 양이 조금 안도한 표정으로, 어째선지 스커트 자락을 조금 들어 올렸다.
커티시 같은 숙녀의 인사 브라이브로가 왕국판인가?
"자, 여기요."
"왜 그러시죠?"
"제 스커트를 들추실 거죠?"
—무슨 소릴 하는 거야?
"안 들춰요?"
"안 들춰요."
눈을 올리고 올려다보는 케리 양에게 딱 잘라 말했다.
앳된 소녀에게 장난을 치는 취미는 없고, 무엇보다도 농담이라도 그런 낌새를 보였다간 철벽 페어에게 길티 판정을 받을 테니까.

"아가씨로는 마음에 안 드신다면, 제 스커트를……."

이번에는 토마리토로레 씨가 타이트 스커트를 슬쩍 올리며 섹시한 시선을 보냈다.

"그러니까, 안 해요."

"뭐라고?! 까불이 경이라면 장난을 쳐야 한다!"

스마티트 왕자가 분개했다.

아무래도 까불이 경은 장난을 치는 모양이다.

그래서 케리 양과 토마리토로레 씨가 그런 엉뚱한 소리를 꺼냈구나.

"그런 것보다도 왕자님. 조금 드릴 말씀이—."

이야기를 얼버무리기 위해서, 스마티트 왕자에게 주변 나라에서 암약한 마족들에 대해 말하고 주의하도록 경고했다.

그 다음에 케리 양을 길동무 삼아, 왕성에서 스마티트 왕자나 국왕에게서 환대를 받았다.

연회의 메인 요리는 시가 왕국의 재상과 점심 식사에서도 나왔던 「브라이브로가 대형 애벌레의 통구이」로, 본고장의 실력을 유감없이 발휘한 멋진 맛이었다. 겉모습에 도망치려고 한 아리사였지만, 잘라내서 원형을 잃은 다음은 멋진 향기와 맛에 분한 표정으로 더 달라고 했다.

연회가 후반이 되어 자리에서 일어나 사교에 전념하는 시간이 되자, 스마티트 왕자의 손님인 우리들 곁으로 브라이브로가 왕국의 관료나 대상인들이 인사를 하러 찾아왔다.

"대형 애벌레는 혐오감을 나타내는 외국 분도 많습니다만, 펜드래건 경은 처음부터 호의적으로 봐주셔서 기뻤습니다."

"아무렴아무렴. 역시 엘프 미사날리아 님의 동행을 맡을만한 분이야."

"스마티트 전하가 까불이 경의 지위를 주시는 것도 납득이 됩니다."

맛있는 요리를 즐긴 것뿐인데, 처음부터 호감도가 맥스인 것은 기쁘군.

관광 부대신으로서 책무를 다하고자 브라이브로가 왕국의 명소나 명물을 여러모로 물어보고, 처음 가는 손님은 거절하는 격식이 높은 레스토랑도 소개를 받았다.

"셰셰셰. 펜드래건 각하는 인기인이십니다니이."

질척한 말투로 끼어든 것은 족제비 수인 상인이었다. 이 지방에 안 맞는 더워 보이는 복장이니, 항구에 있던 대형선의 관계자겠지.

"처음 뵙겠습니다, 펜드래건 각하. 저는 족제비 제국 데지마 섬에서 가게를 경영하고 있는, 스아베 상회의 토리미소리라고 합니다니이."

"스아베 상회라면 시가 왕국에도 점포가 있죠?"

"네. 시가 왕국 지점은 호미무도리 공이 경영하고 있습니다니이."

역시, 왕도에서 알게 된 족제비 수인의 상회와 마찬가지군.

"이 나라에도 유인 골렘이나 골렘의 부품을 파나요?"

"셰셰셰. 그 밖에도 여러 가지 **공업 제품**이나 정화 장치를 들여

왔습니다니이."

어미가 신경 쓰인다. 마족에 빙의되지 않았는지, 무심코 AR 표시를 확인해 버렸잖아.

—그리고, 공업 제품?

"스아베 상회의 공업 제품은 모두 균일해서 어떻게 만드는 것인지 신경이 쓰입니다."

브라이브로가 왕국의 대신이 팔짱을 끼면서 어려운 표정으로 족제비 상인을 보았다.

"죄송합니다니이. 데지마 섬까지 오신다고 해도, 공장의 견학을 하는 것은 데지마 섬을 다스리는 친왕 전하의 허가가 필요해집니다니이."

"흠, 역시 국가 기밀인가……. 확실히 대륙 동방에 제국을 쌓을 정도의 나라라는 것이군."

나도 견학을 하고 싶지만, 족제비 수인의 나라에 가는 것은 리자가 싫어할 것 같으니 당분간은 보류해야겠어.

"그러고 보니, 정화 장치라는 것은 뭐죠?"

"독기를 정화하는 장치입니다니이."

"신성 마법 같은 느낌인가요?"

"아니요. 독기를 비밀의 방법으로 장치 안에 흡착시켜서, 주위의 독기를 제거하는 것입니다니이. 모인 독기의 제거나 장치의 정비는 무료로 하고 있습니다니이."

"수해 미궁에 인접한 나라나 요새도시 아카티아에서 팔릴 법하구먼."

“셰셰셰. 물론, 가장 먼저 팔고 있습니다니이.”

요새도시는 이미 몇 개의 정화 장치가 있으니까 필요할지 미묘하고, 무엇보다 미궁 안쪽에 있으니까 메인터넌스의 부담이 클 것 같군.

“펜드래건 각하—.”

족제비 상인이 나에게 말을 걸려고 했을 때, 홀의 조명이 일제히 꺼졌다.

주위에서 동요한 목소리가 들리지만, 환성을 지르는 사람들이 더 많으니까 무슨 이벤트겠지.

“제군들! 장난은 치고 있는가아아아아아!”

스포트라이트가 괴상한 차림을 한 레프라콘 남성을 어둠 속에서 비추었다.

—거짓말이지?

저 훈남 중년 남성이 스마티트 왕자의 아버지— 이 나라의 왕인가 보다.

“파이 던지기 시간이다아아아아아아아아아!”

““““우오오오오오오오오오오오오오!””””

조명이 부활하고, 어느샌가 테이블 여기저기에 크림파이가 쌓여 있었다.

오른쪽 후방에서 날아온 크림파이를 피하자, 눈앞에 있던 족제비 상인의 안면에 직격했다. 흩어지는 크림을 맞지 않도록 백스텝으로 회피하고, 쟁반 실드나 촉대로 크림파이에서 동료를 지키는 나나 곁으로 이동했다.

“먹는 걸로 놀면 안 돼~?”

“그런 거예요! 과자는 먹기 위해 있는 거예요!”

나나가 쳐낸 크림파이는 타마와 포치가 캐치해서, 리자가 요정 가방에 수납하고 있었다.

내일 간식은 크림파이로 결정됐군.

“정말 그렇습니다. 식량으로 놀다니, 레프라콘의 왕에게 반성이 필요하군요.”

“응.”

분개하는 리자에게 미아가 동의하고 있었다.

“꽤 맛있는데, 뒷맛이 너무 오래 남네.”

“크림에 쓴 버터 탓이 아닐까?”

아리사와 루루는 크림파이의 맛을 분석하고 있었다.

—LYURYU.

크림파이의 달콤한 향에 이끌린 류류가 포치의 펜던트에서 나타나, 몸으로 캐치한 방석 사이즈의 크림파이에 머리를 푹 집어넣어가며 즐기고 있었다.

“달콤함이 잘 안 가시네. 설탕이 아니라 당밀을 쓰는 게 아닐까?”

「이력의 손」으로 나나를 어시스트하면서, 나도 한 입 맛을 보았다.

크림파이 싸움의 후반은 전혀 피탄되지 않은 나나에게 집중포화를 하는 느낌이었지만, 나나는 마지막까지 한 방울의 크림도 맞지 않고 막아냈다.

감동한 국왕이 나나에게 「방어왕」의 칭호와 훈장을 준다고 했지만, 미아와 아인 소녀들에게 먹을 것을 장난에 쓰면 안 된다고

설교를 당했다.

불경죄라고 화를 내는 임금님이 아니라 다행이군.

우리들은 브라이브로가 왕국에서 며칠 관광을 하며 지내고, 보석과 은을 듬뿍 구입하여 용건을 마쳤다. 스마티트 왕자의 소개로 알게 된 상회에서 명물인 꽃차의 찻잎도 극상품을 얻었으니, 대만족스러운 체류였다.

"—로로 쪽은 어때?"

공간 마법으로 요새도시의 모습을 보고 있는데, 아리사가 뒤에서 말을 걸었다.

"오늘도 활기차게 하고 있어."

용사 상점은 번성하고 있고, 로로도 종업원들이나 햄스터 꼬마들과 함께 야단법석이지만, 대단히 충실한 나날을 보내고 있었다.

가끔 괘씸한 클레이머도 오는 모양이지만, 새끼 늑대 모드의 펜과 전직 모험가 점원들이 쫓아냈다. 권력을 휘두르는 사람은 토반 씨가 대응했고, 그가 미처 대응하지 못하는 상대는 티아 씨가 상담을 해주거나 힘을 빌려주고 있으니 문제없어 보인다.

"……이제 슬슬, 수해 주변에서 떨어질까."

"응, 때가 됐네."

언제든지 로로를 도와줄 수 있도록 수해 주변 나라에 있었지만, 이제 과보호로 지켜보지 않아도 괜찮아 보인다.

용사 상점이나 로로에게 무슨 일 있으면 로로의 그림자에 숨겨둔 박쥐가 가르쳐줄 거고, 이제 슬슬 시가 왕국 방면에 돌아가야지.

막간: 대마녀

대마녀님의 우아한 하루는 홍차 한잔으로 시작된다.

"자, 오늘도 열심히 일을 해야지."

멀리 하계 사람들의 생활을 내려다보면서, 천천히 홍차를 놓고 업무 개시의 벨을 울렸다.

그것을 기다린 것처럼, 대마녀의 제자들이 서류를 안고서 뛰어 들어왔다.

"티아 님! 수원의 적화 현상이 진정됐습니다."

"다행이네. 그래서 원인은?"

"미궁의 독기가 주요 원인이었어요. 여기에 자세히 정리했습니다."

"고마워— 독기 정화 장치가 오래돼서 열화가 심한 것이 원인이었구나. 분명히, 어느 상회에서 팔겠다고 왔었지?"

"네, 스아베 상회입니다. 시험적으로 한 대 도입해볼까요?"

"그렇네. 지금의 정화 장치가 부서지기 전에, 시험 운용을 해보는 편이 좋겠어."

티아는 새로운 장치의 구입을 제자 중 한 명에게 명하고, 다음 안건으로 이행했다.

"『성』 내부의 탐색대 편성이 완료됐습니다. 대장으로 티거 씨를 임명했어요."

“그러면 안심이겠네. 함정은 아직 남아 있을 테니까, 특히 주의하라고 전해둬.”

“티아 님, 모로크 사제가 사령술사 길드에서 싸웠다고 해요.”

“왜 아직도 있는데! 한동안 못 움직이니까, 경비병을 데리고 중재하러 가.”

“알겠어요. 맡겨 주세요.”

그 다음도, 끊임없이 제자들이 대마녀에게 보고와 상담을 하러 왔다.

점심을 한참 넘어서도 업무가 끊이지 않고, 대마녀는 공복을 느낄 틈도 없이 업무에 쫓기고 있었다.

“티아 님, 이제 좀 쉬세요.”

간식을 테이블에 둔 필두 제자가 대마녀에게 말했다.

“고마워. 벌써 시간이 그렇게 됐어?”

“점심은커녕, 벌써 간식 시간이에요.”

“어머나, 눈치 못 챘어.”

고기가 꽤 많은 간식을 입으로 옮기면서, 대마녀가 잡담을 했다.

“음. 오늘도 마족의 낌새는 없네…….”

“마족 침입은 일단락된 모양이네요. 뭐가 목적이었던 걸까요?”

“글쎄? 요새도시는 마족이 노릴 법한 것들이 많으니까.”

대마녀는 어깨를 으쓱거리고 필두 제자의 질문을 얼버무렸다.

“그보다도, 부탁해둔 건은 뭔가 알았어?”

“잔자산사에게 유물을 건넨 것은, 아랑급 모험가인 쥐 수인이었어요. 여기까지는 목격자도 있어서 간단했습니다만, 그 쥐 수인은 이미 미궁에서 사망하여, 흑막까지 도달할 수가 없었습니다."

"그래, 고마워."

대마녀는 남은 간식을 입에 욱여넣으며 생각했다.

'아마, 마족을 보낸 놈들이랑 같겠지? 일부러 잔자산사를 쓴 목적은 뭘까? 사신전(邪神殿)의 마왕 유해가 목적이라면 일부러 요새도시를 노릴 필요는 없을 거고……. 역시, 그 사건은 교란 목적이었다고 보는 게 타당하지. 그렇다면, 최종적인 노림수는 원천에서 마력을 빨아올리는 위핵(페이크 코어)임이 틀림없어.'

대마녀의 손이 텅 빈 그릇 위에서 방황했다.

필두 조수는 아무 말 없이 아이템 박스에서 꺼낸 새로운 그릇과 바꾸었다.

'위핵의 정체가 자월핵이라는 것은, 오래 지낸 필두 제자 리미에게도 가르쳐주지 않았어. 어떻게, 알아낸 걸까…….'

간식을 집은 대마녀가 그것을 입에 옮기면서 사고를 거듭했다.

'그보다도…… 나한테 무슨 일이 있을 때, 자월핵을 계승할 수 있는 건 내 자손인 로로뿐이야. 이 일을 그 애한테 전해야 하겠지만—'

대마녀는 간식을 옮기는 손이 멈출 정도로 고민했지만, 금방 결론을 내렸다.

'—아직 일러. 하다못해, 연인을 만들고 결혼해서, 애를 만든 다음이라도 늦지 않아.'

"티아 님, 무슨 일이신가요?"

"아무것도 아냐."

걱정하는 제자에게 말하고, 마지막 한 조각을 입으로 넣었다.

'로로의 반려로 걸맞은 건, 지금은 사토 씨 정도인가? 요새도시는 인간족이 없는 게 문제야. 그를 여기로 되돌리려면 어떡하면 좋을까? 권력욕이나 색욕은 없어 보이고, 지식욕이나 호기심을 자극하는 게 좋을까?'

대마녀는 적절하게 사토의 취향을 파악하고 있었다.

'목석에 내성적이면 연애는 타오르기 어려우니까, 특제 반하는 약으로 상을 차려줄까? 계기만 있으면, 젊으니까 그 다음은 애 한두 명은 쑥쑥 낳아주겠지.'

식후의 홍차를 기울이면서, 그렇게 결론을 내렸다.

당사자에겐 괜한 참견이지만, 대마녀는 진지하게 생각하고 있었다.

"그러면, 오후 일도 열심히 해야지. 안 그러면 로로를 보러 갈 시간도 못 만들어."

팔을 걷어 부친 대마녀 앞에 아침의 두 배는 되는 서류가 나타났다.

"—리미?"

"이걸 정리하면, 내일은 놀러 갈 시간을 만들 수 있어요."

"알았어……."

대마녀는 입에서 영혼이 빠져나간 표정으로 서류 다발에 도전했다.

오늘밤도 심야까지 집무실의 불은 꺼지지 않을 모양이다.

벽령

"사토입니다. 깔끔하게 정비된 제방이라도, 여름철이 되면 단숨에 잡초가 우거지는 것을 보면 자연의 힘을 느낍니다. 그것이 수십 년이나 방치된 들판이라면, 경외마저 느낍니다."

"주인님, 일각 안에 이동할 수 있는 범위에 있는 대형 마물을 구축하고 왔습니다."

"수고했어. 루루가 저기 간식을 준비했으니까 휴식하고 와."

나는 「석제 구조물」 마법으로 만든 탑 옆에, 병사용 건물을 「집 제작」 마법으로 펑펑 양산했다.

여기는 시가 왕국의 남부에 있는 광대한 마물의 영역― 벽령이었다.

내 친구인 전직 시가8검 고우엔 씨가 이제 그만 벽령 가장자리에 도착할 것 같아서, 폐허가 되어 있던 개척 거점을 조금 정비하고 있었다.

오두막 같은 폐옥을 해체하고, 녹음이 집어삼킨 좁은 울타리 안을 가로세로 수십 배 정도의 범위로 숲을 터서 정지를 하여 넓혔다. 그곳에 고우엔 씨와 범죄노예 부대 무라사키를 수용할 수 있는 건물을 준비했다. 덤으로 자급자족할 수 있도록 충분한 넓이의 밭과 우물을 몇 개. 덤으로 세탁이나 배수를 위해서 수로를 만들어 강의 물을 끌어들였다.

강이 조금 멀고 피라니아도 새파랗게 질릴 정도의 호전적인 생선이 무수히 많지만, 식량도 될 법하니까 수로 끄트머리에 단 수문에 좀 강한 마물 퇴치만 설치해 두었다.

"정말, 주인님이 하면 개척이란 말이 개척 게임처럼 이지해지네."

잘못해서 수로에 떨어지지 않도록 1미터 정도의 울타리를 흙벽 마법으로 척척 만들고 있는데, 아리사가 기가 막힌 목소리로 불평했다.

그 아리사는 공간 마법으로 내가 벌채한 나무들의 가지를 잘라내 주었다.

그 옆에서 미아가 사역하는 게노모스가 가지를 나르고, 작은 실프가 나뭇잎이나 쓰레기를 청소해 주었다.

"주인님, 사냥감인 거예요!"

—LYURYU.

포치와 백룡 류류가 거대한 뱀의 마물을 끌고 돌아왔다.

관광할 때는 포치의 용면 요람에 들어가서 잠만 자고 있던 백룡도 전투의 낌새를 느끼더니, 금방 눈을 뜨고 포치와 함께 사냥을 즐기고 있었다. 정말이지, 전투 생물다운 습성이야.

"쥔님~."

정찰을 갔던 타마가 돌아왔다.

"이제 저기 와~?"

"생각보다도 빨랐네."

고우엔 씨 일행이 산 하나 너머에 도착한 모양이다.

아직 병사 숙소의 내장이 다 안 됐지만, 간이 화장실과 목욕탕과 주방 같은 물가나 사람 수의 간이침대는 준비했으니까, 다음은 쌓아 올린 통나무의 산을 이용해 자기들이 만들겠지.

여기는 벽령의 끄트머리이고 근처의 작은 원천과 떨어져 있으니까 마력 공급원은 구형 마력로뿐이지만, 이 정도 규모라면 문제없을 거야. 본래 있던 거점용의 마력 발생장치도, 구형이었지만 마력로와 함께 정비해뒀으니까 새거나 마찬가지로 쓸 수 있을 거고.

"다들, 모여. 철수하자."

척후로 보이는 선발대가 산을 넘기 직전에, 우리는 일단 개척기지의 설영을 끝내고 상당히 떨어진 장소에 있는 벽령의 숲에 파묻힌 도시 유적으로 철수했다.

◆

"오늘은 북쪽에 있던 제왕뱀(엠페러 서펜트)의 둥지를 공략하고 왔습니다."

"실력 발휘~?"

"포치의 실력도 붕붕 발휘한 거예요!"

—LYURYU.

아인 소녀들이 백룡과 함께 황금 갑옷 풀 장비로 기세를 올렸다.

여기는 벽령의 중심에 있는 도시 유적 중 하나다. 남서쪽 나라들을 관광하던 무렵에 황금 장비용의 강화 외장을 시험 삼아 만들었으니, 그것의 성능 평가와 시운전을 겸해서 개방해 봤다.

"주인님은 오늘도 도시 유적 개조야?"

"정지를 마쳤으니, 오늘은 농지를 만들 거야."

여행하면서 얻은 카사바나 옥수수 밭을 만들 생각이다. 주로 우리들이 소비할 용도다.

아마 마법으로 금방 끝날 테니까 그 다음에는 도시 핵의 상태를 보러 갈 생각이다.

도시 핵을 장악한 뒤에, 도시 방어 기능을 유효화하는 명령만 내리고 방치했단 말이지.

"보고. 비공소정의 준비가 됐다고 고합니다."

호버크래프트 같은 모습의 초소형 비공정에서 나나가 모두를 불렀다.

이 자동차 사이즈의 비공소정은 사냥터에 오가는 용도로 남은 부품과 마물 소재를 써서 뚝딱 만들어봤다.

"도시락은 챙겼니? 다치지 말고 가라."

"응, 완벽."

"주인님의 점심밥은 보온고에 넣어뒀으니까, 나중에 먹어주세요."

"고마워, 루루."

비공소정에 탄 동료들이 레벨 60을 넘는 보스급 마물을 사냥하러 갔다.

이 벽령은 여기저기에 레벨 50을 넘는 마물이 다수 서식하고 있으니, 동료들의 수행을 위해 조금 들렀다.

나는 벽령 안에 남은 여섯 개 정도의 도시 유적을 순서대로 해방할 생각이다.

그런 생각을 하면서 「농지 경작(컬티베이션)」 마법으로 광대한 밭을 만들고, 카사바의 묘목이나 옥수수 알갱이를 미니추어 사이즈의 골렘들에게 심도록 했다. 손바닥 사이즈의 골렘이 꼬물꼬물 농작업을 하는 모습은 상당히 치유가 된다.

눈으로 보면서 심는 데는 쓸 수 있지만, 농작업을 완전히 위탁하려면 엘프들의 마법 장치로 코어 부분을 만들 필요가 있겠다. 마법으로 만든 골렘은 전투나 단순노동이라면 할 수 있지만, 상황에 따라 임기응변으로 행동하는 게 서투르니까.

"밭은 이거면 되고. 사탕수수도 재배하고 싶고, 다음은 조금 기온이 높은 남쪽 도시 유적을 해방할까?"

그런 혼잣말을 중얼거리며 도시 핵의 방으로 갔다.

동료들이 없으면, 그만 혼잣말을 해버린단 말이지.

◆

『주인님, 거점에 없는 모양인데, 어디 있어?』

아리사가 「무한 통화」를 걸었다.

원거리 통화용으로 표식인 각인판을 가지고 있던 덕분에, 상대의 장소가 멀어도 통신이 가능했던 모양이다.

"다른 도시 유적이야. 조금 필요한 게 있어서 회수하러 왔어."

벽령 거점의 도시 핵을 조사했더니, 이 도시 유적의 지하에 작업용 「살아있는 조각상(리빙 스태추)」의 스톡과 생산 및 조정 시설이 있는 걸 알아내서 확인하러 온 것이다.

아리사에게 도시 하나를 해방하고 지하 시설을 부활시키고 있었다고 말하자—.

『엑~! 그런 즐거운 일을 할 거면 우리도 불러야지!』

"미안미안, 조금 회수만 하고 갈 셈이었는데."

1000대 가깝게 스톡되어 있는 스태츄의 대다수는 천장이 무너지는데 말려들어서 장기보존용의 고정화 마법이 풀려 부서져 있었지만, 모래흙이나 잔해를 치우고 회수해 확인하자 70대 정도는 그대로 쓸 수 있을 만큼 양호한 상태로 발견했다.

나머지 과반수도 바디가 손상되긴 했지만 쓸 수 있고, 그것 말고도 코어 부분은 재이용할 수 있다. 생산 시스템은 부서졌지만, 엘프 스승들에게 상담을 하자 수리할 수 있는지 확인해준다고 했다. 아마 괜찮을 것이라고 기대하고 있다.

조정 시스템은 좀 수리했더니 작동하기에, 무사했던 50대에 농작업용 프로그램을, 나머지 20대에 청소용 프로그램을 다운로드한 참에 아리사의 통화가 온 것이다.

『저녁까지 계속 하고서?』

"벌써 저녁이었구나……."

너무 열중해서 시간을 잊고 있었네.

"미안미안, 금방 돌아갈게."

아리사에게 사과하고, 스태츄들의 재프로그램을 조정 시스템에 위탁한 다음 「귀환전이」로 거점에 돌아갔다.

물론 마물에게 다시 지배당하지 않도록 도시 유적의 방어 시스템은 재기동했다.

다른 도시 유적 지하에는 생선 양식 시스템이나 보존식 생산 공장 따위도 있는 것 같으니, 내일 이후에는 동료들과 함께 도시 유적을 해방하러 다닐 생각이다.

"다녀왔어."

"어서오~."

"어서오세요인 거예요!"

거점에 돌아가자 타마와 포치가 금방 뛰어들었다.

한 발 늦은 미아와 다른 애들도 달려왔다.

"기념품 잔뜩 있는 거예요!"

"그림자 광석도 있어어~?"

타마가 커다란 그림자 광석을 들었다.

"꽤 커다랗네. 어쩐 일이니?"

다른 속성 광석은 마물에게서 채취되는 일도 있지만, 그림자 광석은 한 번도 주운 적이 없다.

"이동 중에 계곡에서 발견했습니다."

"계곡이 새까매서 금방 깨달았다고 보고합니다."

"석탄의 광맥이나 어둠 광석일까 생각해서 조사했더니, 그림자 광석이었어."

"잔뜩 있어~."

타마가 요정 가방에서 좌르륵 그림자 광석을 꺼냈다.

"오며 가며 본 느낌으로, 그림자 광석이 생기는 건 하루 종일 그림자가 드리우는 장소 같아."

그렇다면 동굴에서 얼마든지 채취할 수 있을 것 같은데, 그쪽에서는 본 적이 없다.

그 외에도 무슨 조건이 있는 거겠지.

"뉴~ 타마는 이만큼만 있으면 돼~?"

타마가 자갈 사이즈의 그림자 광석 수십 개와 주먹 사이즈의 그림자 광석을 하나만 집었다.

"전부 가져도 되는데?"

"뉴? 이만큼 있으면 충분해~?"

"알았어. 내가 보관해둘 테니까 필요해지면 말하렴."

"네잉."

속성 광석은 보관이 어려울 것 같으니, 스토리지에 보관해둬야겠다.

—그렇지.

물 광석을 수정주로 만들었을 때 요령으로, 그림자 광석을 영정주로 업그레이드한 다음 타마의 황금 갑옷에 조립을 해줘야겠어.

그러면 그림자 마법—이 아니라, 그림자 인술을 언제든지 쓸 수 있어서 편리하겠지.

그런 생각을 해버린 탓에, 이 날도 결국 철야로 황금 갑옷의 버전업에 전념하게 되어 버렸다.

피로가 금방 가시고 수면이 짧아져도 멀쩡한 몸이라, 무심코 취미를 우선해 버린단 말이지.

◆

"베히모스, ―천재지변(디재스터)."

미아의 명령을 들은 베히모스가 대지를 가르고, 커다란 벼락의 비를 뿌렸다.

거대한 보스급 마물이나 그 권속이 갈라진 땅으로 떨어지고, 땅속에서 솟아오른 마그마에 불타서 생애를 마쳤다.

타마의 황금 갑옷을 개조하고 사흘이 지났다. 나머지 다섯 도시 유적도 해방을 마친 뒤, 고장 난 지하 설비의 수리를 엘프들에게 맡기고 오늘은 미아와 나섰다.

그리고 지하 설비의 수리는 나도 함께 할 생각이었지만, 예정하고 있던 보르에난 씨족의 엘프들뿐 아니라 어째선지 연구를 좋아하는 브라이난 씨족과 베리우난 씨족까지 방문을 해버려서, 내 참가 여지가 없을 만큼 즐거운 기색으로 수리나 마개조를 하고 있었다.

손가락을 빨면서 바라보고 있는 참에 미아가 찾아와서, 혼자서만 필요 경험치가 많아 다른 애들과 레벨 차이가 벌어져 버린 그녀의 레벨을 조정하기 위해 도와달라고 부탁을 하기에 이렇게 둘이서 외출한 것이다.

"승리."

미아가 V사인을 베히모스에게 보냈다.

사냥은 기본적으로 미아가 소환한 베히모스가 유린하는 느낌이다.

베히모스도 파티 멤버로서 카운트가 되는지, 미아에게도 순조롭게 경험치가 들어가니 문제없다.

"다음으로 갈까?"

"응, 기다려."

미아를 안고서 천구로 이동하려고 했더니, 뭔가를 발견한 미아가 기다리라고 했다.

아무래도 맛있어 보이는 버섯을 발견한 모양이다.

"사토, 손."

미아의 요청에 응해 손을 잡고 함께 버섯 군생지에 다가갔다.

—어?

갑자기 시야가 바뀌었다.

전방에 지금까지 존재하지 않았던 유적이 나타났다.

재빨리 맵에 시선을 보내자, 벽령의 맵이 아니라 「이계: 잘라낸 대지」로 바뀌었다.

"사토?"

"미아, 천천히 뒤로 물러나자."

"응."

미아의 손을 꼬옥 쥐고, 천천히 뒤로 물러났다.

"돌아왔다."

한 걸음 뒤로 물러나기만 했는데도 본래 공간으로 돌아왔다.

눈에 힘을 주고 보았지만, 왜곡 공간처럼 차원의 균열이나 전이 함정 같은 것은 안 보였다.

맵의 현재 위치에 마커를 달고, 각인판을 설치했다.

이번에는 나 혼자 이공간으로 들어가, 귀환전이로 돌아올 수 있는지 확인해봤다.

"탈출에는 문제가 없나—."

나는 조금 생각한 다음에 미아에게 물었다.

"—탐험해 볼래?"

"응, 갈래."

나랑 함께라면 어떤 상황이라도 지켜줄 수 있고, 의사정령의 호위도 있으니 만에 하나 떨어져도 괜찮겠지. 여차할 때는 리스크를 감안하고 유닛 배치를 쓰면, 어떤 장소에서라도 탈출할 수 있으니까.

나는 미아와 손을 잡고 이공간에 들어갔다.

방금 전까지 있던 벽령의 숲이나 지형과 비슷하지만, 유적 말고도 미묘하게 다르다.

틀린 그림 찾기처럼 미묘한 차이가 있는데, 마치 **오랜 옛날에 복사한 지형**을 그대로 유지하고 있어 발생한 것처럼 작은 차이이다.

"넓이는 어느 정도일까?"

맵을 쓸 수 없으니 적당한 돌을 전력으로 던져 시험해 봤는데 벽에 부딪힐 기색이 없다. 하늘에 떠올라 「광선(레이저)」의 마법으로 계측했지만 무언가에 명중한 손맛이 없고, 적어도 수십 킬로미터 이상의 넓이는 되는 모양이다. 적어도 내가 사용한 「신기루(데저트 미라쥬)」 안의 공간보다도 넓다.

"유적, 갈래?"

"글쎄."

라라키에 양식하고도 프루 제국 양식하고도 다른 유적이다.

내가 가진 자료를 검색해 봤더니, 「예지의 탑」에서 얻은 자료에 유사한 것이 실려 있었다. 자료에 따르면 라라키에 왕조 다음에 일어난 문명의 양식에 가까운 모양이다.

미아에게 판명된 정보를 이야기하면서 나아갔다.

거대한 베히모스는 함께 갈 수 없어서, 미아가 새삼 소환한 실프들과 함께 행동했다.

"골렘?"

"아니, 그냥 석상일 거야."

유적의 정문으로 이어지는 올라가는 계단 앞에 높이 10미터쯤 되는 기둥이 서 있고, 그 기둥의 뿌리 부분에는 키가 절반 정도쯤 되는 문지기 석상이 놓여 있었다.

"정령."

미아가 은색 눈동자로 문지기를 가리켰다.

나도 정령시를 유효화해서 보자, 문지기 주위에 정령이 휘몰아치고 있는 걸 알 수 있었다.

다음 순간에 어디선가 나타난 황금색 붕대 같은 것이 석상을 휘감더니, 황금의 미이라가 된 석상의 표면이 유리 같은 질감으로 바뀌었다. 상세하게는 모르겠지만, 저건 오리하르콘 합금의 일종이다.

어떤 원리인지 모르지만, 이 붕대 오리하르콘은 응용을 할 수 있을 것 같으니 꼭 샘플을 획득하고 싶다.

"움직였어."

석상이 매끄럽게 일어섰다.

방금 전까지는 석상이었는데, 지금은 수호자라는 마창조생물(컨스트럭터)로 바뀌어 있었다.

유리 같은 질감인데, 석상의 움직임에 맞추어 의복 같은 부분과 망토 부분이 섬유처럼 부드럽게 파도 쳤다.

『침입자는 배제한다.』

석상이 고대어로 어수선한 말을 중얼거렸다.

움직이기 시작한 시점부터 레이더에 광점이 비치고 있었는데, 하얗던 광점이 지금은 빨갛게 변했다.

"사라졌어."

—위기 감지.

나는 미아를 끌어안고, 축지로 그 자리를 벗어났다.

다음 순간, 우리가 있던 장소가 함몰되고 주먹을 내리친 자세의 석상이 한순간 흙먼지 안에서 보였다.

아무래도 저 석상은 광학미채 같은 기능을 가졌나 보군.

아무리 미채를 하든 나는 투명한 상대라도 어렴풋이 보이고, 레이더에는 빨간 광점으로 표시되니까 다 들킨다.

"그리고—."

고속으로 이동하고 있지만, 포착할 수 없을 만큼 빠르지도 않다.

레벨은 50정도지만 미아가 상대하기에는 너무 민첩하니까, 축지로 거리를 벌리고 「폭축(임플로젼)」의 마법으로 쓱싹 순살했다.

놀랍게도 석상을 뒤덮은 유리질 오리하르콘 합금이 원형을 유지하고 있었다.

물러 보이는 모습에 비해, 튼튼함은 보통 오리하르콘과 동일한 모양이군.

보통 무기로 싸웠다면 의외로 고생했을 지도 모르겠다.

"안전한 장소는 아닌 모양이야."

"응, 경계."

미아가 돌아갈 생각이 없어 보이니, 이대로 탐색을 계속하기로 했다.

움직이기 시작하기 직전에는 레이더에 비치는 모양이니, 방심하지 않으면 괜찮겠지.

"바깥은 석조 같았는데, 안은 다른 모양이네."

"응, 장엄."

괜히 높은 천장도 그렇고 벽이나 기둥 표면에 새긴 세밀한 양각도 그렇고 종교 시설 같은 엄숙한 분위기가 있었다.

입구와 마찬가지 석상이 여기저기 설치되어 있기에, 움직이기 전에 「이력의 손」으로 잡아 스토리지형에 처했다. 움직이기 전에는 보통 석상인가 봐.

받침대에 예비로 보이는 황금색 붕대 오리하르콘이 수납되어 있기에, 장착용 마법 장치와 세트로 스토리지에 회수했다. 여러모로 쓸모가 있을 테니, 이것만 해도 대수확이다.

"사토."

미아가 가리킨 곳에 벽화가 있었다.

벽화의 좌우에 거대한 육지가 공중에 떠올라있고, 그 사이를 비상하는 고래나 성이 서로에게 광선을 쏘아대며 장벽을 부수고 있는 그림이 그려져 있었다. 떨어져 있을 때는 알 수 없었지만, 마족 같은 것이나 비공정 같은 것도 전투에 참가하는 모양이다.

"라라키에?"

"닮아 있네."

육지의 파편은 라라키에와 비슷했다.

라라키에 쪽의 부유성은 해룡 제도에 있던 도시암이나 마도왕국 라라기에 있던 성과 비슷했다.

"여기, 봐."

"뭔가 쓰여 있네."

고대어로 「우신에 지배된 사악한 제국 라라키에에 저항하는 해방군」이라고 적혀 있다. 아마, 벽화 타이틀이겠지. 이렇게 적은 걸 보니, 여기는 라라키에 왕조와 싸웠던 「구두의 마왕」 측 군세가 남긴 유적인가 보군. 그들은 자기들을 「해방군」이라고 부른 모양이네.

우신이 어쩌고 하는 옆에는 그림의 해설 같은 것이 적혀 있었다.

"읽어줘."

미아에게 요청을 받아서 해설을 읽었다.

신의 부유섬 라라키에의 맞은편에 적혀 있는 것은 부유 요새 아르카디아라고 하나 보군.

"아카티아?"

"아니야, 미아. 부유 요새 아르카디아야."

미아가 요새도시의 이름과 착각하기에 정정했다.

아르카디아는 이상향의 이름이었던가? 자유의 깃발을 세운 우주해적의 배도 연상되지만, 전생자가 명명했다면 둘 다 그럴 듯하네.

“흑연도.”

“사무라이 대장들이 있던 섬의 일?”

“응.”

갑자기 그 이름이 나온 이유를 물어보고 싶었는데, 물어보기 전에 생각났다.

그러고 보니 흑연도에 쳐들어온 도적이 찾던 것이 「부유 요새」였었지. 그때는 아르카디아라는 이름이 안 나왔지만, 아마 이걸 말하는 게 아니었나 싶군.

미아와 함께 석상을 회수하면서 유적의 탐색을 계속했다.

그 밖에도 당시 모습을 그린 벽화를 잔뜩 발견했다. 라라키에와 적대하고 있는 쪽이 남긴 거니까 당연한 걸지도 모르지만, 라라키에의 압정을 그린 것이나 해방군에 투신한 사람들이 고향에서 했던 가혹한 생활을 그린 것이 많았다.

“그림.”

“여기서부터는 그려진 시대가 다른 건가?”

후세의 사람들이 그린 건지, 그림 도구의 종류나 캔버스의 종류가 다른 모양이다. 고정화의 술식이 죽어가는 모양인지, 그림의 열화가 격렬하다.

해방군의 유명인을 그린 것이라고 생각하는데, 제대로 얼굴을 알아볼 수 있는 건 구두 정도다.

“마왕.”

미아의 중얼거림에 고개를 끄덕였다.

그는 이 그림이 그려졌을 무렵부터, 세리빌라 미궁에서 만났을 때 같은 차림을 하고 있었나 보다.

"어린애?"

"부녀일까—?"

구두 옆에 장식된 그림은, 검은 양복의 남성과 세 명의 어린 소녀가 그려져 있었다. 남성은 얼굴의 위쪽 절반이 열화되어 떨어져 나갔고, 아래쪽 절반도 수염이 난 데다가 턱의 윤곽이 멀끔하다는 것 정도밖에 알 수 없었다.

그러나 말문이 막힌 것은 남성이 아니라, 어린 소녀의 머리색이 신경 쓰였기 때문이다. 어린 소녀의 머리칼이 르모크 왕국의 메네아 왕녀처럼 핑크색이었다. 우연의 일치인지, 무언가 르모크 왕국의 왕족과 관계가 있는지 신경 쓰인다.

오히려 아리사처럼 보라색 머리칼이었다면 위화감은 품지 않았을 거야.

"읽어줘."

"그러니까—『자유를 존중하는 해방신과 사도들』이라고 적혀 있네."

그림이 장식되어 있는 순서와 경향을 생각하면, 해방군에서 가장 높은 사람일 거야. 사신(邪神)이라고도 불린 구두보다도 상위의 존재. 구두가 「나의 주군」이라고 부르던 인물이겠지.

"마신?"

나를 올려다보는 미아의 말에, 천천히 고개를 끄덕였다. 짧은 생각으로 단정하는 건 좋지 않지만, 가진 정보에 따르면 그밖에 해당하는 존재가 없다.

"그건 그렇고 『자유』라—."

마왕 신봉 집단의 명칭이 「자유의」로 시작하는 건 이 시대의 말이 관계있을지도 모른다.

동방에 관광을 하러 갔을 때 르모크 왕국에 들러서, 「해방신」이나 「사도들」의 관계를 조사해 봐야겠군.

"이 앞으로 갈까 망설여지네."

"우웅?"

"이 그림의 뒤쪽에 숨겨진 통로랄지, 숨겨진 전이진이 있어."

기동 방법을 좀 알 수 없지만, 전이진 앞에 중요한 무언가가 숨겨져 있을 것 같군.

"그래."

미아가 주위를 두리번거리며 둘러보았다.

"사토, 뭔가 적혀 있어."

미아가 은색 눈동자로, 조금 긴 말을 했다.

"정말이네— 일본어?"

정령시를 유효로 하자 문자가 보였다.

히라가나와 한자가 늘어서 있지만, 부자연스럽게 띄엄띄엄해서 의미를 알 수가 없군.

시험 삼아서 다른 독기시나 마력시를 순서대로 시험해 보니, 정령시로 보인 것과 다른 문자가 떠올랐다. 아직 빠진 부분이 있지만, 어쩐지 알 수 있다— 이거, 수한무잖아?

시험 삼아서 수한무를 읊어보자 그림 뒤편의 전이진이 깜박거리고, 그것과 짝이 된 마법진이 발치에 떠올랐다.

예상대로 전이 계통이라서, 미아를 끌어안아 떨어지지 않도록 하면서 전이를 기다렸다.

"방금 전 장소의 지하 같아."

내 말보다 조금 늦게, 어두운 지하 공간에 조명이 켜졌다.

"부유 바위."

우리들 조금 앞에 거대한 바위 덩어리가 떠올라 있었다.

저 멀리 흐릿해 보일 정도로 거대한 저것은, 「신의 부유섬」 라라키에에도 필적할 정도로 거대한 부유섬— 아니, 저것이야말로 부유 요새 아르카디아 같았다.

부유하는 도시였던 라라키에와 달리, 이쪽은 순수 군사용 같은 투박한 모습이었다.

"……위협."

"그렇네."

어떤 초병기가 탑재되어 있는지는 알 수 없지만, 이런 위험물이 마왕 신봉 집단의 손에 넘어가면 그것이야말로 세계의 위기다.

나는 천구로 부유 요새의 바닥면에 닿아, 스토리지에 수납했다.

그와 동시에 강한 바람이 지하 공동의 중심을 향해 불었다.

—으엑, 위험해.

작은 부유 바위가 거대질량의 소실로 발생한 폭풍을 타고 날아온다.

그것들은 재빨리 설치한 「방어벽(쉘터)」 마법으로 막았다.

"우웅."

"미안미안."

나는 사과를 하면서 바람에 휩쓸려 흐트러진 미아의 머리칼을 상냥하게 쓰다듬어 주었다.

얼마 지나자 폭풍도 잦아들어서, 지하 공간의 중심에 빨려 들어가 모인 부유 바위를 스토리지에 회수했다. 이것은 에치고야 상회에서 「부유 바위」를 연구하는 박사에게 줄 선물이다.

"사토, 통로."

미아가 가리킨 통로 끝에 격납고 같은 장소가 있고, 그곳에 부유 요새의 비품이나 탑재병기 같은 것이 비좁게 늘어서 있기에 그것도 순서대로 회수했다.

지하에는 자료 같은 것이나 연구서 같은 것이 보이지 않기에, 미아와 둘이서 아까 그 전이진으로 유적에 돌아가 석상을 수납하면서 남은 장소를 돌았다.

종이 같은 것은 풍화되어 모래 같은 것이 되어 있었지만, 당시의 기록 같은 점토판이나 석비가 여러모로 남아있기에 기록했다.

그리고, 아까 그 그림 말고는 해방신의 흔적이 없다.

"—예뻐."

유적을 빠져나간 곳에, 유리처럼 투명한 기둥이 마구 늘어선 정원이 나왔다.

언뜻 무색투명한 유리처럼 보이지만, AR 표시에 따르면 석상을 감싼 특수한 오리하르콘 합금과 같은 종류의 물질 같았다.

"마법진?"

"마법의 코드 같은 것도 있네."

가장 앞에 놓인 모뉴먼트에는 고대어로 「우신에게 앙갚음을 하기 위해서」라고 커다랗게 적혀 있고, 그 후방에 늘어선 기둥에는 마법진이나 복잡기괴한 마법이론 같은 것이 새겨져 있었다.

"알 수 있어?"

"당장은 무리야."

지금의 마법 이론으로는 알려지지 않은 원리나 룬이 보였다.

상당히 난해해 보이지만 최초의 모뉴먼트에 적혀 있던 문언을 봐서 신에게 통하는 마법 같은 것일 가능성이 높겠지. 신들의 금기에 닿을 위험도 있으니 누군가에게 상담하기 전에 가능한 혼자서 조사해봐야겠다.

그리고 거점으로 귀환한 다음, 미아와 둘이서 탐색한 것을 들켜 아리사에게 혼났다.

앞으로는 다들 모인 다음에 탐색을 해야겠는걸.

◆

미아와 유적탐험을 하고 이틀 후, 나는 동료들과 함께 거점에서 떨어진 벽령의 3번 도시 유적에 와 있었다. 여기는 바다와 가깝고, 바다 냄새가 강하다.

여기 온 것은 아침 일찍이었지만, 가까운 해안에 띄엄띄엄 도시의 유적이 있는 것을 아리사가 발견했다. 아리사의 부탁으로 그곳에 프라이빗 비치와 휴양 시설 같은 것도 만들었기 때문에,

여기에 온 본래의 용건— 새로운 장비의 테스트를 하다 보니 낮이 되어 버렸다.

“어떠니?”

“시야 양호~?”

“이건 근사하군요.”

“네, 인 거예요! 아주아주 그레이트한 거예요!”

이공간의 정원에서 발견한 유리 같이 투명한 오리하르콘 합금을 황금 갑옷의 투구에 써봤다. 이 소재의 레시피는 회수한 자료 안에 있었다. 유감이지만 붕대 오리하르콘의 자료는 발견하지 못했으니, 샘플을 기반으로 연구하게 됐다.

“와~ 투명도를 바꿀 수 있구나.”

후위진의 황금 갑옷은 머리 부분이 베일이었는데, 바이저 타입으로 바꾸었다.

아리사가 처음 보고 「세일러복으로 싸우는 미소녀전사의 수성 같네」라고 했지만, 그렇게 닮지는 않았다고 생각하는데.

“압박감이 거의 없으니, 쓰고 있는 걸 잊을 것 같아요.”

투명한 투구는 황금색으로 할 수도 있고, 매직 미러처럼 안쪽에서만 투명하게 할 수 있다. 상태의 변화에는 복잡한 마력신호가 필요하니까, 실수로 마력을 흘려 시야를 잃는 일도 없으니 안심이다.

무엇보다 수행 중에 동료들의 표정을 확인할 수 있으니, 너무 지치지 않았는지 몸 상태가 나빠지지 않았는지 빨리 깨달을 수 있게 됐다. 이건 나로서는 높은 점수를 줄 수 있어.

"마스터, 투명한 방패는 깨질 것 같아 무섭다고 고합니다."

"알았어. 방패는 지금까지처럼 하자."

투명한 것은 그대로 나나의 요정 가방에 예비로 보관해 둬야겠군.

"하지만 주인님. 이걸 보여주는 것뿐이라면, 일부러 거점에서 이동하지 않아도 괜찮았던 거 아냐?"

"아니, 여기 온 목적은 이제부터야."

나는 스토리지에서 황금 장비의 강화 옵션 파츠를 꺼내 방수 시트 위에 올려놓았다.

"오오! 멋지다! 강화 외장이네!"

아리사가 수많은 파츠를 보고 소리를 질렀다.

"이 우주세기에서 검은 로봇 3대가 일렬로 서서 이동할 법한 다리 파츠는 뭐야?"

"보는 그대로, 호버 이동용 옵션이야."

폭을 좁게 만들면 안정되지 않아서 넘어질 것 같았단 말이지.

"이건 비행 파츠. 이동용이니까 공중전은 무리일까?"

아인 소녀들의 공보는 고도 한계가 있으니, 사냥터 이동용으로 만들어 봤다. 상시 장비하기에는 접이식 날개가 방해된다.

"이건 공력기관이라고 고합니다."

"이것도 비행 파츠야. 공력기관을 사용한 건데, 날개가 작은 만큼, 기동성이 좋아."

수영 튜브 같은 형상이다.

"두 종류?"

"평가시험이니까, 이것저것 만들어봤지."

미아의 물음에 대답했다.

"이건 총격 옵션. 전위진용 루루용 두 종류야."

소구경화한 휘염총을 개틀링포처럼 배치하여 연사할 수 있도록 했다.

두 종류로 나눈 것은 양자의 황금 장비 형상이 다르기 때문이다. 그리고 루루의 장비에는 조준 보정이 없다.

"중장비판의 포격 옵션은 타우로스 성 같은 거점 공격용이야. 대량의 포신이나 자동 유도형 소형 분사탄(미사일)을 탑재한 포드를—."

"우앗하~! 풀아머구나! 풀아머 해버리는구나!"

"노 아리사. 장갑도는 변함이 없다고 고합니다."

"아니야! 이런 건 풀아머라고 명명하는 거야!"

"약속~?"

"그래! 타마는 잘 아네!"

"포치도 알고 있는 거예요! 약속은 중요한 거예요!"

"예스 포치. 약속 리스트를 갱신합니다."

아리사의 문화 해저드를 가볍게 무시하고, 다른 장비를 설명했다.

나나의 캐슬 발동을 외부 마력으로 보조하고, 팔랑크스 같은 방어 장벽을 가볍게 쓸 수 있는 중장갑 옵션, 포치용 참격 강화 옵션, 타마용의 은밀 옵션, 리자용 돌격 보조 부스터 옵션, 돌격 보조용으로는 가속문(액셀러레이션 게이트)을 만드는 타입도 준비했다.

아리사와 미아용의 호신 결계 옵션, 아리사가 요청한 깔때기 모양과 방열판 모양의 자동으로 부유하며 잔챙이를 요격하는 자동 요격 옵션 같은 것을 풍부하게 준비했다. 이것은 상급 술리 마법에 같은 기능을 가진 것이 있으니 그 원리를 유용해 봤다.

또한 나무껍질 상급 마족전에서 팔랑크스 단독 전개가 역부족이었으니, 팔랑크스를 삼연속으로 설치하는 연장 팔랑크스를 준비해봤다. 기존보다도 장전수가 대폭 줄어들었으니, 표준 장비로 쓸까 망설이고 있다.

이걸 만들 때 팔찌형 팔랑크스 기동 장치를 만들어봤는데, 외부 마력 없이 쓸 수 있는 것이 나와 미아 두 사람뿐— 아리사마저도 무리라서, 아직 개량이 필요해 보였다.

"주인님, 실험하려고 여기에 온 건 이해하겠는데."

테스트 순서를 정하고 있는데 아리사가 말을 걸었다.

"기껏 경작한 농지가 흐트러지는데, 괜찮아?"

"아직 심지도 않았으니까 괜찮아."

지금이라면 돌멩이도 없고 흙이 푹신하니까 넘어져도 안 다칠 거고, 흐트러져도 다시 한번 마법으로 정돈하면 된다.

"그러면 처음엔 호버 옵션부터 가자."

이것은 전위의 황금 갑옷용 파츠니까, 체중이 가벼운 타마부터 테스트를 시켰다.

갑옷의 어태치먼트에 다가가면 자석처럼 달라붙어 착 장착된다. 공간 마법을 응용한 시스템이라서 전용 척력장을 작동시키지 않으면 벗겨지지 않는다. 동작 불량일 때를 위해 강제파기(퍼지) 기능이 달렸다.

"와오~."

처음에는 비틀거리던 타마였지만, 금방 호버 이동의 요령을 터득하여 고속이동을 하게 됐다.

"굉장한 거예요! 포치도 하는 거예—."

"—아."

용감하게 날아오른 포치였지만, 너무 성급했는지 얼굴부터 땅에 처박혀 1회전하고 멈췄다.

"깜짝 놀란 거예요. 포치에게 두 번의 실패는 없는 거예—."

이번에는 너무 겁을 먹어서 발부터 공중제비를 하여 뒤통수부터 땅바닥에 박혀 버렸다.

황금 갑옷의 내충격성이 우수하다지만, 부드러운 농지에서 테스트를 하길 정말 다행이야.

"괜찮니?"

"괜찮은 거예요. 포치는 **네버기법**인 거예요!"

세 번째는 타마의 보조를 받아서, 포치도 무사히 호버 이동을 할 수 있었다. 리자와 나나도 포치 정도는 아니지만, 조금 고생한 다음에 호버 이동을 터득했다.

"어떠니?"

"이동에는 매우 편리합니다. 그렇지만, 언제나 장비하기에는 안쪽 자락의 모서리가 전투에 방해가 될 것 같습니다."

"그러면, 당분간은 장거리 이동용일까?"

이동 뒤에는 임의로 강제파기를 할 수 있도록 하면 되겠지.

"비행 파츠는 제트보다도 공력기관 쪽이 더 괜찮을까?"

"그렇네. 제트는 빠르지만 공중에서 정지 못하니까."

"그것도 있지만, 항공역학을 어느 정도 모르면 제트는 위험해."

제트가 더 빠르지만, 공력기관이 안정성이 높다. 양쪽 탑재해서 고속이동을 할 때만 제트를 쓸 수 있게 개량해야지.

"포격 옵션은 표적을 노리는 느낌으로 부탁해."

"예스 마스터. 순서대로 병장기 체크를 시행한다고 고합니다."

오른팔의 개틀링포에서 불꽃탄의 비를 뿌리며, 접근하려는 소형 골렘을 차례차례 파괴했다. 소형 골렘 등 뒤에서 오는 중형 골렘에는 왼팔의 대구경포가 포효하며, 일격으로 몸통에 커다란 구멍이 뚫렸다. 속사포는 한 발당 휘염총의 절반, 대구경포는 휘염총의 두 배 정도 공격력이 있다.

"반동은 어떠니?"

"왼쪽은 보통, 오른쪽은 조금 손이 저린다고 고합니다."

연사 기능 탓인가?

"다음은 등을 부탁해."

"예스 마스터, 확산탄으로 거수급 골렘을 노린다고 고합니다."

두웅. 무거운 소리를 내면서 등의 거포에서 광탄이 쏘아져 나가고, 거수급의 눈앞에서 터졌다. 확산된 화염탄이 거수급의 표피를 태우고, 수반되는 소형 골렘을 쓸어버렸다.

"거수급의 건재함을 확인. 철갑탄을 사용한다고 선언합니다."

다시 등의 거포가 포효하고, 쏘아져 나간 광탄이 나선을 그리면서 거수급의 이마에 박혔다.

다음 순간에 거수급의 머리가 뒤로 흔들리며, 머리 부분부터 목 부분이 불꽃을 뿌리면서 부서졌다.

"—격파라고 고합니다."

등의 거포는 루루의 휘염총을 대구경화해서 위력을 강화한 것이며, 철갑탄 타입은 휘염총의 다섯 배 위력이 있다.

"마지막은 분사탄으로 부탁해."

"예스 마스터. 안전장치 해제, 보호 커버 퍼지—."

나나의 어깨와 무릎의 커버가 날아가고, 작은 병 사이즈의 소형 분사탄이 고개를 내밀었다.

"—시선 동조 조준 시스템을 분사탄으로 전환— 조준 완료, 발사라고 고합니다."

소형 분사탄 끝 부분에 있는 렌즈 부분이 번득이며 빛나고, 조준 완료를 가리킨다. 나나의 발사 지령과 동시에 푸쉭푸쉭 공기가 빠져나가는 소리와 함께 포드에서 뛰쳐나가, 금방 연기를 토해내며 가속하여 표적을 향해 날아갔다.

도망치는 표적을 추적하고, 요격하는 공격을 회피하면서 표적에 격돌하여 불의 꽃을 피웠다.

"이거야! 이 서커스감이 넘치는 궤도를 참을 수가 없어! 역시, 미사일의 일제 발사는 이래야지!"

아리사가 이상하게 들떴다. 뭐, 마음은 이해한다.

나나에 이어서, 이번에는 루루가 포격 옵션을 테스트했다.

"어떠니?"

"위력은 굉장하지만, 무거워서 거추장스러우니까 적이 접근하면 힘들 것 같아요. 이 등의 거포만, 휘염총처럼 휴대 병기로 갖고 싶어요."

"루루가 보기에 미사일은 어때?"

"분사 연기가 시선을 가리니까, 총을 연사하는 편이 좋을까?"

나나는 즐거워 보이지만, 루루는 조금 불만인가 보다.

루루에게 거포를 휴대 병기화하고 중량급 휘염총으로 준비한다고 약속했다.

"하지만, 그러면 잔챙이 사냥에 못 쓰는 거 아냐?"

"우~응. 그러면, 왼손의 회전 속사포를 양손에 장비하면, 섬멸 속도가 올라갈 거라고 생각해."

"예스 루루. 그 제안에 찬성한다고 고합니다."

흠. 거점 공략에는 아리사랑 미아의 마법이나 의사정령이 효율적이고, 개틀링포를 좌우에 장비해서 면 제압을 중시한 타입으로 줄이는 편이 좋을지도 모르겠네.

"그러면, 다음 가보자~!"

신이 난 아리사의 호령에 차례차례 테스트를 계속했다.

여러 가지 옵션 장비를 시험해봤는데, 절반 정도는 실용성이 없어 창고행이고 채용한 장비도 그대로 채용이 아니라 더욱 개량이 필요하다는 결과로 끝났다.

아니, 리자용의 돌격 보조 부스터나 가속문은 개량이 아니라 다른 전위진도 가지고 싶다는 요청이었지. 전위의 강화 외장은 공통화하는 편이 좋을까?

뱅퀴시 사이클론
"—마인폭풍(魔刃暴風)인 거예요!"

포치가 강화 외장을 써서 「마인선풍」을 발전시킨 필살기를 만들어내려 했지만 잘 안된 모양이다.

"핑글핑글뱅글뱅글~인 거예요."

"포치~."

눈을 핑핑 돌리는 포치 곁으로 타마가 달려갔다.

회전하면서 마인선풍의 참격을 뿌리는 기술 같은데, 중간에 밸런스가 무너져서 칼날이 지면에 닿아 날아가거나, 공중에 떠올라 버리거나 했다.

"주인님, 포치는 저와 타마에게 맡겨주십시오."

걱정이 되어 테스트 작업을 중단하고 보고 있었더니 리자가 그렇게 말했다.

칼날을 안 세운 연습용 성검을 쓰고 있는 모양이니, 이번에는 리자를 신뢰하고 맡기자.

"어디까지 했었지?"

"호위 장비의 테스트가 끝난 참이야. 호위 장비도 로망이지만, 역시 강화 외장은 금주 같은 것의 보조가 좋네."

"응, 일격필살."

"외부 마력으로 위력 업이란 느낌인가?"

"응, 그게 좋을 것 같아."

나는 들은 내용을 메모장에 기록했다.

"그리고, 금주용이나 장거리 포격용 지팡이 갖고 싶어."

"결정 가지(에메랄드 브랜치) 지팡이로는 역부족이야?"

"좀 더 긴 걸 가지고 싶어."

"응, 마력 소용돌이."

"금주는 발동할 때 마력이 소용돌이치니까, 그 영향을 받지 않도록 떨어진 장소를 기점으로 하고 싶어."

아아, 그런 거구나.

"알았어. 단순히 긴 지팡이라면 무겁고 다루기 불편하니까 뭔가 생각을 해야겠네."

"부유 방패에 쓰는 거랑 같은 시스템은?"

"그건 지팡이를 쓸 때 괜한 영향을 받을 거라고 생각하는데."

"아~ 길면 그것도 생각해야 하는구나~."

"삼각."

미아가 나뭇가지를 엮어서 만든 삼각대에, 자산의 긴 지팡이를 올려 겨누는 포즈를 했다.

"심플하지만, 제일 좋은 느낌?"

"그렇네. 지탱만 하는 거라면 다리 하나로도 괜찮을 것 같으니까, 둘 다 만들어서 쓰기 쉬운 쪽을 고르자."

세계수의 결정 가지는 해파리 사건 때 회수한 게 대량으로 있으니까, 길이 1킬로미터 정도까지는 여유롭게 된다. 뭐, 그건 아무래도 과하고, 3미터에서 5미터 정도를 상한으로 생각하면 될까?

"그리고…… 마력 회복에 도움이 되는 장비 같은 거 없을까? 또, 상급 공격 마법이나 금주를 썼을 때 나오는 괜한 잉여 마력을 회수할 수 있으면 꽤 기쁠 텐데."

"잉여 마력?"

"응, 그 하얀 악마가 특기인 그거 있잖아."

아리사가 애니메이션 소재로 이미지 공유를 꾀했다.

마법 관련 이야기니까 연방이 아니라 관리국 쪽이겠지.

잉여 마력을 모아서, 다음 공격에 쓰고 싶다는 해석이 맞을 거야.

"뭘 하고 싶은지는 알겠는데, 그렇게 잉여 마력이 나오던가?"

"해볼까?"

아리사가 손가락을 허공에 겨누고 말했다.

마력은 남아도니까, 시험 삼아서 「화염지옥(인페르노)」을 상공에 쏘았다.

나는 마력시를 발동하여 그 모습을 관찰했다.

"—확실히 잉여마력이 휘몰아치네."

나는 아리사에게 「마력 양도」를 해서 마력 게이지를 조금 비우고, 잉여마력이 휘몰아치고 있는 부근에 손을 뻗어봤다.

—되려나?

어쩐지 그런 느낌이 들어서, 아이템에서 마력을 흡수하는 요령으로 모아봤더니 가능했다.

"으엑, 진짜로?"

"부조리."

아리사와 미아가 놀란 표정으로 이쪽을 보았다.

뭐, 아이템에서 흡수할 수 있으니까 공중에 휘몰아치는 고농도 잉여마력도 가능하겠지.

"일단, 요령은 알았으니까 지금 그걸 실현할 수 있는 아이템을 개발해볼게."

"부탁해."

"응, 기대."

마력을 빨아들이는 마물 소재를 순서대로 시험해볼까?

후위진뿐 아니라, 나나의 마법 베기 무기 소재로도 좋을지 모른다. 마법을 베어서 흩어진 마력을 회수하는 건 로망이 있어.

“포치도 거합발또용 칼 갖고 싶은 거예요!”

“포치, 사치는 적입니다.”

“리자도 창 잔뜩 받은 거예요?”

포치의 말에 뜨끔한 리자가 어색하게 헛기침을 하고 「그건 그거고, 이건 이겁니다」라며 변명을 했다.

“괜찮아, 리자. 전에 흑연도에서 준 칼로는 안 됐니?”

사무라이 대장 곁에서 수행을 했을 때 보통보다 짧은 칼을 선물했다. 그 전의 칼은 너무 길어서 거합으로는 뽑을 수 없었으니까.

“더 실전에서 **푸룽**할 수 있는 굉장한 칼 갖고 싶은 거예요!”

“실전에서 푸룽?”

“『실전 증명(컴뱃 프루픈)』 아냐?”

“그래! 그거인 거예요! 포치는 그걸 말하고 싶었던 거예요!”

아리사가 번역하자, 포치가 그거라며 고개를 끄덕였다.

“포치는 어떤 느낌의 칼이 좋니?”

“어떤 거든 싹둑 잘리고, 커다란 적과 싸울 때 파바바방 늘어나는 게 좋은 거예요!”

내가 만든 포치 전용의 성검이나 마검과 같은 사양이면 되는 거구나.

그거라면 간단하다. 무기의 형상이 다르니까 조금 조정이 필요하지만 오늘 안으로 가능하다.

타마한테도 요청을 듣고, 닌자도를 메인 웨폰인 쌍검과 같은 레벨로 준비해줘야지.

“마스터, 평가 시험은 이상입니까라고 묻습니다.”

"또 하나 있어. 오히려 이게 본론일까?"

나는 분해한 황금 갑옷과 백은 갑옷의 새로운 갑옷용 속옷(인너)를 꺼냈다.

"인너가 한 벌이라면, 이건 공통이야?"

"그래. ―나나, 테스트에 협력해줄래?"

"예스 마스터."

나나가 갑자기 벗기 시작해서 뒤로 돌았다.

"인너가 위아래로 이어져 있어? 발끝부터 목까지 하나의 레오타드 같아서 어쩐지 미래적이네."

나나가 다 입었기에 돌아보았다.

몸의 라인이 나타나서, 좀 섹시한 느낌이다.

"레오타드치고는 조금 천이 두꺼운 느낌?"

"뭐, 갑옷용이니까."

생명 유지 장치 같은 마법회로나 쾌적한 상태를 유지하는 마법진 같은 걸 여러모로 설치해뒀다. 단순한 수고를 따지면 백은 갑옷과 비슷할 정도였다. 코스트는 그 이상 들였다.

"황금 갑옷은 평소하고 분할이 다르네? 좀 충격에 약해 보여."

"그 약점은 분명히 해소할 거야."

유적에서 얻은 붕대 오리하르콘의 일체화 기술을 응용하면 접합 부분의 약점도 해소할 수 있을 거야.

지금 상태로도 강도 저하는 1할 정도니까 새로운 인너로 보강할 수 있는 정도지만, 설령 조금이라도 동료들의 안전성을 희생하기는 싫으니까.

“지금의 황금 갑옷이랑 뭐가 달라?”

아리사의 물음에 씨익 웃음으로 답했다.

“나나, 양손을 옆으로 펼친 채 『황금 갑옷, 해제』라고 말해줄래?”

“—설마!”

“예스 마스터. 『황금 갑옷, 해제』.”

깨달은 표정으로 돌아보는 아리사 너머에서, 나나의 황금 갑옷이 자동으로 분해되어 인너에 조합된 아공간 수납에 흡수됐다.

—좋았어. 제1단계 성공이다.

나는 조바심을 억누르고, 나나에게 다음 커맨드를 전달했다.

“나나, 다음은 양손을 옆으로 펼치고 『황금 갑옷, 장착』이야!”

“예스 마스터. 『황금 갑옷, 장착』.”

인너에 빨려 들어갔던 황금 갑옷이 공중을 날아 나나의 몸에 장착됐다.

양손을 옆으로 펼치라고 한 것은, 황금 갑옷의 해제나 장착에 방해가 되지 않는 정위치 쪽이 프로그램하기 쉬웠기 때문이다. 인너 장착 부분에 표식을 달아두면 조금 더 유연성이 생길 거야.

“주인님, 최고야~!”

“더 칭찬해도 된다, 아리사.”

텐션이 높은 아리사와 하이 터치를 하고, 테스트에 협력해준 나나에게 확인했다.

“나나는 위화감이나 갑갑한 부분은 없니?”

“장착감은 만전이라고 고합니다.”

이 해제와 장착 시스템은 에치고야 상회에서 출자를 하는 박사

들의 연구 성과를 사용했다. 백은 갑옷에서 황금 갑옷으로 변경하거나 긴급시에 갑옷 장착 시간을 단축하기 위해 응용해 보았다.

이 결과는 박사들에게도 피드백하여, 그들이 더욱 개량해주기를 기대하고 싶군.

"있잖아. 포즈를 취하면서 변신하는 건 못해?"

"디폴트 포즈는 바꿀 수 있지만, 움직이면서 장착하는 건 아직 무리야. 파츠를 장착할 수 있는 공간이 아무래도 필요하니까."

흥분한 기색의 아리사에게 대답했다.

붕대 오리하르콘의 원리를 완전히 해명하면 달리면서 장착을 하거나 인너 없이 팔찌나 벨트를 기점으로 장착할 수 있을지도 모른다. 뭐, 그건 더욱 연구가 필요하니까 일러도 1년 이상 지나야겠지만.

나나에게 백은 갑옷으로 장착 변경 테스트를 부탁하고, 모든 체크 항목을 클리어했다.

이번 테스트에 쓰인 황금 갑옷과 백은 갑옷은 마법회로를 조합하기 전의 목업이니까, 조금 더 개량한 다음에 아리사와 미아에게 마법회로 조합을 도와달라고 해야지.

"주인님, 이것들의 실전 테스트를 해도 괜찮을까요?"

"상관없지만, 아까 테스트에서 발견되지 않은 문제가 있을지도 모르니까 격이 낮은 적을 골라서 무리하지 말아야 돼."

나는 단단히 일러둔 다음 시가 왕국으로 나섰다.

방금 신 장비 평가 테스트 중에 일어난 문제로, 박사들에게 받은 논문이 틀린 게 아닌지 확인하고 싶었으니까.

막간: 어둠에 빠지는 자

"—실패했다고?"

『그렇다푸~.』

악마 소환사 조마무고미 곁에 나타난 마족이 실패한 것을 보고했다.

쥐 수인의 나라 라틸티에서 장군과 기사들에게 마족을 빙의시켜 쿠테타를 일으키는 계획이 저지됐다는 것이다.

"말도 안 된다……. 변경 마을이나 가도에서 소동을 일으켜, 왕도의 전력은 벌거숭이가 되었을 텐데. 바보 같은 왕자에게 야망을 불어넣어, 왕도의 결계까지 해제를 시켰는데도?"

조마무고미는 가까운 책상에 주먹을 내리쳐 분노를 발산했다.

"어떻게 하면 실패할 수 있다는 건가!"

『용사의 종자가 나타났다푸~.』

"—뭐라고? 벌써 낚인 건가? 아니, 우연히 지나갔었다고 봐야 하나. 가능하면 바보 왕자를 즉위시켜, 이웃나라에 전쟁을 걸어 혼란을 늘리고 싶었지만, 뭐 좋다. 용사의 이목이 개구리 놈들의 나라를 향하고 있다면 계획대로라고 할 수 있겠지. 다른 양동작전을 진행시켜 용사를 휘둘러주마."

조마무고미는 중얼중얼 말하며 자신을 납득시켰다.

아직 여유가 있었던 조마무고미였지만, 며칠 뒤에 다른 작전의 실패 소식을 듣고 흐트러지게 된다.

“또, 실패, 했다고?”

『맞다푸~.』

“웃을 일이 아니다!”

미안한 기색도 없이 고하는 하급 마족을 지팡이로 때리고, 개구리 수인의 나라 치프챠에서 실행한 계획을 떠올렸다.

“분명히, 놈들이 소중히 여기는 호수를 더럽히기 위해, 정수 장치의 열쇠형 수정주를 부수고, 새로운 수정주의 수송을 방해하게 했을 거다. 최초의 파괴 공작은 성공했을 터. 수송의 저지가 실패했다는 것은— 가짜 수송 계획으로 속임수를 썼나?”

『아니다푸~.』

“아니라고? 탈취에 실패한 건가?”

『용사의 종자가 다시 탈취했다푸~.』

마족은 방금 전에 얻어맞은 것에도 개의치 않고, 기묘한 춤을 추면서 고했다.

“빼앗는데 실패해도 확실하게 부수라고 명하지 않았나! 이 무능한 놈!”

『분명히 부쉈다는 보고가 있었다푸~.』

“변명은 필요 없다! 열쇠형 수정주는 만드는데 100년 걸리는 특제다. 제대로 부쉈다면 대신할 것 따위 그리 쉽게 준비할 수 있겠나!”

『그건 모른다푸~.』

조마무고미는 지팡이로 마족을 마구 때리지만, 마족은 아픔 따위 느끼지 않는 것처럼 웃었다.

『분노와 증오가 기분 좋다푸~.』

“젠장, 이렇게 되면 수로 압도해주마. 용사의 종자가 몇 명 있더라도, 따라잡을 수 없을 정도로!”

조마무고미는 자포자기한 것처럼 외치고, 마족들에게 준비하고 있던 계획을 모두 실행하도록 명했다.

그러나 그 계획은 용사 나나시의 종자나, 실력 좋은 광룡급 모험가들— 펜드래건 일행이 차례차례 저지하게 된다.

◆

“……있을 수 없다. 놈들은 모든 것을 간파하는 눈을 가지고 있기라도 한 것인가?”

모든 계획이 미리 가로막힌 조마무고미는, 무력감에 짓눌리고 있었다.

“이렇게 되면, 계획을 앞당겨서 지맥을 경유해 대마녀를 저주하는 수밖에 없군.”

땅 밑바닥에서 울리는 것 같은 목소리로 중얼거렸다.

“아직 손을 대지 않은 브라이브로가 왕국에서 마족의 존재를 다소 드러내면 용사의 이목이 모일 거다. 아니, 그래서는 지금까지의 나라들과 마찬가지겠지. 마족 조우의 소문만 뿌리고, 마족

자체를 파견하지 않으면 그곳에서 사건이 일어날 때까지 발을 묶을 수 있을 거야!"

조마무고미는 한 줄기 희망에 매달려 분발했다.

"그곳은 대장의 거점이 있다. 소문을 뿌리는 정도는 해줘야겠어."

"셰셰셰, 부르셨는가니이?"

"—대장?"

어둠에서 나타난 것은 후드를 깊숙하게 눌러쓴 남자였다.

살짝 보이는 코끝을 보면, 후드 남자의 정체도 조마무고미와 마찬가지 족제비 수인이라는 걸 알 수 있다.

"계획은 순조롭게 진행되고 있습니까니이?"

"—칫."

명백하게 순조롭지 않다는 것을 다 안다는 표정으로 말하는 후드 남자의 태도에, 조마무고미가 혀를 찼다.

"계획을 앞당기겠다. 저주 의식에 필요한 소재를 얼른 모아다오. 그리고 브라이브로가 왕국에 마족의 소문을 흘려주길 바란다."

"셰셰셰, 요구만 하시는군니이."

"모든 것은 친왕 **폐하**를 위한 것, 협력하는 것은 동지로서 당연하다."

"셰셰셰, 친왕 **전하**의 이름을 내세우면 싫다고는 말을 못합니다니이."

친왕의 경칭을 고쳐 말한 후드 남자에게, 조마무고미가 날카로운 눈길을 보냈다.

"그리고 본국에서도 서방 원정의 준비가 진행되고 있습니다다니이. 이쪽에서 먼저 소동을 일으켜 시가 왕국의 용사를 묶어두는 것은 본국에 대한 지원도 됩니다니이."

"서방 원정? 마키와 왕국인지 동방 소국군인지는 모르지만, 그런 짓을 하면, 시가 왕국이 가만히 있지 않을 거다."

"시가 왕국에서도 소란을 일으킬 계획을 진행하고 있습니다니이."

"—소란? 원군을 보낼 여유가 없을 정도의 소란이라고?"

"자세하게는 말을 못합니다니이. 과거의 유물과 폐왕자를 사용한 리사이클 작전이라고 군사 나리가 말했다고 합니다니이."

"황제는 아직도 그 정체 모를 벌거숭이를 중용하고 있는 것인가?"

기가 막힌다는 기색의 조마무고미였지만, 뭔가 짚이는 것이 있는지 표정을 고쳤다.

"아니 기다려라. 과거의 유물이라고? 설마, 성해 동갑—."

"악마 소환사 나리. 고래로부터 벽에 그림자가 있다고 했습니다니이. 섣부른 말씀은 하지 말아주면 좋겠습니다니이."

후드 남자가 조마무고미의 말을 강한 어조로 막았다.

"그 작전을 성공시키기 위해서도, 시가 왕국의 용사를 끌어들이는 것은 중요합니다니이."

"이쪽 작전이 실패해도 상관없다는 건가?"

"그렇게까지 말하진 않습니다니이. 대륙 남서에 용사를 끌어들이면서, 아카티아에 있다는 자월핵의 진위를 조사하는 것은 둘 다 중요한 일입니다니이. 그걸 위한 협력은 아끼지 않습니다니이."

"그러면, 브라이브로가 왕국에서 마족의 소문을 흘려 끌어들여라."

"셰셰셰, 저주 의식 준비도 서두르도록 하겠습니다니이."

후드 남자가 말하고 어둠 너머로 사라졌다.

"그림자 걷기(섀도우 워커)……. 편리한 비보군."

조마무고미가 고기 덩어리를 띄워둔 수조 앞으로 갔다.

"작전 성공을 위해서도, 이 녀석의 재생을 촉진시켜야겠군. ■ ■……■ 하급 마족 소환(서먼 레서 데몬)."

조마무고미의 발치에 마법진이 나타나고, 그 바깥쪽에 몇 마리의 하급 마족이 소환됐다.

"너희들의 주인을 재생시키기 위해 희생되어라."

『알았다푸~.』

『주인님 곁으로 돌아갈 수 있다푸~.』

『내 혈육을 주인님에게 바친다푸~.』

하급 마족들은 자신의 죽음을 명하는 조마무고미의 말에 반발하기는커녕, 기꺼이 수조 안에 떠오른 고기 덩어리에 먹히는 것을 승낙했다.

하급 마족을 먹을 때마다, 고기 덩어리가 나무껍질 상급 마족의 모습으로 재생되어 간다.

"이대로 가면 한 소월도 되지 않아 부활할 수 있겠군."

조마무고미는 마력이 이어지는 한 계속 소환을 하여, 상급 마족의 재생을 재촉했다.

마력을 모조리 써버린 조마무고미는 돌덩이처럼 무거워진 몸을 긴 의자에 내던지고, 사이드 테이블에 놓여 있는 마력 회복약을 거칠게 들이켰다.

"—그러나, 이것만으로 용사를 억누를 수 있나?"

조마무고미가 홀로 중얼거렸다.

『마왕…… 부화……푸~.』

부글부글 기포를 내면서, 수조 안의 고기 덩어리가 말했다.

고기 덩어리— 상급 마족이 말하려고 한 것은 『마왕님을 부활시키면 된다』는 말이었다.

"마왕 『사령명왕』의 부활을 바라는가? 마족."

『푸~.』

조마무고미의 말에, 고기 덩어리에 돋은 입술이 긍정했다.

"어리석군. 마왕 따윈 낡아빠진 우신들의 수작이 아닌가?"

『위대하다, 푸~.』

"위대해? 마왕이?"

조마무고미가 비웃음을 숨기지도 않으며 고기 덩어리를 보았다.

『용, 사, 푸~.』

"용사에게 보내라고?"

『푸~.』

—용사와 마왕은 상반된 존재지만, 서로 끌어당기는 운명에 있다.

조마무고미는 용사 이야기에 적힌 유명한 한 구절을 떠올렸다.

"좋다. 요새도시에 쓸만한 사제가 있지. 네 권속을 빌려다오. 그 자의 마음을 조종하여, 마왕의 부활을 이루게 하지."

『푸~.』

마족이 중얼거리자, 어둠 속에 한 마리 중급 마족이 나타났다.

과거에 잔자산사를 조종한 정신 마법이 특기인 마족이다.

『일이다푸~?』

"그래. 요새도시에 있는 모로크란 이름의 사제를 현혹시켜라. 사신전에 잠든 마왕의 혼을 정화하기 위해서, 마왕을 부활시키도록 하는 거다."

『즐거워보이는 일이다푸~.』

마족이 춤을 추면서 어둠 속으로 사라지고자 했다.

"—기다려라! 일은 대마녀를 저주하는 것과 동시다. 지금 가면 토벌 당한다!"

『알았다푸~.』

마족은 미묘한 대답을 하고 어둠 속으로 사라졌다.

조마무고미는 혼잣말을 중얼거리며, 자기 방으로 돌아갔다.

"이만큼의 준비를 하면, 용사나 대마녀를 앞질러 자월핵을 입수할 수 있을 거다."

어느샌가 조마무고미 안에서 「자월핵의 존재 유무를 조사한다」라는 목적이, 「자월핵을 입수한다」라는 식으로 변질되어 있었다.

"그러면 부유 요새도 손에 들어오고, 친왕 **폐하**를 정당한 지위로 돌려드리는 것도 쉽겠지."

샤샤샤. 갈라진 목소리로 웃는 조마무고미의 등 뒤에서, 나무껍질의 상급 마족과 어둠 속으로 사라졌던 중급 마족이 그와 마찬가지 형태로 웃음을 만들고 있었다.

마치, 그의 망집이, 마족들이 심어놓은 것이라고 말하는 것처럼.

인터미션

"사토입니다. 대학 서클 활동에서는, 멤버 중에 모르는 사람이 섞이는 일이 자주 있었습니다. 특히 신입생 환영 파티나 이벤트시기에 는단 말이죠. 기왕이면 준비할 때 늘어줬으면 좋겠어요."

"이것이 대륙 남서 소국군에서 입수한 상품 샘플이다."

에치고야 상회 간부실에서 관광 중에 획득한 상품을 소개했다.

사실은 당장이라도 박사들에게 논문에 대한 질문을 하러 가고 싶었지만, 먼저 에치고야 상회에서 밀린 일을 정리하러 온 것이다. 사회인이니까 취미 전에 일을 해야지.

"훌륭한 오브제로군요. 어느 나라 물건인가요?"

"물 광석을 사용한 개구리 수인의 나라 치프챠의 공예품이다."

지배인도 마음에 든 모양이라, 에치고야 상회의 본점 홀에 장식하게 됐다.

그대로는 배수에 문제가 있으니, 그에 대한 공사를 한 다음이 될 것 같다.

"이 『인어의 눈물』은 좋군요. 『하늘의 눈물방울』에 손대지 못하는 중견 이하의 귀족부인이나 영애들이 좋아할 것 같아요."

"브라이브로가 왕국의 보석에 손을 대는 것은 관두는 편이 좋다고 생각합니다. 문벌 귀족이 교역의 이권을 독점하고 있어서, 고오쿠츠 상회가 매매를 모두 맡고 있습니다. 거기에 끼어들기는 어렵지 않을지—."

"걱정 마라. 펜드래건 애송이가 브라이브로가 왕국의 왕자에게 교역을 승낙시켰다고 하더군."

"펜드래건 경이 말인가요? 대륙 남서부에 계셨군요."

지배인이 뜻밖이란 표정을 지었다.

"뜨내기처럼 떠도는 모양이더군."

"쿠로 님도 참……."

후후후. 웃어 버렸다.

"그보다도, 브라이브로가 왕국의 이권이 손에 들어온 것은 큽니다! 우리는 비마법 도구 관련 보석 쪽은 약했으니까요!"

보석류 장식품 담당 간부 아가씨가 주먹에 힘을 넣고 주장했다.

그러고 보니 이슈라리에의 「하늘의 눈물방울」은 펜과 창 용 상회만 다루고 있었지.

펜과 창 용 상회를 맡기고 있는 아시넨 후작 차남은 오래 만나지 못했지만, 상업 길드에 위탁해둔 배당금이 순조롭게 마구 늘어나고 있었다. 이것도 사토로서 왕도에 돌아오면 뭔가에 투자해야지.

"펜드래건 각하께 뭔가 답례를 해드려야겠군요."

"필요 없다. 애송이의 귀찮은 일에 힘을 써준 사례 대신이다. 그래도 신경 쓰인다면, 애송이가 취미로 삼고 있는 두루마리 수집에라도 협력해줘라."

"네. 그쪽은 순조롭게 모이고 있습니다. 번마 미궁의 두루마리가 많습니다만, 최근에는 사가 제국의 흡혈 미궁에서 나온 두루마리도 몇 개 들어왔어요."

—오호? 지금 당장 두루마리 리스트를 보고 싶은 충동을 느끼지만, 그건 나중을 위해서 아껴둬야겠는걸.

"사교계에서는 펜드래건 경의 실종설도 돌고 있는 모양입니다만, 건승하신 모양이라 안심했습니다."

—실종설?

무노 백작이나 재상한테 보낸 편지는 아카티아를 출발할 때나 남서쪽 나라들을 관광하고 있을 때 보냈는데, 아직 도착하질 않았나 보군.

하긴 둘 다 배편이고, 마물이나 해적의 습격을 받아 도착하지 않는 일도 자주 있다고 하니까.

"펜드래건 각하는 눈에 띄는 걸 싫어하시니까, 왕도에 돌아오면 놀라시겠죠."

"무슨 뜻이지?"

"마왕 살해자의 소문이 거리에도 퍼져서, 펜드래건 각하의 저택은 연일 축제 같은 모습입니다."

고참 간부 아가씨 한 명에게 물었더니 터무니없는 대답이 돌아왔다.

불길한 예감이 들어 공간 마법 「멀리 보기」로 확인하니 왕도 저택 앞길이 구경꾼으로 가득했다. 자세히 보니 노점까지 몇 개 있었다.

"주변에 저택을 가진 귀족들이 불평을 할 것 같군."

"아뇨, 그것이…… 『마왕 살해자』의 저택이 보이는 정원이라서, 근처 저택이 다과회나 야회에서 대인기라고 합니다."

왕도에는 한가한 사람들밖에 없나……?

이제 슬슬 왕도에 돌아올까 생각했는데, 조금 더 벽령에서 놀다 가야겠군.

"애송이 얘기는 이제 됐다."

이어서 간부들에게 사업 보고를 듣고, 상담을 들었다.

여전히 수익이 막대해서, 이익 분배나 사회 공헌도 겸하여 자선 사업을 확대하고 종업원도 나날이 증가하는 모양이다. 종업원의 수만 보면, 이미 왕국 제일의 상회인 고오쿠츠 상회를 넘어서는 규모라고 한다.

신경 쓰이는 사업은—.

"전부터 계획을 진행하고 있던 무노 백작령에 대한 이민에 관해서입니다만, 다음달 초에 제1탄이 출발하게 됐습니다."

듣자니, 남방의 비행 마물이 활발해졌기 때문에 호위인 비룡(와이번) 기사(라이더)대를 확보하지 못해 출발계획이 늦어졌다고 한다.

제1탄은 인구 감소가 진행되는 무노 시에 받아들이고, 그 다음에 브라이튼 시나 그 주변 촌락터에 보내는 모양이다.

"그러면, 그 촌락들이나 브라이튼 시의 정비는 월말까지 해두면 되는 거군?"

""""—네?""""

당연한 확인을 한 거였는데, 어째선지 담당 간부들만 그런 게 아니라 지배인과 티파리자까지 놀랐다.

"월말이면 너무 늦는가?"

"—아, 아뇨. 무노 백작령의 개척지는 백작 측에 맡기는 것이라고 생각하고 있었습니다."

그렇군. 그래서 놀랐구나.

"왕도의 개척 마을을 만드는 것과 같은 일을 하는 것뿐이다."

본래 개척 관련 막대한 양의 물자와 난민들에게 나눠줄 식량의 준비는 에치고야 상회가 모두 맡고 있었다. 무노 시의 일등지에 에치고야 상회의 상관을 준비시키거나, 창고나 공장 용지를 무상으로 제공해줬으니 대가로서는 충분하다. 브라이튼 시의 개척이 진행되면, 그쪽에도 무노 시와 같은 규모의 토지를 확보할 수 있는 계약을 했다고 한다.

"무노 백작령에서 이권을 얻는 것은 상관없다만, 백성에게 영향이 나오지 않을 정도로 해라."

"알고 있습니다. 로틀 집정관은 뭔가 꿍꿍이가 있는 것이 아닌지 대단히 의심을 하십니다만……."

지배인이 쓴웃음을 지었다.

뭐, 니나 씨 입장이라면 왕도의 신흥 상회가 대단한 권리도 바라지 않고 이런 대계획을 진행하니까 의심하겠지.

"다음으로 약품 관련에 대해서 말입니다만—."

내가 만들고 있던 「발모제」를 상회의 연금술사도 만들 수 있게 됐다고 하기에, 내가 만드는 수를 줄이려고 했더니 진심으로 기다려 달라고 매달렸다.

고품질인 것은 아직 만들지 못하니, 일정한 수의 납품을 계속

해달라고 한다. 듣자니 전략물자인가 싶을 정도로 일부 귀족과의 교섭에서 편리하다고 한다. 뭐, 육모제나 양모제는 지구에서도 대인기였으니까.

그 밖에도 주조 마검이나 룬 내포 보석 같은 것의 추가도 의뢰를 받았다. 다음에 올 때 준비해야지.

그런 식으로 보고와 요청을 받는 사이에 점심이 지나, 에치고야 상회의 사원식당에서 지배인 일행과 함께 인기라는 오늘의 정식을 먹게 됐다.

"아~! 쿠로 님임다!"

식당에서 나를 눈썰미 좋게 발견한 넬이 외쳐서, 식사를 하고 있던 종업원들이 나를 깨닫고 굉장한 소동이 일어나 버렸다. 마치 아이돌이나 유명인 같은 취급을 하네.

내가 여기서 식사를 하는 건 처음이니까, 주변에서 놀라는 것도 어쩔 수 없나?

옆 테이블에 있던 빨간 머리 넬의 동료들은 긴장해서 식사 맛도 잘 모르겠다는 표정이었으니, 조금 미안한 일을 해버린 기분이다. 나중에 식당으로 구운 과자라도 보내야겠군.

그리고, 소동의 계기가 된 넬 본인은 시종 즐거워 보였다.

◆

점심 식사를 한 뒤, 나는 에치고야 상회의 연구소에 찾아왔다.

"—저것은?"

어째선지 박사들 사이에 시스티나 왕녀가 있다.

“시가 왕국의 시스티나 제6왕녀 전하십니다.”

“그건 알고 있다. 어째서, 왕녀가 여기에?”

“쿠로 님! 안녕하세요?”

티파리자에게 질문을 한 참에 연구소의 윤활제라고 해야 할지, 실질적인 대표자인 아오이 소년이 달려왔다.

“아오이, 저것은?”

“티나 님 말이군요.”

친근한 느낌으로 왕녀를 부르는 아오이 소년의 말에 따르면, 시스티나 왕녀는 자기 연구가 막다른 길이라, 이상한 연구를 한다고 일부에서 유명한 이곳을 방문하여 기분전환 삼아 참가했다가 맛이 들렸다고 한다.

“방해가 되지는 않나?”

“아뇨, 그럴 리가요. 티나 님도 박사들이랑 동류셔요. 아직 젊으신데 지식이 굉장하니까 박사들도 귀여워하세요.”

“현장의 연구에 지장이 생기면 말해라. 대신 쫓아내주지.”

“아하하, 괜찮아요.”

박사들의 모습을 보니 그럴 걱정은 없을 것 같지만, 아오이 소년의 입장에서는 말하기 어려울 테니까 그렇게 말해뒀다.

“오늘은 진척을 확인하러 오셨나요?”

“그것도 있지만, 이 논문의 질문을 하러 왔다.”

논문을 보여주자 아오이 소년이 집필자인 박사를 불렀다.

“오오, 쿠로 공. 내 논문에 질문이 있다니 기쁘구먼. 어디요?”

주름투성이 얼굴의 박사에게 논문을 보이고, 문제가 된 부분을 가리켰다.

"아아, 미안하군. 이것은 실수요. 쓸 때 긍정과 부정을 착각했구먼."

박사가 미안한 기색도 없이, 만년필 모양 마법 도구로 쓱쓱 논문을 정정했다.

"근간 부분이 반대가 되면, 제대로 작동하지 않은 것 아니오?"

—그렇다니까.

나는 쿠로의 캐릭터가 망가지지 않도록 자제하면서, 내심 「그게 뭐야아아아아」 하고 히카루처럼 외치고 있었다.

물론 그런 내면은 표정에 드러내지 않는다. 무표정 스킬 선생님은 유능하군.

나는 마음을 가다듬고, 다른 부분도 몇 군데인가 질문하여 논문의 의문점이나 불명한 점을 씻어냈다.

"처음 뵙겠습니다, 쿠로 공. 제6왕녀 시스티나입니다."

박사에게 인사를 하고 있는데, 나를 발견한 다른 박사들과 함께 시스티나 왕녀가 찾아왔다.

"쟈하드 박사의 초청을 받아서, 연구소에 실례하고 있습니다."

"왕녀의 전문하고는 다른 모양인데?"

"네, 조금 막다른 길에 몰려서……."

"왕립 학원이나 왕립 연구소에 질문할 수 있는 자는 없는 건가?"

전문이 다른 박사들에게 섞이는 것보다는 연구가 진행될 거라고 생각해서 물어봤다.

"둘 다 문전박대를 당했어요."

진짜냐? 왕립 연구기관에서 왕녀를 문전박대하다니, 용기가 대단하네.

그만큼 그녀의 연구가 이단이라는 걸지도 모르지만.

"전에는 상담할 수 있는 선생님과 친구가 있었습니다만, 지금은 일 때문에 대륙 서방에 가셔서……."

"쿠로 님은 펜드래건 자작님의 행방을 혹시 모르시나요?"

혹시 왕녀가 말하는 건 우리들인가 했는데, 아오이 소년이 이어서 질문하여 거의 확정이 됐다.

"애송이의 행방? 왕녀의 교사나 친구는 애송이의 관계자인가? 뭐 좋다. 애송이라면 브라이브로가 왕국에서 만났다."

"정말 고맙습니—."

"—애송이?"

아오이 소년의 인사를 시스티나 왕녀의 목소리가 기분 틀어진 기색으로 가로막았다.

"혹시, 그것은 사토 선생님을 말하는 건가요? 그렇게 부르는 것은 실례가 아닌가요'?"

시스티나 왕녀의 눈썹이 위로 올라갔다.

평소에는 「사토 님」이라고 부르는데, 이번에는 쿠로에게 입장을 명확하게 하기 위해 경칭을 선생님으로 바꾼 모양이군.

"본인도 양해한 일이다. 다른 사람에게 무슨 말을 들을 이유는 없지."

"어머나! 이게 무슨 일인가요?"

펄펄 화를 내는 왕녀를 무시하고, 박사들에게 연구의 진척을 물어보러 갔다.

"비공정은 완성됐네만……."

"무슨 문제가 있나?"

"보통 사람이 못 타."

"가속으로 짓눌려버린다."

지금은 아오이 소년의 제안으로 G슈트 같은 것을 개발하고 있다고 한다.

"신체 강화를 쓸 수 있는 전직 기사 분에게 부탁했습니다만, 레벨 30급의 분이 아니면 가속하는 도중에 기절해 버려서……."

어떤 가속인지 신경 쓰이기에 자료를 봤다.

"……그대들은 허공에라도 날아갈 셈인가?"

"오! 그건 좋겠구먼! 꼭 날아가보고 싶어!"

"멍청한 녀석! 일단 수평비행부터라고 언제나 말하지 않나!"

바보처럼 거대한 가속용 부스터를 연결해서 초고속을 실현한 모양이다.

자료를 본 바로는, 음속의 벽을 넘을 때 충격으로 기재가 고장나고 탑승자도 의식을 잃었다고 한다.

"그건 그렇고, 용케 이 정도의 출력을 냈군."

"잘 물어봤어! 이걸 보라구!"

"이것이 우리들의 성과일세!"

박사들이 마력로로 보이는 설계도를 내밀었다.

조바심 내는 그들을 진정시키며, 설계도를 살폈다.

"……이것은."

창화를 사용한 성수석로와 마력로의 하이브리드 시스템을 시험 제작했나 보군.

이론치로는 같은 규모의 성수석로를 넘는 출력을 얻을 수 있는 것 같다. 시동 실험의 계획표를 보니, 노의 강도가 부족해서 이론치 정도의 출력을 얻을 수 없다는 걸 알 수 있었다. 그래도—.

"—이 출력인가?"

박사들에게 말해서, 하이브리드로— 설계도에 따르면 쌍로(雙爐)의 기동을 부탁했다.

파란 빛과 빨간 빛이 흐르고, 보라색 빛이 되어 주위에 흘러나왔다.

"처음에는 자염로(紫炎爐)라는 이름을 붙이려고 했네만—."

"그런 재수 없는 이름을 붙였다가 폭발하면 어쩔 셈이냐!"

"—라고 말해서 바꾸었지."

그러고 보니 보라색은 꺼림칙하다고 했었지.

"이론치에는 멀군."

"왕도의 기술자들은 이게 한계일세. 지금은 오유고크 공자령의 보르에하르트 자치령에 의뢰를 하고 있지."

그렇군, 도하루 노인이 이끄는 드워프라면 고정밀도의 로를 만들 수 있겠어.

나도 벽령에 돌아가면 만들어봐야지. 아니, 보르에난 숲에서 빌리고 있는 토라자유야 씨의 연구시설을 사용하는 편이 정밀도가 오르나?

"리미터를 해제하면 두 배는 갈 수 있어."

어수선한 발언 직후에 안정되어 있던 보라색 빛이 흔들리기 시작하고, 아오이 소년이 리미터를 되돌리려고 달려가기 전에 쌍로가 폭발했다.

위기 감지 스킬이 경고를 해줬으니, 폭발 직전에 아오이 소년을 「이력의 손」으로 끌어당기고, 왕녀와 박사들을 「자유 방패」와 「방어벽」 마법으로 지켰다.

쌍로는 흔적도 없이 날아가고, 상당히 떨어진 장소에 있는 공장의 벽에도 파편이 박혀 있었다.

맵 검색으로 살펴보니, 이번 폭발로 다친 사람은 없는 모양이다.

"무슨 일인가요!"

폭발을 보고 달려온 폴리나 공장장에게 아오이 소년과 리미터를 해제한 폭발 박사가 엎드려 사과했다.

가까운 주둔지에서 달려온 기사들과 위병들의 대응은 폴리나에게 맡기면 되겠지.

그렇지만—.

"조금 더 안전 대책을 하는 편이 좋겠군."

지하는 위험할 거야. 연구소 주위를 「흙벽」으로 감싸고, 「점토 경화」와 「회칠 경화」로 보강해야겠어. 폭풍이 위로 가기 좋도록 흙벽에 경사를 두면 침입 대책에도 쓸 수 있을까?

박사들의 안전을 지키기 위해서, 팔랑크스 시스템을 탑재한 아다만다이트 골렘을 몇 대 배치해야겠군. 조수 타입의 리빙 돌로 위장하면 박사들도 불평 안 할 거야.

폭발로 잃은 기재를 스토리지에서 꺼내 보충하고, 부스터에 쓸 수 있는 소재를 몇 종류제공했다.

"탑승자용으로 이걸 써보겠나?"

"이것은?"

"충격흡수가 뛰어난 갑옷용 속옷이다."

신형 황금 장비의 인너를 설계할 때 만든 샘플이다.

내 체형으로 만들었지만, 플러스마이너스 20퍼센트 정도 자동으로 보정이 되니까, 몸집이 작은 기사라면 평범하게 입을 수 있을 거야.

"어쩐지 레오타드나 SF물에 나오는 얇은 우주복 같네요."

아오이 소년의 적절한 묘사를 「그런가」 하고 담박하게 흘리며 샘플을 건넸다.

이걸로 초고속 비공정도 안전하게 시운전을 할 수 있을 거야. 예비는 잔뜩 있으니까, 열 벌 정도 건네 둬야겠군. 여러모로 실험을 하기 위해 잔뜩 만들었는데, 그다지 소비를 안 했단 말이지.

"쟈하드 박사, 공력기관의 개량은 어떻게 됐지?"

"그건 완성이 됐시. 용도별로 세 종류 있으니끼 나중에 설계도를 건넴세."

쟈하드 박사가 설계도를 꺼내러 돌아가자, 다른 박사들도 완성된 논문이나 도면을 차례차례 제공했다. 지난번 이후로 그렇게 시간이 지난 것도 아닌데, 대단한 성과다. 역시 천재가 모이면 상승효과가 생기는 모양이군.

"—응? 아오이도인가?"

"네. 저는 박사들 같은 재능이 없어서, 일본에 있을 무렵의 가전을 마법 도구로 재현한 것을 설계해봤어요."

"이것과 이것은 이미 있을 거다. 이건 관두도록. 다른 건 문제없다. 시험작을 만드는 코스트를 계산하고, 다음은 지배인이나 티파리자에게 상담해라."

아오이 소년이 가전풍의 마법 도구 개발을 제안하기에 위험해 보이는 걸 빼고 채용했다.

채산을 맞출 수 있을지는, 지배인이 판정을 해주면 되겠지.

그렇지—.

"부탁 받았던 물건을 입수했다."

돌아갈 때 박사 중 한 명에게 부탁을 받은 부유석이 생각나서, 창고 하나에 크고 작은 갖가지 부유석을 꺼내줬다. 그걸 받은 박사가 기뻐서 미친 듯이 날뛰었던 것은 말할 것도 없었다.

그리고, 쥐 수인의 나라 라틸티에서 입수한 「마족을 감지하는 방울」은 지배인들에게 건네두었다.

◆

"—부유 요새? 그 전설의?"

에치고야 상회에서 용건을 마친 나는 아킨도우의 모습으로 기숙사 관리인 일을 즐기는 히카루를 찾아갔다.

"그래, 벽령에 숨겨져 있었어."

"정말로 실재했구나~. 샤로릭 군은 믿고 있었지만, 메르본 군이나 릿츠 군은『절대 존재하지 않아요!』라고 역설했었어."

그녀의 시대에는 이미 실재도 의심할 정도의 전설이 되어 있었다고 한다.

"그래서 부유 요새는 움직여?"

"심장부가 빠져 있으니까 안 움직일 거라고 생각해."

스토리지에 수납한 채 조사했는데, 컴퓨터에 해당하는 중추부—자월핵이라고 불리는 코어 파츠가 통째로 빠져나가 있었단 말이지. 동력원으로 보이는 마력로 같은 것은 있으니까, 완전히 안 움직이는 건 아닐 테지만.

"그래, 그럼 안심이네."

아마, 부유 요새를 이공간에 숨긴 누군가가 가져갔을 거라고 생각한다.

"시즈카는 건강하게 잘 지내?"

"응. 열심히 집필 활동을 하고 있어. 지금은 열렬한 독자도 있으니까 기합이 너무 들어갔을 정도라서, 조금 걱정일까?"

시즈카의 책은 히카루가 다과회에서 소개한 결과, 릿튼 백작부인을 비롯한 일부 귀부인들에게 대인기라고 했다.

이 세계에는 인쇄가 없을 테니까—.

"원본을?"

"내가 마법으로 카피한 거야."

"그런 마법이 있어?"

"응, 아는 사람이 금기라고 해서 숨기고 있지만."

과거에 술리 마법으로 만들어낸 전생자가 있었다고 한다.

듣고 보니, 빛 마법으로 영상을 표시할 수 있으니 인쇄하는 방법만 있으면 평범하게 가능하겠군.

"아 맞다. 사교계에서 이치로 오빠네 실종설이 퍼지고 있대."

그러고 보니 에치고야 상회에서도 비슷한 말을 들었지.

"그렇게 퍼지고 있어?"

"응. 대륙서방에 파견된 특사의 소식을 알 수가 없다고."

요새도시 아카티아까지는 조금 특수한 방법으로 단축했으니까.

"편지를 맡겨도 될까?"

걱정을 끼치면 미안하니까, 재상이나 지인에게 편지를 써서 히카루에게 맡겼다. 펜드래건 가문의 어용상인 아킨도우가 기숙사에 드나드는 건 재상도 알고 있을 테니까 부자연스럽지는 않을 거야.

요새도시 아카티아에 도착했을 무렵의 날짜로 해두면, 배편으로 보낸 편지보다 빨리 도착해도 문제없을 거야.

"이 다음에 만들어둔 반찬이랑 저녁식사 전하러 갈 건데, 이치로 오빠도 올래?"

"아니, 또 들를 곳이 있으니까 그만 갈게."

시즈카의 얼굴도 보고 싶지만, 예고 없이 방문하면 전처럼 묘한 행운의 조우가 있을 것 같은 예감이 든단 말이지.

돌아갈 때, 히카루와 시즈카 두 사람에게 개구리 수인의 나라 치프챠에서 입수한 「인어의 눈물」을 가공한 장식품을 선물했다.

◆

"마스터 사토!"

농작업을 하고 있던 유네이아가 크게 손을 흔들었다.

왕도에서 용건을 마친 나는 보르에난 숲으로 가는 도중에 낙원섬에 들렀다.

"언니, 마스터 사토가 왔어."

"유, 유네이아. 끌어당기지 마."

레이는 흙으로 지저분한 얼굴을 보여주지 않으려고 손으로 가렸다. 그렇게 새빨개질 정도로 창피해하지 않아도 되는데.

나는 제집 드나드는 느낌으로 집 안에 실례해서, 두 사람을 위해 차가운 보리차와 간식인 구운 옥수수를 준비했다.

"기다렸지! 와아, 본 적이 없는 간식이야~!"

유네이아가 단숨에 보리차를 들이켠 다음, 구운 옥수수에 달려들었다.

"어떻게 먹는 거야?"

"이런 식으로 들고, 표면의 알갱이를 먹는 거야."

"고소한 냄새— 간장일까?"

"그래. 오늘 선물은 옥수수야."

재배용 콘 알갱이가 들어간 주머니와 재배 방법이 적힌 종이를 테이블에 놓았다.

"맛있어! 언니, 아주 맛있어!"

유네이아는 입가가 간장으로 지저분해지는 것도 상관하지 않고, 커다랗게 입을 벌려 옥수수를 깨물었다.

레이는 옥수수를 깨무는 것에 저항이 있는 느낌이기에, 술리 마법 「만능 공구」로 알갱이를 잘라내 접시에 담아 스푼을 함께 주었다.

"달콤하고 맛있어. 이건 야채? 아니면 과일?"

"야채야. 달콤한 건 품종개량을 해서 그래."

수령주에 의지한 치트 품종개량이지만.

레이에게 새삼 「천호광개」의 소형화 리포트에 대한 감사를 하고, 그 기술을 써서 무사히 캐슬 기능이 완성됐다고 보고했다.

"도움이 돼서 다행이야."

레이가 만족스럽게 미소를 지었다.

동료들의 근황을 이야기하고, 남서쪽 나라들의 관광지 영상을 빛 마법으로 투영하면서 여행 이야기를 꽃피웠다. 물론, 여러모로 사들인 기념품도 테이블에 놓았다.

이야기가 벽령으로 바뀌었을 때 부유 요새 이야기를 꺼내봤다.

"—부유 요새?"

"레이는 몰라?"

라라키에 시대에 현역이었을 테니까, 소문 정도는 알 거라고 생각했는데.

"아르카디아란 이름—."

"—악마 요새 아르카디아!"

이름을 말한 순간, 레이가 얼굴이 파래져서 외쳤다.

라라키에와 적대하던 세력의 요새였다지만, 이 정도로 격렬한 반응이 있을 줄은 몰랐다.

"언니, 아는 거야?"

"그래. 악마요새 아르카디아는 마왕의 첨병. 천호광개를 쳐부수는 파천부창(破天腐槍)으로, 아는 사람의 부유성이 몇 개나 추락했어."

나쁜 인상이 강한 건지, 레이는 별로 자세히 말하지 않았다.

"미안, 레이. 싫은 기억이 있으면 말하지 않아도 돼."

천호광개를 웃도는 「파천부창」이란 것에는 흥미가 있지만, 그녀를 불쾌하게 만들면서까지 알고 싶은 건 아니다. 실물이 스토리지에 있으니까, 나중에 실물을 조사하면 되지. 부유 요새를 획득한 유적에도 자료가 있었으니까.

나는 유네이아와 태그를 짜서 어릿광대 행세를 했고, 레이도 자신을 생각하는 유네이아의 마음을 헤아려 겉으로는 평소의 레이로 돌아와 주었다.

◆

"—부탁해도 돼?"

"네, 맡겨주세요, 아제 씨."

낙원섬 다음으로 방문한 보르에난 숲에서는, 아제 씨에게 요정벌이라는 환상생물의 둥지 소재 조달을 부탁 받았다.

"고마워, 사토. 기뻐!"

—오옷.

어지간히 곤란했었는지 감격한 아제 씨가 덥석 끌어안기에, 그대로 상냥하게 마주 안았다.

얼떨결에 찾아온 행복한 시간을 듬뿍 맛봐야지.

"—저기? 이제 슬슬 끝내지 않으실래요?"

무녀 루아 씨가 쿡쿡 옷을 당기기에 현실로 되돌아오고 말았다.

심하다고 생각했지만, AR 표시의 시간을 확인했더니 끌어안은 지 10분 이상 지나 있었다. 시선을 내리자 새빨간 아제 씨가 이쪽을 올려다보고 있었다.

나는 어흠 가볍게 헛기침을 하고, 아제 씨를 끌어안고 있던 손을 풀었다.

"그러면, 둥지의 재료를 확보해올게요."

"기다려, 사토. 뭔가 용건이 있었던 거 아냐?"

아제 씨를 끌어안은 행복함에 져서, 본래 용건을 완전히 잊고 있었다.

"아, 그렇지. 오늘은 이걸 상담하러 왔어요."

"투명한 오리하르콘?"

나는 아이템 박스에서 유리질이 되었던 것과 변화하기 전의 붕대 오리하르콘을 꺼냈다.

"헤~ 이런 식으로 되어 있구나."

아제 씨가 흥미롭게 유리화된 붕대 오리하르콘을 햇빛에 들었다.

"아제 씨도 모르시는 건가요?"

"우~응. 기억고에는 있을지도 모르지만, 지금은 몰라."

함께 있던 무녀 루아 씨도 모른다고 해서, 지식이 많은 장로에게 물어보기로 했다.

"호오오, 이거 희한하군."

"어떤 연성을 하면 되는 건지 짐작도 안 된다."

장로들이 붕대 오리하르콘을 손에 들고 이것도 아니다 저것도 아니다 하며 의논을 나누었다.

어느샌가 소문을 들은 연구 좋아하는 엘프들이 모여 들어서, 넓은 홀이 사람으로 가득해져 버렸다.

"뭔가 알고 있어?"

"네, 아제 님. 옛날 자료에서 그런 오리하르콘이 있다는 것을 읽은 기억이 있습니다."

아까 「희한하다」고 말한 최고 장로 엘프가 아제 씨에게 대답했다.

"그걸 보여주실 수 있을까요?"

"미안하지만, 나한테 없어."

그 자료는 다른 하이 엘프에게 맡긴 상태이고, 그 하이 엘프가 수면조에서 잠들어 버렸기 때문에 지금 현재 어디 있는지는 모른다고 한다. 타이틀을 알면 맵 검색으로 찾을 수 있겠지만, 너무 옛날 일이라 기억 못한다고 했다.

"사토, 기억고에 가볼래?"

어지간히 유감스런 표정을 지었는지, 아제 씨가 그렇게 말했다.

오랜만에 아신 모드 아제 씨를 만나고 싶기도 하고, 그녀의 말에 어리광을 부려볼까.

붕대 오리하르콘을 엘프들에게 맡겨두고, 나는 아제 씨와 함께 세계수의 심부에 있는 기억고로 이동했다.

『—라라키에가 하늘에 있을 무렵, 마신님이 그러한 오리하르콘을 만들었다고 들은 적이 있습니다.』

아신 모드 아제 씨가 신화시대의 말로 이야기했다.

평소의 둥실둥실한 아제 씨도 좋지만, 아신 모드의 빠릿한 아제 씨도 멋져.

『사토, 듣고 있나요?』

『—죄송합니다. 아제 씨에게 넋을 잃었어요.』

순순히 사과했더니 어째선지 아신 모드 아제 씨의 얼굴이 살짝 빨개져서, 새삼 평소의 아제 씨와 뿌리는 같구나 싶어서 기뻐졌다.

『방금 전의 이야기 말인데요, 자세하게 아시나요?』

『저는 모릅니다. 브라이난의 리제— 아니, 브라이난의 케제나 베리우난의 사제에게 물으세요.』

내 기억이 분명하다면, **현재의** 브라이난 씨족에 리제 씨는 없을 거다.

『저에게 물어보고 싶은 것은 이상인가요?』

오랜만에 아신 아제 씨랑 대화를 끝내는 것이 아쉬워서, 덤으로 부유 요새에 대해 물어봤다.

『직접 알지는 못합니다. 바깥에 나가는 것을 좋아하는 이제가 보고들은 것을 이야기해도 될까요?』

그녀가 말하는 이제는 세계수의 수면조에 잠든 하이 엘프 중 한 명이겠지.

『부유 요새는 마신님이 설계하고, 그 사도들이 만들었다는 소

문을 들었다고 합니다. 완성 뒤에는 라라키에 왕조에 반항하는 레지스탕스가 썼다고 합니다만, 굉장히 강했다는 이제의 감상뿐이라 자세하게는 모릅니다.』

처음 부분 말고는 낙원섬에서 레이에게 들은 내용이 더 자세했다.

『슬슬 물어보고 싶은 것은 끝인 모양이군요. 다음은 지금의 저에게 맡깁니다.』

아신 아제 씨가 그렇게 말하고 힘이 빠지더니, 내 쪽으로 쓰러졌다. 이 감촉에 빠져들고 싶지만, 기억고와 접속은 나름대로 지칠 테니까 바깥에서 대기하고 있는 무녀 루아 씨를 불러 침대에 눕혀두었다.

그 다음 사제 씨와 케제 씨에게도 물어봤지만, 붕대 오리하르콘도 부유 요새도 입수한 자료 이상의 정보는 없었다.

사제 씨가 연시에 도착한 암석띠가 상상 이상으로 지나치게 넓어서 놀랐다고 불평을 했다. 처음에는 무슨 이야기인가 몰랐는데, 금방 암석띠가 아스테로이드 벨트라는 것을 깨닫고 해파리 조사용 심우주 탐사 골렘「새틀라이트 원」이야기라는 걸 알았다.

『암석띠에서 몇 마리 해파리를 발견했다. 역시 사토가 예상한 것처럼, 놈들은 그쪽에서 온 모양이야.』

새틀라이트 원이 몇 번인가 스페이스 데브리에 격돌을 해서 부서져 버리는 탓에, 그 때마다 다시 보내고 있다고 한다.

『다음은 벨트 안에 들어가지 말고, 바깥쪽을 돌면서 조사할 예정이다.』

“그거라면 여러 대를 보내면 어떨까요?”

『그렇군, 합리적인 제안이야. 사토의 제안을 채용하지.』

덤으로 모함기와 탑재기를 나누어, 탑재기를 운석 밀도가 높은 아스테로이드 벨트에 진입시키고, 모함기는 안전한 장소에서 탑재기의 정보를 기다리도록 하는 방법도 제안했다. 이쪽은 종래의 기기를 커다랗게 개조할 필요가 있으니, 앞으로의 과제가 된다.

다음으로 케제 씨의 이야기인데—.

『사토, 아제가 보낸 그 오리하르콘이 도착했다. 내 마음이 얼마나 호기심에 들떠 있는지 너에게 전할 말이 없어. 지금, 네가 여기 있으면 끌어안고 춤을 췄을 거야—. 아차, 아제가 무서우니까 이쯤에서 통신을 끊는다. 사제보다 먼저 해명해주지. 기대하고 있어.』

엄청난 미소를 지으며 케제 씨의 통신이 끊어졌다.

돌아보자, 침대에서 빠르게도 복귀한 아제 씨가 귀엽게 볼을 부풀리고 있었다.

아~ 정말 귀엽다니까. 이 사람.

그대로 채가고 싶은 충동을 느꼈지만, 무녀 루아 씨나 순진무구한 표정으로 이쪽을 보는 집 요정들의 시선이 있어서 자중했다.

"아제 씨, 샘플 전송 고맙습니다."

흐응. 이라는 의성어가 보일 법한 아제 씨의 레어한 옆모습을 즐기면서, 그녀의 귓가에 속삭였다.

"제가 끌어안고 싶다고 생각하는 것도, 춤추고 싶다고 생각하는 것도, 사랑스럽다고 생각하는 것도 아제 씨뿐이에요."

그러자 아제 씨는 얼굴이 새빨개져서 축지가 아닌가 싶은 속도로 물러나, 모양이 예쁜 입술이나 아리따운 손가락을 바르르 떨었다. 뭔가 말하려고 하지만 말이 안 나오는지, 그대로 달려가 버렸다.

무녀 루아 씨가 아제 씨를 따라 달려갔으니, 이제부터는 그녀에게 맡겨야지. 내가 따라가도 역효과일 테니까.

"그렇게 부끄러운 말이었나?"

꺄아 하면서 기뻐 보이는 집 요정들에게 물어보자, 척하고 엄지손가락을 세워 호평해줬다.

아제 씨에 대한 선물을 집요정들에게 맡기고, 나는 벽령으로 귀환했다.

그리고 손에 넣은 붕대 오리하르콘 샘플과 정보는 사제 씨뿐이 아니라, 케제 씨나 보르에난의 연구 좋아하는 엘프들에게 건네두었다.

그들이 연구를 해주면, 나 이상의 성과가 나올 게 틀림없으니까.

◆

벽령에 돌아간 나는 이동 전에 생각하고 있던 개조도 잊고 동료들과 「요정벌의 둥지」 소재 모으기에 분주하여, 제나 씨나 카리나 양까지 끌어들여서 다 모았다.

그 다음에는 벽령에서 황금 갑옷이나 백은 갑옷에 착탈 기능을 넣으면서, 강화 외장과 옵션 장비의 실용화에 힘을 쏟았다. 시행착오 끝에, 정식 장비로서 전위 공통의 강화 외장 「어태커」, 총격 지원용 강화 외장 「건슬링거」, 마법 증폭용의 강화 외장 「캐스터」 세 종류를 준비했다.

그런 보람이 있어서인지, 벽령의 도시 유적 주변에 넘치는 마물들을 모두 섬멸할 기세로 사냥해댄 탓인지는 모르겠지만, 동료들이 모두 레벨 65에 도달하여 오늘은 성대한 축하를 하기로 했다.

제나 씨 일행과 만났을 때는 아킨도우의 모습이었고, 이제 슬슬 사토의 모습으로 시가 왕국에 귀환할 무렵일지도 모른다.

그런 생각을 하고 있는데— 끼이끼이 박쥐가 우는 소리가 들렸다.

“주인님, 왜 그래?”

“로로가 핀치인가 봐.”

방금 그 소리는 로로의 그림자에 숨겨둔 사역마의 알림이다.

“큰일.”

“주인님, 로로 씨에게 무슨 일이 있나요?”

“미안, 그건 아직 몰라.”

로로의 몸을 걱정하는 루루에게 「괜찮아」 하고 속삭였다.

맵의 마커 정보를 봐서는, 로로의 몸에 위험이 끼친 다음은 아니니까.

“포치, 타마! 모여라!”

식재료 사냥을 간 포치와 타마가 개량판 백은 갑옷의 스러스터를 전개하여 돌아왔다.

“마스터, 출발 준비 완료라고 고합니다.”

“좋아, 가자!”

요새도시 아카티아에 있는 로로 곁으로!

아카티아 다시 한번

"사토입니다. 트러블이란 것은 잊을만한 무렵에 찾아옵니다. 리포트를 제출하기 전날이나 일의 납기 마감일 직전에 찾아오는 거죠. 어쩌면, 컴퓨터 뒤에 「장난꾸러기 요정(그렘린)」이라도 숨어있는지 몰라요."

"로로 씨!"

용사 상점의 뒤뜰로 귀환전이를 하자마자, 루루가 로로를 걱정하여 가게 안으로 뛰어들어갔다.

"기다려, 루루. 로로는 여기 없어."

로로는 대마녀의 탑에 있다.

우리는 전력으로 달려 탑으로 갔다.

이동하면서 맵 정보를 보니, 티아 씨가 저주를 받은 상태고 로로가 옆에 붙어 있는 느낌이었다. 아리사의 「전술 대화」를 발동해서 정보를 공유했다. 달리면서 이야기하다, 제3자가 알게 되면 안 좋을 것 같으니까.

"주인님, 『멀리 보기』가 캔슬됐어."

"이쪽도 그래."

공간 마법으로 확인하려고 했는데, 방해를 받아서 제대로 실행할 수 없었다.

물론 억지로 밀어붙이면 될 것 같았지만, 그러면 **무언가**를 부숴버릴 것 같아서 관뒀다. 상황을 생각해서, 티아 씨의 저주를 어떻게 하는 결계 같은 것일 테니까.

"—주인님."

리자가 짧게 주의를 환기했다.

눈앞에 보인 대마녀의 탑 입구에 선 문지기들이 달려오는 우리를 보고 경계태세다.

"멈춰라!"

"여기는 대마녀 아카티아 님이 계시는 탑이다!"

성실해 보이는 늑대 수인과 곰 수인 문지기가 입구에서 가로막았다.

"우리는 광룡급 모험가 펜드래건, 『대마녀의 기사』다!"

아인 소녀들 말고는 평상복이라서, 모험가증과 기사장을 들고 외쳤다.

문지기는 우리들 얼굴을 기억하지 못한 것 같지만, 지난번 퍼레이드는 기억하는지 주눅이 든 느낌으로 「가, 가시죠」 하고 말하며 통과시켜주었다.

"이쪽이야."

맵 정보를 의지하여, 탑의 계단을 달려서 올라갔다.

중간에 몇 번 불러 세우는 사람이 있었지만 상관하지 않고 달렸다.

"사토, 독기."

미아가 말한 것처럼, 탑 안은 범상치 않을 정도로 독기가 짙었다.

곧장 건강을 해칠 정도는 아니지만, 너무 오래 있으면 몸 상태가 나빠질 것은 틀림없었다.

분명히 티아 씨가 저주를 받은 것과 같은 이유가 틀림없어.

“마력도~?”

“휭휭 날아오는 거예요.”

“예스 포치. 강대한 마력이 파문처럼 느껴진다고 고합니다.”

“뭔가 커다란— 분명 의식 마법을 쓰고 있는 거라고 생각해. 주인님의 방금 전 이야기로는, 티아 씨의—.”

저주해제를 위한 의식 마법이겠지.

“거기에 로로 씨도 있는 거죠? 괜찮을까요?”

루루가 불안한 기색으로 말했다.

나도 걱정되지만, 티아 씨가 로로에게 해를 끼칠 리는 없었다.

“저주를 전가하기 위해서는 아니겠지?”

“그건 아냐.”

아리사의 발언을 즉시 부정했다.

“티아 씨니까, 로로를 지키기 위해서 아닐까?”

그 이유는 알 수 없지만.

“—주인님.”

선두를 달리던 리자가 경고했다.

전방의 문이 열리고, 대마녀의 필두 제자 리미 씨가 뛰쳐나왔다.

“기다리세요! 여기서부터는 못 갑니다.”

필두 제자가 술리 마법 계통의 장벽으로 통로를 막았다. 티아 씨와 로로는 그녀가 나온 문 너머에 있다.

"티아 씨의 구원 요청을 받아서 왔어요."

사기 스킬의 도움을 빌어 필두 제자에게 고했다.

"—티아 님의?"

한순간 믿을 것 같았던 필두 제자였지만, 금방 고개를 옆으로 저어 이쪽을 노려보았다.

"거짓말 마세요! 지금의 티아 님— 티아에게 사람을 부르는 일이 가능할 리 없어요."

꽤 버겁군. 사기 스킬을 지원하기 위해서, 교섭 스킬과 설득 스킬도 동원했다.

"아뇨, 지금이 아닙니다. 티아 씨가 저주를 받은 직후에 소식이 왔어요."

내가 그렇게 꾸며내면서, 아까 문지기에게도 보인 「대마녀의 기사」의 증표를 들었다.

"티아 씨— 아뇨, 대마녀님은 이럴 때를 위해서, 이것에 마법을 담아주셨습니다."

물론, 새빨간 거짓말이다.

"그걸로 당신을 불렀다고요? 뭘 위해서?"

—뭘 위해서? 뭘 위해서일까? 그렇지!

"물론, 저주를 떨치기 위해서입니다."

나는 스토리지에서 품을 거쳐 꺼낸 준비해둔 장갑을 손에 끼었다.

이것은 파리온 신국에서 용사의 저주를 떨칠 때 썼던 장갑의 버전업 물품으로, 손등에 마법진이 파란 성광으로 떠올라 있었다. 지난번 것은 정말로 여흥용이었지만, 이번에는 제대로 성비

회로를 자수해서 넣은 진짜 마법 도구다.

나는 맨손으로도 마찬가지지만, 주변에 대한 설득력을 올리는 것과 변명을 생략하기 위해 준비했다.

장갑의 마법진을 파랗게 빛내면서, 진지한 표정으로 필두 제자에게 호소했다.

"『대마녀의 기사』 칭호를 통해 요청합니다. ―대마녀님을 뵙게 해주세요."

"……알겠습니다. 지나가도 되는 건 당신뿐입니다. 다른 분은 대기실에서 기다리세요."

잠시 노려본 다음, 필두 제자가 꺾여 주었다.

"이쪽으로. 결계가 흐트러지지 않도록 재빨리 들어오세요."

자세히 보니, 문 앞의 바닥에 마를 퇴치하는 가시나무를 사용한 결계를 쳐두었다.

나는 결계를 부수지 않도록 주의하여 실내에 들어갔다. 넓은 실내에는 커다란 천개가 달린 침대가 있고, 걱정스런 표정을 한 로로가 그 곁에 둔 의자에 앉아 있었다.

―나행이군.

로로 자신은 문제없는 모양이다.

맵 정보로 알고 있었지만, 이렇게 눈으로 확인하니 안심이다. 로로는 마녀의 제자들이 입는 것과 같은 로브를 입었다. 머리에 가시나무 보관을 쓰고 있는 것은 독기나 저주에서 몸을 지키기 위해서겠지.

『주인님, 어때?』

아리사에게서 전술 대화가 닿았다.

탑 안쪽에 들어왔으니까 방해되지 않고 이어진 모양이군.

『로로는 무사해.』

나는 동료들에게 말한 뒤, 방을 둘러보았다.

서양풍의 가구가 놓인 침실에는 침대를 중심으로 몇 겹의 마를 퇴치하는 결계를 쳐두었고, 바닥 위에는 복잡한 마법진이 그려져 있었다. 저주를 떨치는 마법진이다.

그 마법진을 둘러싸듯 서 있는 마녀의 제자들이 읊고 있는 것도, 아리사의 예상대로 저주를 떨치는 의식 마법이 틀림없다.

"의식 마법을 하는 중입니다. 대마녀님께 다가갈 때, 바닥의 마법진이나 주구를 밟지 않도록 주의하세요."

"괜찮아요?"

"상관없습니다. 한 번에 끝나는 마법이 아니니까요."

의식 마법이 끝날 때까지 기다려야 하나 생각했는데, 티아 씨 곁에 가도 되는 모양이다.

뭐, 로로가 있는 것도 마법진 가장 안쪽 원 안이니까.

"사토 씨!"

나를 발견하고 외친 로로가 곧장 손으로 입을 막으며 소리를 낮추었다.

"대— 티아 씨가, 티아 씨가 큰일이에요."

티아 씨를 대마녀라고 말하려다가 실언을 깨닫고 말을 고친 느낌이다. 로로도 티아 씨의 정체가 대마녀라는 걸 알아버린 모양이군.

"알고 있어. 맡겨둬."

나는 그렇게 말하고 로로를 의자에 앉히고, 천개에서 드리워진 레이스 막 너머로 갔다.

—독기가 짙다.

침대 위에 독기를 빨아들이는 향로 같은 마법 도구가 여러 개 있는데도, 미궁 심부처럼 독기가 짙다.

게다가 그 독기는 침대에서 괴로워하는 티아 씨의 몸에서 넘쳐흘렀다.

나는 독기를 조금이라도 줄이고자 평소에 억제해두는 정령광을 전개하고, 성광을 뿜어내는 장갑의 성비를 그녀의 이마에 올렸다.

그것이 효과가 있었는지, 괴로움에 눈을 굳게 감고 있던 티아 씨가 천천히 눈을 떴다.

"—어서 와, 나의 기사님?"

침대 옆에 앉은 나에게 티아 씨가 억지로 웃음을 지었다.

"로로에게는, 말을, 안 해줬구나."

티아 씨의 정체가 대마녀라는 것 말인가?

비밀로 해줬으면 하는 것 같았고, 말 안 해도 로로에게 불이익이 있는 게 아니니까.

"억지로 이야기하지 않아도 괜찮아요. 네라면 검지를, 아니오라면 엄지를 움직여 주세요."

나는 그렇게 말하고 티아 씨의 손을 잡았다.

"범인은 전에 말했던 녀석인가요?"

검지가 움직였다— 예스다.

"범인은 로로도 노리고 있는 건가요?"

엄지가 움직였다— 노다.

"유효한 대항책은 있나요?"

검지와 엄지가 움직였다. 예스이며 노이기도 하다. 다시 말해서 대항책은 있지만 유효할지는 알 수 없는 느낌이군.

"""" ……■ 저주 제거(리무브 커스)."""

대화하는 와중에, 제자들의 저주 떨치기가 발동했다.

독기시를 유효화한 내 시야에, 대마녀에게 걸려 있는 수십 겹의 저주가 차례차례 떨어져 나가는 것이 보였다.

—어라? 내가 아무것도 안 하고 끝인가?

한순간 맥이 빠진 나였지만, 금방 대마녀의 안쪽에서 흘러나온 독기가 동영상 역재생처럼 저주로 바뀌어, 몇 겹으로 티아 씨의 몸을 뒤덮었다.

"보기 드문, 스킬을, 가지고 있구나."

괴로운 목소리로 티아 씨가 말했다.

내가 독기시를 쓰는 걸 깨달은 모양이군.

"보는, 것처럼, 상대가, 지쳐 쓰러질, 때까지—."

저주를 계속 떨치는 거라고 말하려는 티아 씨의 입을 검지로 막았다.

"상황은 파악했습니다. 저도 협력할게요."

이래봬도 저주 떨치기 자체는 낙원섬의 레이나, 용사 하야토 일로 익숙하다.

나는 손등에 성비 회로를 자수한 장갑을 티아 씨에게 보였다. 자수에는 청액에 적신 미스릴 실을 쓰고 있으니, 꽤나 영험이 있게 보인단 말이지.

"파란 빛— 성스러운 신기?"

그렇게 거창한 건 아니고요.

"힘을 빼세요."

티아 씨의 말에 대답하지 않고, 그녀의 몸을 좀먹는 저주를 정성스레 떼어냈다.

저주 해제 스킬이 있으니 쓱싹 떼어낼 수 있다. 저주 되돌리기 스킬이 있으니 떼어낸 저주는 저주한 상대에게 반환해주자. 남을 저주하면 무덤이 두 개라고 하잖아. 아리사라면「저주를 해도 되는 건 저주받을 각오가 있는 녀석 뿐이야」라고 하겠지.

티아 씨의 호흡이 조금 편해졌다.

"조금 편해졌어. 그 도구는 굉장하네."

말하는 목소리에도 힘이 돌아왔다. 옆으로 뒤척인 티아 씨가 물을 찾기에 몸을 지탱하여 마시게 해줬다.

앞으로 조금만 더— 응?

가늘어서 깨닫지 못했는데, 일으킨 등에 저주의 라인 같은 것이 보였다.

"잠깐 실례—."

나는 침대에 올라가 티아 씨를 안아서 들었다.

"어? 뭔데?"

창백한 얼굴로 볼을 물들이는 티아 씨를 무시하고, 그녀의 등에서 뻗은 저주의 라인을 확인했다.

안아 올린 덕분에 확실히 보인다.

—이거로군.

나는 손가락을 가위 형태로 해서, 저주의 라인을 싹둑 잘라봤다.

“—어머나? 몸이 가벼워?”

저주의 라인을 끊어내는 것과 동시에, 그녀를 좀먹고 있던 독기가 내 정령광에 져서 구축되어갔다.

“이 정도라면— ■■……■ 신위 저주 유린(디바인 디스트로이 커스).”

내가 안아 올린 채 영창을 한 티아 씨가, 스스로 나머지 저주를 떨쳐냈다.

역시 대마녀. 상당히 깔끔한 마법이다.

“위험해— 로로!”

티아 씨가 떨쳐낸 저주의 잔해가 로로를 향해서 가는 게 보였다.

—그건 안 되거든?

나는 잔해의 꼬리 같은 것을 붙잡아 확 억지로 끌어당겨, 손 안에서 날뛰는 저주의 잔재를 진흙 경단처럼 뭉쳐서 손바닥 안쪽에 만든 성인으로 완전히 멸했다.

정말이지, 로로를 저주하려고 하다니 괘씸한 것도 정도가 있어야지.

“뭐라고 해야 할까…… 말이 안 나오네.”

티아 씨가 웃었다.

“이 장갑 덕분이죠.”

그녀에게는 들킨 것 같지만, 변명을 해뒀다.

“—티아 님!”

필두 제자가 레이스 장막을 들추고 들어왔다. 로로도.

"티아 님?"

"사, 사토 씨."

—어라?

두 사람이 좀 이상하군.

티아 씨와 짠 것처럼 그 시선을 따라가자 우리들의 자세를 깨달았다.

로로를 향해 가는 저주를 뭉치느라 양손을 썼으니까, 안아 올리고 있던 티아 씨를 끌어안은 것 같은 모습이 되어 버린 모양이군.

"잠깐, 이건 아니고."

티아 씨가 동요했다.

침대 위라는 것이 좀 그렇지만, 치료행위를 한 것뿐이니까 그렇게 초조해하지 않아도 된다고 생각한다. 오히려 초조해하는 게 켕기는 걸 숨기는 것처럼 보인다니까.

볼을 부풀리며 토라지는 로로도 귀엽다.

"티아 님, 그런 것보다도 저주는……?"

"떨쳐냈어. 사토 씨랑 너희들 덕분이야. —고마워."

티아 씨가 정색하며 돌아와서, 나와 제자들에게 인사를 했다.

◆

"리미, 케이지에 넣어둔 까마귀를 데리고 와, 사역마를 준비해."

티아 씨의 명을 받은 필두 제자가 장막 밖으로 갔다.

"혹시—."

"그래."

내 물음에 고개를 끄덕이면서, 티아 씨가 자기 아이템 박스에서 꺼낸 용사 상점 표식의 영양제를 들이켰다.

"아직, 안 끝났어."

그렇게 말하는 것과 동시에, 발치에서 독기— 아니, 저주의 촉수가 스멀스멀 돋아나 티아 씨와 로로를 향해 뻗었다.

나는 장갑의 마법진을 파랗게 빛내면서, 저주의 촉수를 모두 떨쳐냈다.

"—사토 씨?"

저주나 독기가 안 보이는 로로는 내 움직임이 갑작스럽게 보인 모양이다.

"대단하네. 조금만 더 부탁해."

영양제에 이어서 마력 회복약을 들이켠 티아 씨가 말했다.

"까마귀를 가져왔습니다."

필두 제자가 데리고 온 까마귀라는 것은 커다란 케이지에 든 마물이었다. 게다가 다섯 마리나 있다.

"사역마 의식을 할 거야. 도우렴."

"대마녀님의 뜻대로."

긴 영창 끝에 「사역마 계약(인게이지 패밀리어)」 마법이 발동하여 까마귀 마물들이 티아 씨의 사역마가 되었다.

"미안하지만, 너희들의 일은 가혹해. 원망해도 된단다."

—KWZAAA!

사역마들은 맡겨두라고 하는 것처럼 날개를 펼치고, 승리의 함성 같은 포효를 질렀다.

티아 씨가 로로와 같은 가시나무 보관을 쓰고, 보관을 촉매로 저주 내성 업 계통의 인챈트를 걸었다.

"사토 씨, 이제 됐어."

저주를 떨치는 걸 멈추자, 잔뜩 흩어내서 기세가 약해진 저주의 촉수가 조금 망설이는 기색을 보인 다음 사역마에게 뻗었다.

—KWZAAA.

저주는 까마귀들 중 한 마리를 묶으려고 했지만, 까마귀가 울 때마다 저주가 몸에서 떠오르고 그것을 다른 까마귀가 쪼아서 무효화하는 모양이다.

나도 도우려 했지만, 그들은 프라이드가 높은지 거절의 위협을 해버렸다.

"이 애들은 종족적으로 저주에 강해. 시간을 많이 벌 수는 없을 테지만, 이 애들이 힘내주는 사이에 대책을 세워야지."

티아 씨 말에 따르면 까마귀들과 너무 떨어지면 저주를 비껴낼 수 없다고 하니까, 그녀의 침실에서 작전 회의를 하게 됐다. 범인이 직접 노리는 그녀는 그렇나 치고, 로로는 조금 떨어져도 괜찮은가 보다.

필두 제자를 포함한 제자들은 잠도 안 자고, 쉬지도 않고 의식 마법을 쓰고 있었으니 티아 씨가 강제로 가면을 명했다.

"티아 씨, 내 동료들을 불러도 될까요?"

상황은 「전술 대화」로 전했지만, 분명히 조마조마하고 있을 테니까.

“그래, 상관없어.”

“고맙습니다. 로로, 미안하지만 루루랑 애들을 불러와줄래?”

“네, 알았어요.”

동료들을 부르러 로로가 나간 타이밍에 아까 못 물어본 것을 티아 씨에게 물었다.

“티아 씨, 아까는 어째서 저주가 로로한테?”

“—말해야 돼?”

“네, 가르쳐 주세요.”

로로를 지키기 위해서도.

“로로는 말야. 내 자손이야.”

“자손? 증손녀나 조카가 아니라?”

티아 씨가 미소를 지으며 고개를 끄덕였다.

그녀는 인간족답지 않게 300세를 넘는 연령이니까 신기할 건 없다. 분명히 예지의 탑 탑주인 라마 씨도 비슷한 나이였던가?

“몇 세대째인지는 모르지만, 피가 이어진 건 알 수 있어. 지금 남아 있는 내 혈족은 로로뿐이야.”

로로뿐? 루루는— 그렇게 생각했지만, 금방 로로와 루루의 공통 선조가 선선대 용사 와타리라는 걸 깨달았다. 요새도시에서 와타리 씨의 반려가 된 여성이 티아 씨의 자손이었겠지.

아니, 본론은 그게 아냐.

“자손이라 노리는 건가요?”

저주를 보낸 범인이 「말대까지 저주해주마」라는 느낌인가?

“깊은 원한을 샀네요…….”

"아니야. 내 혈족만 계승할 수 있는 비보가 있어. 범인이 노리는 건 아마, 그거일 거야."

"그걸 직접 노리지는 않는 건가요?"

"그건 괜찮아. 나랑 내 혈족이 있는 한, 아무도 비보는 건드릴 수 없어."

조금 조심성이 없는 것 같기도 하지만, 괜찮나?

"그러고 보니 보이질 않는데, 펜은?"

티아 씨는 조금 머뭇거린 다음에 가르쳐 주었다.

"—펜 씨는 지하에 있어. 이 도시를 지탱하는 중추의 수호를 해주고 있어."

신수 펜릴은 탑의 지하에 있는 공백지대에 있는 모양이다. 아마, 도시 핵이나 「담쟁이 저택」에 있는 위핵 같은 것이 있는 거겠지.

아니, 어쩌면 펜이 지키는 중추라는 것이 티아 씨가 말하는 비보 자체일지도 모른다.

"펜한테 지원은 필요 없나요?"

"거기는 마력이 윤택하니까 펜 씨 혼자서도 괜찮아. 그리고 지맥이 가까우니까, 펜 씨가 아니면 저주의 여파를 받아 버릴지도 몰라."

그렇군, 펜을 보낸 것은 명확한 이유가 있어서였구나.

—응?

"지맥에 가까우면 저주를 받는 건가요?"

"그래. 이번 저주는 지맥을 경유해서 보낸 거야."

"—지맥에서? 그런 일이 가능한 건가요?"

만약 그런 일이 가능하다면, 여러 개의 원천이나 도시 핵을 지배하고 있는 나도 위험할 텐데.

뭐, 저주를 보내도 되돌려보내면 되지만.

"보통은 못해. 아마, 미궁의 주인이 범인에게 힘을 빌려주고 있을 거야."

그러고 보니 여기는 수해 미궁 안에 끼어들어 만들어진 도시였지. 수해 미궁을 지배하에 둔 미궁의 주인이라면 여러모로 무리하게 개입할 수 있어도 신기할 게 없었다.

"사토 씨, 루루 씨 일행을 불러왔어요."

로로와 동료들이 들어왔다. 대기실에서 준비를 하고 있었는지, 모두 백은 갑옷을 장비하고 있었다.

함께 대기하고 있던 햄스터 꼬마들은 나나에게 안겨서 버둥거리고 있었다.

"다행이야, 괜찮아 보이네. 저주를 받았다고 들어서 걱정했단 말야."

"후후후, 고마워. 사토 씨의 엉망인 힘에 구원을 받았어."

아리사의 농담에, 티아 씨가 어깨를 으쓱거렸다.

엉망이라니 실례잖아요.

"우~읍스~?"

"까마귀 아저씨가 쓰러진 거예요!"

포치와 타마의 목소리에 돌아보자, 우리 안의 까마귀 한 마리가 케이지 바닥에 쓰러지고 저주가 다른 까마귀에 옮겨갔다. 그렇군. 모두 처리하지 못하게 되면 다른 까마귀가 대신하는 시스템이구나.

"안 죽었어."

"다음 개체에 스위치했다고 추측합니다."

미아와 나나가 까마귀가 든 우리를 들여다보면서 중얼거렸다.

AR 표시에 따르면 까마귀는 죽지는 않았지만 쇠약 상태 같았다. 한 마리당 3분 정도로 생각하면, 대책 준비에 쓸 수 있는 건 앞으로 12분 정도— 아니, 수가 줄어들면 저주를 떨치는 힘이 줄어드니까 약 10분이라고 생각하는 편이 좋겠군.

저주의 타깃이 전환될 때, 만에 하나라도 로로에게 불똥이 튀지 않도록 까마귀 우리와 침대 사이로 이동하여 언제든지 대처할 수 있도록 저주의 라인을 주시했다.

그렇지—.

"미아, 저주에 대항할 수 있는 정령은 있니?"

"응, 빛. 루프."

미아가 말하고 영창을 시작했다. 빛의 의사정령 루프를 부르는 모양이다.

이걸로 까마귀의 지원을 할 수 있으면, 조금 더 여유가 생길 거야.

"하지만 대마녀님—의 제자를 저주하다니, 상대는 정체가 뭐야?"

"대마녀라고 해도 돼. 로로한테는 가르쳐줬으니까."

아리사가 「그래?」 하고 묻자 로로가 고개를 끄덕였다.

"짚이는 상대는 없어. 아마, 요새도시에 마족을 보내거나, 잔자산사를 변심시킨 녀석일 거라고 생각해."

"상급 마족도 나왔을 정도니까, 마왕 신봉 집단 짓일까?"

"그건 아닐 거야. 만약 그렇다면, 잔자산사를 쓰는 에두르는 짓을 하지 말고, 상급 마족이 기습을 했겠지. 이번에도 나를 저주로 약체화시키려 했고. 마왕 신봉 집단 짓이라면 목적이 너무 의미불명이야."

"요새도시 사람들을 마왕 부활의 제물로 삼으려고 했다거나?"

"그렇구나. 그런 생각도 있네. 나를 약화시킨 틈에— 잠깐, 마족이 침입했어."

아리사와 이야기하는 도중에 티아 씨가 경고했다.

—그 직후.

멀리서 폭발음이 들렸다.

맵을 확인하자, 도시 가장자리에서 마족에게 빙의된 마법사 계통 모험가가 날뛰는 모양이다.

그 밖에도 잠입이 특기인 스킬 구성을 가진 마족이 열 마리 정도 침입했다.

"잠깐 다녀올게요."

여기를 벗어나는 건 조금 걱정되지만, 이 정도 수는 3분이면 섬멸할 수 있다.

"기다려, 주인님. 주인님은 여기 있어. 잔챙이 퇴치는 우리가 할게."

아리사가 전술 대화로 동료들에게 지시를 내렸다.

『리자 씨하고 포치랑 타마는 도시에 침입한 마족을 제거해. 마족이 있는 장소는 주인님이 유도해줄 거야. 나나는 탑 입구를 지켜. 루루는 발코니에서 접근하는 마족을 격파해. 나는 색적과 유격. 미아는 그대로 영창을 계속해.』

"알겠습니다— 타마, 포치, 갑니다."

"아이아이 서~."

"라져인 거예요!"

아인 소녀들이 뛰쳐나갔다.

"잠시 이 자리를 벗어난다고 고합니다."

"나나, 힘내."

"나나, 다치지마."

"나나, **다녀오.**"

햄스터 꼬마들의 배웅을 받은 나나가 뒤따랐다.

"저는 발코니에 갈게요."

"루루 씨, 바람이 강하니까 이걸……."

"고마워요, 로로 씨."

로로가 바람막이를 루루에게 건넸다.

『리자는 그대로 길을 전진. 포치는 다음 길을 오른쪽으로 꺾어줘. 나나는 왼쪽 건물 옥상으로.』

나는 전술 대화로 아인 소녀들을 유도했다.

타마는 지형을 고려하지 않고 이동할 수 있으니 지시가 편하다.

"당신들, 굉장하네. 벌써 첫 번째 마족이 사라졌어."

티아 씨가 놀란 소리를 흘렸다. 대마녀로서 펼치고 있는 감지망으로 알아낸 거겠지.

"그쪽은 맡겨둬도 괜찮아. 이걸로 마왕 신봉 집단이 범인으로 확정일까?"

"가능성은 올라갔지만, 저주를 쓰는 에두른 짓을 하는 게 이해가 안 돼. 요전의 상급 마족이 기습을 하면 요새도시도 더 피해가 나왔을 거잖아."

"그만큼 대마녀님이나 신수 펜릴을 경계한 거 아냐?"

"그렇다면 좋겠지만……."

아마도 티아 씨가 아까 말한 비보를 획득하는 게 주목적이니까, 상급 마족이 기습을 안 한 거겠지.

그렇게 생각하면 마왕의 부활보다도 비보가 비중이 높다는 것이 된다.

"티아 씨, 방금 일을 아리사에게 얘기해도 될까요?"

"상대의 노림수가 비보라는 거?"

티아 씨에게 고개를 끄덕이자, 그녀 자신이 방금 전 이야기를 아리사에게 해주었다.

"그렇구나, 비보를 노린다는 건, 반드시 마왕 신봉 집단이 범인이라고 단정할 수 없구나……."

"그런 거야. 지금은 짚이는 상대가 없으니까, 범인 찾기보다도 침입한 마족 토벌과 저주를 완전히 차단하는 쪽이 우선이지."

티아 씨가 결론을 내렸다.

저주에 따른 피로가 남아 있는지 티아 씨가 비틀거리고, 그것을 로로가 정성스레 지탱했다.

"방어를 굳혀? 아니면 반격을 우선할래?"

"저주가 지맥에서 오니까 방어를 굳히는 건, 지금 이 방식이 한

계야."

"지맥을 끊는 건?"

"그건 안 돼. 한 번 끊으면, 미궁의 주인에게 지배권을 완전히 빼앗겨 버릴 거야."

요새도시는 수해 미궁의 성장을 저해하고 있다고 하니까, 미궁의 주인은 그것을 노리고 범인에게 협력하는 걸지도 모른다.

"그러면, 반격하는 수밖에 없네. 상대가 저주를 보내는 라인을 거슬러 올라가서, 이쪽에서 저주를 보낼 수는 없어?"

"아마, 효과는 기대할 수 없을 거야. 상대는 저주의 전문가인 걸. 저주 되돌리기 대책은 충분히 했을 거야."

"『역풍』 대책은 완벽하단 거구나."

티아 씨 말이 맞다. 나도 티아 씨의 저주를 떼어냈을 때 저주 되돌리기를 했지만, 허공을 휘젓는 것처럼 손맛이 없었다.

"그렇지만, 아무것도 안 할 수는 없어."

—KWZAB.

티아 씨의 시선 끝에서 두 마리째 까마귀가 쓰러졌다. 저주의 기세가 늘어났다.

이대로 가면 10분은커녕 앞으로 5분도 못 버틴다.

"—위험해. 잠입한 마족이 분열했어. 리자 일행에게 위기감을 느낀 모양이야."

맵 정보에 따르면, 레벨 1의 작은 쥐 형태 마족으로 분열한 모양이다.

전부 1,000마리를 넘는 어마어마한 수다.

"주인님."

"안 돼. 하수도나 건물에 숨었다."

이래서는 위험해서 유도 화살로 일망타진할 수가 없다.

내가 직접 나서서, 섬구나 축지를 구사하여 일일이 쓰러뜨리는 수밖에 없다— 그러나.

—KWZAB.

눈앞에서 세 마리째 까마귀가 쓰러졌다. 너무 빠르군.

이대로 여기를 벗어나면, 마지막 까마귀가 쓰러진 다음에 저주를 떨쳐낼 사람이 없어진다.

시간 안에 쥐 마족을 모두 사냥하는 도박에 나설지, 안전책을 취해서 여기에서 움직이지 않을지, 나는 약간 주저해 버렸다.

"괜찮아."

그 목소리에 숙여가던 고개를 들었다.

"여기는 모험가의 도시, 요새도시 아카티아야. 상대가 분열해서 잔챙이가 됐다면, 얼마든지 방법이 있어."

대마녀 모드가 된 티아 씨가 듬직한 발언을 했다.

"리미!"

"—여기 있습니다."

종을 흔들며 필두 제자의 이름을 부르자, 휴식하고 있었을 그녀가 순간이동으로 나타났다.

"모험가 길드에 긴급의뢰 발주야! 도시 안의 쥐로 둔갑한 마족을 사냥하도록 해."

"알겠습니다."

필두 제자가 방에서 사라지고, 중앙 모험가 길드의 홀로 이동한 것을 맵으로 알았다.

『대마녀님의 긴급의뢰 발령! 모든 모험가에게 고한다! 도시 안에 침입한 쥐 형태의 마족을 퇴치하라!』

길드에 있는 필두 제자의 목소리가 여기까지 들렸다.

아마 확성의 마법 장치를 쓴 거겠지.

여기서 보이는 길드의 입구에서, 모험가가 눈사태처럼 쏟아져 달려가는 게 보였다. 요새도시의 모험가들에게 대마녀님의 긴급의뢰란 것은 무엇보다도 우선되는 모양이다.

“마족인 쥐를 알아볼 수 있을까?”

“흐흥, 내가 누구라고 생각하는 거야? 요새도시에 있는 한, 나는 만능이야.”

저주 받은 것은 제쳐두고, 티아 씨가 재는 표정을 지었다.

“■ 표식(타겟팅).”

티아 씨가 도시 핵의 커맨드 워드 같은 영창을 했다.

“뭘 한 거야?”

“마족의 위치를 알기 쉽게 했어.”

공간 마법 「멀리 보기」로 확인하자, 쥐 마족이 반짝반짝 화려하게 빛나고 있었다. 지하에 숨은 녀석이나 건물 그림자에 숨은 녀석에게는 의미가 없다. ―그렇게 생각할 틈도 없이, 벽을 부수고 나타난 곰 수인 모험가가 뼈 망치로 쥐 마족을 분쇄했다.

마족에게는 보통 무기가 안 통할 텐데, 요새도시의 모험가는 저주 받은 뼈 무기를 소지하는 확률이 높아서, 문제없이 퇴치하는 모양이다.

『—주인님, 모험가들이 차례차례 반짝반짝 마족을 처치하고 있어. 저 사람들은 마족의 위치를 알 수 있나 봐.』

아리사가 전술 대화로 말을 걸었다.

아무래도 내가 본 광경이 여기저기서 일어나는 모양이다.

『예스~?』

『어쩐지 모르게 벽 너머나 땅 아래 있는 걸 알 수 있는 거예요!』

『네. 어떤 원리인지는 모르겠습니다만— 편리합니다!』

아인 소녀들도 다른 모험가들에게 지지 않고 쥐 마족들을 사냥했다.

"마족은 이거면 돼. 이제는 시간이네."

—KWZAB.

눈앞에서 네 마리째 까마귀가 쓰러졌다. 나머지 한 마리 뿐이다.

크리에이트 루프

"……■ 빛 정령 창조."

영창을 계속하고 있던 미아의 주문이 완성됐다.

미아가 빛나는 소녀 같은 의사정령 루프를 소환했다.

"루프, 저주를."

—RURURURU.

여러 개의 풍령이 울리는 소리와 섬광이 번득이고 주위의 독기를 떨쳐냈다.

"로로, 눈부셔."

"로로, 눈 아파."

"로로, 구해줘."

깜짝 놀란 햄스터 꼬마들이 로로에게 안겼다.

"으엑, 까마귀가 빛나고 있어……."

빛 정령 루프가 건 인챈트 같은 거겠지.

자세히 보니, 미세한 사이즈의 마법진이 링메일처럼 까마귀의 온몸을 덮고 있었다.

파직파직 소리가 나면서 마법진이 흩어진다. 저주의 촉수와 상쇄되는 모양이군.

저주의 기세가 약해졌지만 사라진 건 아닌가 보다.

"우웅, 버거워."

미아가 불만스럽게 중얼거렸다.

"고마워, 미사날리아 씨. 저주의 기세가 죽었으니까, 이 정도면 충분해."

"응."

—KWZAAA!

빛나는 까마귀가 아직 괜찮거든, 이라고 말하듯 날개를 펼치고 높이 울었다.

이거라면 앞으로 20분은 버티겠군.

"사토."

집요하게 까마귀를 습격하던 저주의 촉수가 물러났다.

"이긴, 걸까?"

"그런가 봐—."

—아니다.

"미아! 빛 정령에게 저주 대책을 쓰도록 해!"

"로로! 이쪽으로!"

내가 미아에게 지시를 내린 것과 동시에, 같은 것을 깨달은 티아 씨가 로로를 끌어안았다.

남겨진 햄스터 꼬마들과 베란다의 루루를 「이력의 손」으로 끌어당겼다.

"응, 루프!"

—RURURURURU.

빛 정령 루프가 만들어낸 빛을, 발치에서 뿜어져 나온 짙은 독기가 집어삼켰다.

『고작해야 마녀 주제에!』

흉흉하고 추하게 일그러진 목소리가 독기 안에서 울렸다.

"아무래도, 저쪽이 먼저 끈기가 바닥난 모양이네."

티아 씨가 사납게 웃었다.

어둠이 퍼지고 우리들을 집어삼키고자 했지만—.

"그렇겐 못해!"

아리사의 공간 마법이 그것을 막아냈다.

"루프, 힘내."

—RURURURURU.

루프의 빛이 어둠에 밀려 돌아갔다.

『마녀놈들, 저항하다니!』

흑막의 독기와 루프의 빛이 맞서고, 어둠 너머의 소용돌이 같은 게이트가 보였다.

—저거다.

나는 직감 같은 것에 따라 어둠에 뛰어들어, **소용돌이를 붙잡고** 확 벌렸다.

그 순간, 무언가를 찢어낸 감촉이 있었다. 아마 공간 마법을 저해했던 티아 씨의 결계를 찢어버린 게 틀림없다. 더 섬세하게 할 걸 그랬네.

그런 반성을 하는 내 시야에 소용돌이 너머가 보였다.

일그러진 공간 너머에 누군가가 있다. 얼룩이 눈에 띄는 로브를 입은 건강이 안 좋아 보이는 얼굴의 수인이었다. 공간이 일그러져 있어서 수인 종족을 정확히 알 수는 없지만, 얼굴 절반 정도가 문드러져서 심각한 상태였다. 아직 이쪽을 깨닫지는 못했다.

"저게 진범?"

"그런 것 같은데— 모르는 얼굴이야."

침대 위의 티아 씨가 뒤에서 엿보았다.

루루는 휘염총을 수인의 얼굴에 겨누고 있었다.

"사령명왕의 주물을 이용한 저주가 효과가 없다니?! —우읍!"

혼잣말을 중얼거리던 수인이 드디어 이쪽을 깨달았다.

소용돌이를 벌려버린 탓인지, 아까보다도 명료하게 들렸다.

"저주의 경로를 이은 건가! 애송이! 네놈이 내 저주를 되돌린 장본인인가!"

수인이 문드러진 얼굴을 손으로 누르면서, 분노의 형상으로 나를 노려보았다.

그렇군. 저 얼굴이 문드러진 건 저주 되돌리기의 영향이구나. 손맛은 없었지만, 효과가 있었나 보다.

"공간이 이어졌다면, 이런 수작을 부릴 것도 없다!"

수인의 눈앞에 몇 개의 검붉은 소용돌이가 생겼다.

어쩐지 뒤숭숭한 느낌이다.

"악마 소환사의 진수를 보여주마!"

—악마 소환사?

신경 쓰이는 단어지만 추궁할 필요는 없었다.

몇 개 떠오른 검붉은 소용돌이에서 나무껍질 계통의 마족들이 솟아나와, 내가 펼친 왜곡 공간 너머에서 이쪽으로 뛰어들었으니까.

"—루루."

"흐트러 쏩니다!"

루루의 휘염총이 차례차례 불을 뿜고, 소용돌이 경계를 넘어서기 전에 마족들을 섬멸했다.

머신건 같은 총격 사이로 작은 나비 같은 마족이 빠져 나왔다.

—정신 마법.

작지만 성가신 스킬을 가진 중급 마족이다.

나는 손끝에 만들어낸 마인을 뻗어, 중급 마족을 베어냈다.

—YMTTTTHYUMEEE!

〉「정신혼란(컨퓨젼)」 마법에 저항했다.

시야 구석에 옮긴 로그 윈도우에 그런 표시가 나왔다.

쓰러지기 직전에 마법을 쓴 모양이다.

"크하하하! 서로 죽여라! 지저분한 마녀에게 걸맞은 최후다!"

왜곡 공간 너머에서 수인이 추하게 웃었다.

그에겐 미안하지만, 정신 마법의 영향을 받은 건 햄스터 꼬마들뿐이다. 나는 말할 것도 없고, 동료들은 황금 갑옷 수준의 정신 마법 대책 기능으로 무사하며, 티아 씨와 로로는 대마녀 특제 장비— 아마도 가시나무 보관 덕분에 무사한 것 같다.

"로로, 큰일."

"로로, 맛있어 보여."

"로로, 브로콜리."

"다들, 왜 그러니?"

등 뒤에서 꽃병이 깨지는 소리가 났다.

아무래도 혼란에 빠진 햄스터 꼬마들이 꽃병을 브로콜리로 착각하여 깨버린 모양이군.

저쪽은 로로에게 맡기자. 지금은 흑막을 상대하는 게 우선이다.

"어째서냐! 왜 혼란에 빠지지 않지? 중급 마족의 정신 마법인데?!"

무력한 햄스터 꼬마들 말고는 태연한 것을 보고, 수인이 분연하게 외쳤다.

『주인님, 왜곡 공간을 장악했어! 한순간이라면 저쪽에 이동하는 게이트를 열 수 있어.』

역시 아리사. 저쪽의 어둠을 떨치는 김에 반격 준비를 한 모양이다.

"티아 씨, 지금이라면 상대의 술법을 거꾸로 장악해서 쳐들어

갈 수 있을 것 같아요. 이쪽은 맡겨도 괜찮을까요?"

나는 「복화술」 스킬을 써서 티아 씨의 귓가에 속삭였다.

"무모해!"

티아 씨가 작은 소리로 속삭여 대답했다.

이 정도 음량이라면 저쪽에는 들리지 않을 거다.

"상대의 지배 영역에 뛰어들다니 너무 무모해."

"사토 씨, 안 돼요! 루루 씨도 사토 씨를 말려주세요!"

로로가 큰 소리로 나를 막았다.

"아뇨, 로로 씨. 주인님은 괜찮아요. 저랑 모두가 힘을 합치면 분명히 괜찮아요."

"……루루 씨."

루루가 절대적인 신뢰와 함께 로로를 설득했다.

이쪽은 괜찮아 보이니까, 전술 대화로 쥐 마족을 퇴치하고 있는 동료들을 불러들였다.

"구운 과자."

"맛있어 보여."

"먹을래."

등 뒤는 안 보이지만, 이런 상황에서도 햄스터 꼬마들은 평소와 다름없다.

—다름이 없어?

햄스터 꼬마들은 혼란에 빠졌을 텐데.

"아, 안 돼!"

"로로, 뺏으면 안 돼."

"로로, 혼자서만."

"로로, 돌려줘."

"안 돼요!"

로로의 조바심 난 목소리에 이끌려 돌아보려는 내 귀에 「주인님, 앞!」 하는 절박한 아리사의 경고가 닿았다.

되돌린 시선 끝에서, 수인이 그루터기 같은 것을 주물럭거리며 변형시켜 대포 같은 것을 만들어냈다. 크기는 다르지만, 나무껍질 상급 마족이 썼던 **그 대포**랑 똑같았다.

"위험하군—."

대포에 빛이 모이고, 순식간에 발사 상태가 된다.

"—팔랑크스."

나는 벽령에서 시험 제작한 팔찌형 팔랑크스 기동장치를 빨리 갈아입기 스킬로 장착하고, 왜곡 공간 안에 팔랑크스를 전개했다.

이것만으로는 돌파 당할 위험이 있으니, 팔랑크스 앞에 최대수 32장의 자유 방패를 겹쳐서 보충했다.

섬광과 굉음이 왜곡 공간을 채웠다.

생각보다 여유 있게 막아낸 모양이다. 겉보기와 달리, 상급 마족의 대포보다도 상당히 위력이 떨어지는 모양이군.

굉음 너머에서 수인의 비명이 들린 것 같지만, 아마 기분 탓이겠지.

"—로로 씨!"

"로로!"

루루와 티아 씨의 비명이 들렸다.

돌아본 시야에, 피투성이 로로와 허둥거리며 울고 있는 햄스터 꼬마들이 있었다.

로로의 볼에 상처가 났다. 꽤 깊군. 이대로는 흉터가 남아 버릴 거야.

"아리사!"

나는 스토리지에서 꺼낸 상급 마법약을 아리사에게 건넸다.

"로로, 마셔!"

아리사는 주저 없이 뚜껑을 열고, 상급 마법약으로 로로의 상처를 씻어낸 다음 입에 들이밀었다.

로로가 입에 머금기도 전에, 그녀의 상처는 흔적도 없이 사라졌다. 한창 또래의 여자애니까, 흉터가 생길 것 같으면 나중에 엘릭서를 써야겠다고 생각했지만 필요 없겠군.

"로로, 미안."

"로로, 용서해줘."

"로로, 아파?"

"괜찮아, 다들."

로로에게 상처를 내버린 쇼크로, 햄스터 꼬마들의 혼란 상태가 풀린 모양이군.

지금 깨달았는데, 햄스터 꼬마들 발치에 피가 묻은 꽃병 파편이 떨어져 있었다. 혼란 상태의 햄스터 꼬마들이 구운 과자로 착각한 조각을, 로로가 빼앗으려다가 실수로 다친 게 틀림없어.

"사토 씨, 뒤!"

내가 펼치고 있는 왜곡 공간 너머에서 넝쿨의 창이 내 심장을 노리고 뻗었다. 포격과 상쇄된 자유 방패의 틈을 노린 모양이군.

양손이 막힌 상태지만 문제는 없다.

왜냐하면—.

"순동— 나선 창격, 중첩."

창문으로 뛰어들어온 리자가 내 뒤에서 다단형 나선창격을 넝쿨에 때려 박아 막았으니까.

"고마워, 리자."

"아뇨, 늦지 않아 다행입니다."

리자가 자랑스러운 표정으로 왜곡 공간 너머를 노려보았다.

"늦어버린 거예요!"

"유감~."

포치가 창문으로 귀환하고, 타마가 침대의 그림자에서 나타났다.

"유생체!"

평소와 다른 나나의 목소리다.

"유생체를 울린 것은 누구인가요라고 묻습니다."

보기 드물게 화내고 있네.

"범인은 사건의 흑막이야."

"마스터, 흑막의 토벌을 희망합니다."

아리사가 가르쳐주자, 늘 무표정한 나나가 두 눈에 분노를 담고서 나에게 호소했다.

"티아 씨, 그렇게 됐으니 좀 다녀올게요."

"알았어. 로로는 맡겨둬."

"사토 씨……."

로로가 나를 보았다.

"괜찮아, 로로. 티아 씨, 잠깐 이 소용돌이를 고정할 수 있나요?"

"그래, 그 정도라면 쉬운 일이야."

티아 씨가 들어본 적이 없는 영창으로 소용돌이를 고정해 주었다.

듣자 하니, 수해 미궁 안에 요새도시를 구축한 근간을 지탱하는 주문이라고 한다.

"다녀올게."

다시 한번, 로로에게 말했다.

가지 마세요, 라고 말하지 않았지만, 걱정스런 표정은 그대로였다.

"로로, 사토 씨 일행이라면 괜찮아. 그렇지? 사토 씨?"

"네, 물론이죠."

티아 씨의 말에 고개를 끄덕였다.

"알겠, 어요. 다치지 않고 돌아와 주세요."

"물론이지. 우리는 『상처 모르는』 펜드래건이니까."

그러니까, 반드시 무사히 돌아올 거야.

악마 소환사

"사토입니다. 「책사가 책략에 빠진다」라고 합니다만, 스스로 머리가 좋다고 생각하는 사람일수록 별 것 아닌 함정에 빠져버리는 것 같습니다. 합리적인 행동을 하기 때문에, 그곳으로 유도되어 버린다고 하더군요."

"내가 들어가면 유지를 해제해 주세요."

티아 씨에게 그렇게 말하고, 그녀에게 유지를 부탁한 왜곡 공간 너머로 뛰어들었다.

출구가 정면— 주관 수평방향으로 보이는데, 어째선지 자유낙하를 하고 있다.

"타앗~인 거예요."

그 목소리에 돌아보자, 포치를 선두로 동료들이 모두 따라왔다.

"함께 하겠습니다."

"투게더~."

"같이."

"마스터, 유생체의 원수를 갚는 것은 저의 임무이기도 하다고 주장합니다."

리자, 타마, 미아가 주장하고, 나나가 투지를 태우는 눈동자로 주장했다.

"애들아……."

"당연히 우리도 같이 가지! —그치? 루루."

조금 기가 막힌 표정을 짓자, 아리사가 그렇게 말하고 루루가 「네」 하고 눈이 웃지 않는 미소를 지으며 대답했다.

로로나 햄스터 꼬마들을 다치게 한 흑막에게 루루도 화가 난 모양이다.

모두의 등 뒤에서 입구가 닫혔다.

지금의 동료들이라면, 그리 위험하지는 않겠지.

"알았어. 같이 가자."

낙하속도가 상당해서, 「이력의 손」으로 모두를 지탱하며 천구로 착지할 수 있는 장소를 찾았다.

맵이 존재하지 않는 공간인지, 지형을 잘 알 수가 없다. 공간 파악 스킬이 전해주는 지형은 불안정하고, 시시각각 변화하는 벽 때문에 생물의 내장에 삼켜진 것 같은 착각을 느꼈다.

"두 갈래인 거예요!"

"으엑, 진짜네."

낙하하는 곳의 통로가 두 갈래로 갈라져 있었다.

나는 두 갈래 위에 착지하여 각각의 통로를 확인했다.

"이쪽."

"싫은 느낌 나~."

미아와 타마가 가리킨 쪽 통로에서 짙은 독기가 느껴졌다.

"그럼 그쪽이네."

"—기다려."

아리사가 「가자」라고 말하고픈 표정으로 나를 보았지만, 나는 그걸 제지했다.

"이 앞에 뭐가 기다릴지 모르니까, 황금 갑옷으로 바꾸자."

생존률은 조금이라도 높은 편이 좋다.

적 거점의 넓이를 알 수가 없으니까 전투 지속 능력을 중시하고, 필요 마력이 많은 강화 외장은 없는 편이 좋겠지. 나도 빨리 갈아입기 스킬로 용사 나나시의 의상으로 갈아입었다.

"알았어! —《진장(眞裝)》!"

아리사가 처음 등록한 이상한 포즈를 취하며 황금 갑옷으로 변신했다.

고속 착탈 기능이 벌써부터 활약하는 모양이다. 참고로 키워드는 아리사 자신이 정했다. 동료들도 제각각 정한 말로 황금 갑옷으로 바꾸었다.

관찰해봤는데, 캐스트 오프된 백은 갑옷의 회수도, 수납에서 출현한 황금 갑옷의 장착도 매끄럽고 문제없다.

지금은 처음에 정한 포즈와 키워드의 조합이 아니면 실행 못하지만, 그 부분은 차차 버전업을 할 생각이었다. 언젠가는 명작 만화처럼 등 뒤의 공간이 갈라지고 장비가 나오는 연출이 되면 좋겠다고 아리사가 말했다.

"조금 수수했을까? 역시 『큐티 업!』이나 『컴온, 골든!』 같은 버터 발음이 더 나았을까?"

아리사가 그런 말을 했지만, 그건 나중에.

"비공정을 꺼내기에는 조금 좁으니까 이대로 가자."

나는「이력의 손」으로 모두를 들어 올리고, 타마와 미아가 가리키는 통로에 뛰어내렸다.

그 다음에도 몇 번 분기가 있었지만, 독기시로 보면 금방 경로를 알 수 있으니 문제없이 종점에 도착했다.

"벽~?"

"발치에 있으니까 바닥이라고 고합니다."

"오우, 미스테이크~."

나나의 지적을 받은 타마가 자신의 이마를 찰싹 두드리며 아저씨 같은 제스처를 했다.

"착지한다."

모두를 들어 올린 채, 자신의 다리로 착지— 환각이 아닌가 싶게 발이 바닥을 통과해 버렸다.

다음 순간, 드넓은 공간으로 나왔다. 황금 갑옷의 필터를 통해 들어오는 신선한 공기가 후련하군.

"와오~."

"상공?"

"옆으로 떨어지는 거예요!"

발 아래 방향이 수평 방향으로 바뀌었다.

아니, 벽을 통과하자마자 수직 방향으로 바뀐 것 같군.

나는 중력을 느끼는 방향에 맞춰 천구로 자세를 바로잡았다. 자연스럽게 모두의 자세도 통상으로 돌아왔다.

지상까지는 500미터 정도, 주위에 비행 물체는 없다.

아무래도 통상 공간으로 돌아온 모양이군.

"진정하세요. 당황해선 안 됩니다."

리자가 그렇게 말했지만, 높은 곳이 무서운지 가까이 떠있는 나에게 매달렸다.

아까부터 낙하하고 있었지만, 지면이 저 멀리 보이는 공중에서 아무것도 지탱하지 않고 떠있는 게 무서운 걸지도 모르겠군. 가루다나 비공정에서는 괜찮으니까.

"꺄아, 무서워어~."

"응, 공포—■ 바람(윈드)."

매달릴 찬스라고 생각한 아리사가 일부러 단거리 전이로 나에게 안겨 들었다.

미아도 일부러 정령 마법으로 바람을 만들어 따라 했다.

"포치도, 포치도 달라붙고 싶은 거예요."

포치가 공중에서 휘적휘적 움직였지만, 그래서는 다가올 수가 없다.

"난쿠루나이사~."

타마가 인술로 포치와 자신을 내 방향을 향해 이동시켰다.

나나와 루루가 눈으로 호소하기에, 두 사람도 「이력의 손」으로 끌어당겼다.

"그러면—."

상황을 확인하고자 맵을 열었더니, 방금 전하고는 표시가 바뀌어 맵 이름이 표시되었다.

맵에는 「이계: 잘라낸 수해」라고 적혀 있고, 모든 맵 탐사의 마법을 써서 세부 사항을 조사했더니 반경 1킬로미터 정도의 구형으로 수해 미궁이 있는 정글의 일부를 잘라낸 이공간이라는 걸 알 수 있었다.

이공간의 중앙에 건조물이 있다.

"하필이면 사신전이군—."

진짜는 아닐 거라고 생각하지만, 마왕 「사령명왕」의 주검이 봉인된 사신전이 이공간의 중앙에 있다는 것은 꽤나 불길한 느낌이군.

"—흑막은 저기 있나 봐."

가짜 사신전의 지하는 공백지대— 다른 맵이 되어 있으니 단언할 수는 없지만, 저주의 경로를 거슬러 올라온 이 이공간에 있을 확률은 지극히 높았다.

지상에서 반짝반짝 빛이 번득였다.

"뉴."

—위기 감지.

"뭔가 오는 거예요!"

나는 천구로 모두를 데리고 이동했다.

그곳에 지상에서 뿜어져 나온 광탄이 차례차례 날아올랐다.

"지상에서, 비행형 마물이 올라와요!"

루루가 경고했다.

제트 분사로 날아오는 수목— 분사 나무(로켓 트리)를 선두로, 새 같은 실루엣의 마물, 버섯이나 해파리 같은 실루엣의 둥실둥실 날아오는 마물이 순서대로 올라온다.

AR 표시를 보니, 모두 마족이 빙의된 모양이다.

"아자앗~! 이건 아리사 님이 불 마법으로—."

“노 아리사. 이번엔 새로운 장비를 선보이는 것이 좋다고 주장합니다.”

나나가 날카로운 표정으로 말한 다음, 나를 보았다.

“마스터, 허가를.”

“알았어. 좋아.”

“강화 외장『건슬링거』를 장착. 섬멸을 개시한다고 고합니다.”

나나가 황금 갑옷에 총격 지원 강화 외장을 소환하고, 양손의 바깥쪽에 장착된 개틀링포 같은 형태를 한 휘염총의 총신이 소리도 없이 회전하기 시작했다.

반짝 불똥이 튀면서, 그보다 조금 늦게 회전식 총신에서 차례차례 불꽃탄이 쏘아져 나가 가장 먼저 올라온 미사일 같은 분사나무를 벌집으로 만들었다.

한 발 한 발의 위력은 루루의 휘염총보다 약하지만, 연사속도가 차원이 다르니까 이렇게 고속으로 이동하는 적을 상대하는데 적합하다.

순식간에 다섯 마리 분사 나무를 모두 격추했지만, 제2파인 새 형태 마물은 수가 많았다.

게다가 기동력이 좋아서 나나의 연사를 아슬아슬하게 회피하는 놈까지 있다.

“나나 혼자서는 힘들어 보이네. 조금 지원하는 편이 좋을까?”

“아니, 아리사. 이번에는 내가—『건슬링거』 모드.”

루루도 나나와 같은 강화 외장을 장착하고, 나나의 사격을 지원했다.

하드웨어는 거의 같지만, 나나가 탄환을 뿌리는 탄막을 만드는 것에 비해, 루루는 같은 간격으로 사출되는 탄환으로 확실하게 마물의 급소를 꿰뚫었다. 꽤나 기가 막히군.

"포치도 할 수 있는 거예요!"

"타마도~."

포치가 검을 뽑아 마인포를 충전하고, 타마가 수리검을 잡았다.

건슬링거가 뿌리는 불꽃탄의 비에 촉발된 모양이군.

—LYURYU.

포치의 가슴에서, 작은 백룡이 쑤욱 나타났다.

흥분한 포치에 이끌려 눈을 떴나 보군.

"류류인 거예요! 여기는 적지니까 조심하는 거예요!"

—LYURYU.

류류가 날카로운 표정을 짓더니 긴 목을 세로로 흔들었다.

"우리들 차례는 지상에 내려선 다음입니다. 지금은 힘을 아끼세요."

"네잉."

"네, 인 거예요."

리자가 타이르자, 포치와 타마가 고개를 끄덕였다. 포치가 수긍하는 걸 보고 류류도 따랐다.

잠시 지나, 나나와 루루의 활약으로 비행형 마물이 모두 격추되었다.

비행형이 소탕되는 것과 동시에 처음에 있던 지상에서 공격이 재개되기에, 포격형 마물을 록온하고서 「광선」 마법으로 핀포인트 저격하여 침묵시켰다.

"이 거리에서 백발백중이라니…… 조만간 위성 궤도에서 저격을 할 수 있게 되는 거 아냐?"

"그런 만화 같은—."

기가 막힌 기색으로 말하는 아리사에게 반론을 하려다가, 맵으로 록온을 하면 정말로 될 것 같다는 걸 깨달아서 말을 머뭇거리고 말았다.

"이제 비행형이 올라오지 않네요. 『건슬링거』 해제합니다."

"상황 종료—『건슬링거』 해제라고 고합니다."

루루와 나나의 강화 외장이 격납되었다.

수납 전에 확인했는데, 둘 다 회전포신이 타버리기 직전이었다. 전장에서 포신의 교환 기능도 추가하는 편이 좋겠어.

"주인님, 지상에 마물이 잔뜩 있나 봐."

"이 거리에서도 알 수 있어?"

"그럼. 벽령에서 특훈했는걸!"

아리사가 말한 것처럼, 지상에는 수천의 마물이 있었다.

마물들은 처음에는 가짜 사신전을 지키듯 배치되어 있었지만, 지금은 정위치를 벗어나 우리들을 포위하듯 이동을 시작했다.

"주인님! 말려들만한 사람은 없지?"

"적어도 지상 부분엔 없어."

일부러 확인한다는 것은, 정밀도가 그렇게 높지는 않은 모양이다.

"그러면 단숨에 섬멸해 버리자. —미아, 할까?"

"응, 맡겨둬. 『캐스터』."

미아가 마법 증폭용 강화 외장을 불러냈다.

지팡이의 연장이니까 「스탭」이라고 할까 생각했는데, 아리사의 강한 요망으로 이 명칭이 되었다.

"원거리 포격 모드."

미아의 명령을 받아, 강화 외장이 결정 가지와 오리하르콘으로 짠 날개를 펼쳤다.

"■■■……."

미아가 낭랑하게 영창하는 것에 맞추어 날개가 변형되고, 미아를 중심으로 대포 같은 형상으로 바뀌었다.

그리고, 미아의 마력을 마중물 삼아 강화 외장의 성수석로에서 만들어진 방대한 마력이 미아에게 흘러들었다.

어린 몸에는 부담이 큰 건지, 미아의 이마에 구슬땀이 맺혔다.

동료들이 지켜보는 가운데, 드디어 영창이 끝났다.

"……■ 해룡 백섬(리바이어선 브레스)!"

막대한 마력이 마법으로 변환되어, 레이저 같은 초고압의 휘몰아치는 물줄기가 강화 외장의 날개가 만들어낸 포신에서 쏘아져 나갔다.

과거 파리온 신국의 마굴에서 마왕 「사진왕」에게 쏘았던 금주인데, 그때보다 몇 배는 큰 규모다.

초고압의 물줄기가 대지를 때리고, 밀집한 수목을 가볍게 쓸어내며 그 아래의 대지를 깊숙하게 파헤쳤다. 반경 수십 미터가 한순간에 소실되고, 기세가 줄어들지 않은 채 그대로 가짜 사신전까지 이어지는 대지를 일직선으로 파괴해 버렸다. 물론 그곳에 있었을 마물들까지 통째로.

"테스트할 때도 봤지만, 『캐스터』의 부스트 효과 으엄청나네."

아리사가 흥분한 목소리로 말했다.

"지금까지 만든 마법 부스트 계통의 집대성이니까."

자중 없이 만들었다지만, 나도 이 정도로 증폭 효과가 있을 줄은 몰랐어.

사거리는 10배에 가까워지고, 위력도 몇 배는 됐을 거다.

그렇지만—.

"지쳤어."

미아가 중얼거리는 것과 동시에, 역할을 마친 강화 외장이 강제 해제되어 수납됐다.

단 한 발로 성수석로에 쓰는 창화 3닢이 소비되어 버리는 나쁜 연비는 앞으로의 과제다.

미아 자신의 마력 소비는 비슷한 정도이고, 장비에서 소비된 마력은 위력 업과 사거리 업에 소비된 느낌이다.

"내려간다."

나는 동료들과 함께 미아의 마법이 파헤쳐 만든 협곡 옆으로 고도를 낮추어, 유적 앞에 도착했다.

◆

"마중이 없네?"

가짜 사신전 안은 정적이 가득했다.

입구 부근은 지금까지의 맵과 공통인가 보군.

“잠깐 여기서 기다려.”

나는 다른 맵이 되는 장소에 한 발 먼저 이동하여, 모든 맵 탐사 마법을 썼다.

“그건 그렇고, 정말로 사교의 신전이란 느낌이 드는 장소네.”

아리사가 주위를 둘러보면서 말했다.

“뉴!”

—위기 감지.

“나나! 캐슬!”

“—『불락성(캐슬)』 긴급 전개라고 고합니다.”

나는 외치는 것과 동시에 축지로 나나 곁으로 이동했다.

나나의 발동어와 동시에 황금 갑옷이 변형되어, 주색과 홍색의 빛이 플래시처럼 반짝였다. 척척척 장벽이 만들어지고, 강인한 돔 형태의 적층 장벽을 만들었다.

—섬광.

바닥을 부수고 섬광이 주위를 채웠다.

조금 늦게 귀가 아픈 굉음이 울렸다. 황금 갑옷의 차광 시스템과 광량 조절 스킬이 금방 시야를 되돌려준다.

가짜 사신전의 구조물 태반이 날아가고, 발치에는 나락 같은 칠흑이 있었다.

아무래도, 지하에서 쏜 포격으로 날아간 모양이다. 캐슬의 강인한 적층 장벽 덕분에 진동마저 느끼지 않았으니 위화감이 있군.

“뉴~.”

"깜짝 놀란 거예요."

—LYURYU.

"주인님, 이건 상급 마족의 포격입니다."

"전에 쓰러뜨렸을 텐데. 재생 괴인 같아서 싫은걸~."

리자가 경고하고, 아리사가 투덜거렸다.

"연사는 못할 테니까, 이틈에 접근하자. 아리사, 전술 대화 부탁한다."

『오케이~.』

나나에게 캐슬 해제를 지시하고, 나는 동료들을 「이력의 손」으로 지탱하여 천구로 급강하했다.

5계층 정도 지하 구조를 관통하는 거대한 구멍을 내려가, 적의 수괴가 기다리는 최하층에 도달했다.

최하층이라고 해도 흙먼지와 열증기가 가득한 바닥 주위는 깊은 균열이었고, 균열 바닥에는 가시 같은 날카로운 검은 결정이 가시방석처럼 돋아 있었다.

무너진 천장으로 보이는 잔해가 흩어진 바닥에 착지했다.

학교의 체육관 정도 넓이고, 연마된 돌바다 중앙에 기다란 융단이 깔려 있어서 알현의 방 같았다. 그 융단의 좌우에는 같은 간격으로 신전에 있는 것 같은 기둥이 서 있었다. 조명은 기둥의 촛대에서 타오르는 도깨비불 같은 창백한 불꽃뿐이다.

적의 수괴가 있는 것은 이 융단 끝—.

나는 「풍압」 마법으로 시야를 가로막는 증기를 밀어냈다.

바람으로 약해진 불꽃이 기세를 되찾자, 어둠 속에 수상쩍은 사람의 모습이 떠올랐다.

"……설마, 상급 마족이 뿜어낸 멸망의 빛을 쬐고도 죽지 않은 건가?"

사교의 신전에 걸맞은 제단에 선 것은, 지저분한 외투를 입은 남자였다.

후드를 깊숙하게 눌러써서 잘 안 보이지만, 수인의 코끝이 후드에서 튀어나왔다. 아까 저주 되돌리기에서 봤던 수인이 틀림없다.

"—너희들은 대체 뭐냐?"

남자가 끝 부분에 이형의 두개골을 끼운 지팡이를 우리들에게 겨누고 물었다. 그의 등 뒤에는 방금 전에 기습 포격을 한 나무껍질 상급 마족의 모습도 있었다.

그밖에 마족의 모습은 없다. 방금 전의 요격을 하느라 모두 나간 모양이군.

"우리는 용사 나나시와 그 종자—."

말하면서 나나시 어조가 아니란 것을 깨달았지만, 새삼스러우니까 그냥 밀어 붙이기로 했다.

""""황금 기사단, 등장!"""" "인 거예요!"

아리사와 애들이 나를 중심으로 포즈를 취했다.

마치 연습한 것 같은 한 치의 흐트러짐 없는 움직임이다.

혹시, 연습을 한 건가?

"그렇군! 네놈들이 용사 일행인가! 위대한 악마 소환사 조마무고미 님의 계획을 방해하러 나타난 것이군!"

그건 아니고, 네가 대마녀를 저주하지 않았으면 여기 올 일도 없었어.

"악마 소환사 조마무고미! 너의 야망은 끝이다! 회개하고 투항하도록 해!"

아리사가 신이 나서 악마 소환사를 가리켰다. 동작이 아주 절도 있군.

악마 소환사라는 자칭처럼, 조마무고미는 「소환 마법: 악마」라는 스킬을 가졌다.

"끝이, 라고? ―아니! 이미 계획은 최종단계! 이미 누구도 막을 수 없다!"

악마 소환사가 외투를 펄럭 벗어 던졌다.

기괴한 장식품을 덕지덕지 몸에 단 족제비 수인의 모습이 드러났다. 「그야말로 악역」이라고 말하는 의상인 것은 딱히 상관없는데, 말린 머리들을 꿰어놓은 목걸이는 지나치다고 생각해.

"……족제비."

리자가 조마무고미의 종족을 알고 표정을 찌푸렸다.

그러고 보니 리자는 족제비 수인족이랑 악연이 있었지.

"용사 나나시와 황금 기사단이 있는 한, 악은 끝장날 숙명이야!"

아리사가 신이 나서 조마무고미에게 반론했다.

"그러면 허풍이 아니란 것을 그 몸으로 증명해 봐라!"

조마무고미가 지팡이를 들지 않은 손을 흔들어, 소매 자락에서 보라색의 돌멩이를 무수하게 뿌렸다.

모든 돌멩이가 공중에서 변형되어 마족으로 바뀌었다.

그렇군. 소환 아이템이었구나.

“—화염지옥(인페르노)!”

아리사가 무영창으로 발동한 업화의 소용돌이가 공중의 마족들을 한순간에 잿더미로 바꾸었다.

연소될 법한 물건이나 천장이 없다지만, 실내에서 무모한 짓을 하네.

“이럴 수가?!”

“장벽을 치기 전의 마족 따윈 그저 표적이야!”

아리사가 세계수제 지팡이를 흔들면서 승리를 뽐냈다.

“으그그그, —뭘 하고 있나! 해치워라아아!”

조마무고미가 등 뒤에 선 상급 마족에게 명했다.

대포의 충전이 안 끝났는지, 몸의 각 부분에서 보옥 같은 결정을 노출시켜 그곳에 빛을 모았다.

“포트리스 발동이라고 고합니다.”

나나가 황금 갑옷에 탑재된 「성채방어」 기능을 발동했다.

몇 겹으로 전개된 장벽에, 상급 마족이 뿜어낸 광선의 비가 쏟아져 내렸다.

섬광이 번뜩이고, 게릴라 호우처럼 파직파직 격렬한 소리가 장벽 표면에서 울렸다.

“상급 마족의 공격을 막아냈다고? 아까 전의 포격도 운 좋게 범위 바깥에 있었던 것이 아니었나?!”

조마무고미가 놀랐다.

“이대로는, **친왕 폐하**께 걸맞은 지위를 돌려드리는 숭고한 역할을 다할 수 없다."

친왕이라고 했으니 족제비 제국 쪽 집안 소동이 관련 있나?

"당신은 친왕 **전하**에게 요새도시의 비보를 바치기 위해, 대마녀를 저주한 건가?"

"—아니야!"

아니구나.

"틀리지 마라! 친왕 **폐하**다!"

뭐야. 경칭 말이군. 친왕이면 황제의 동생쯤일 테니까 경칭은 전하라고 생각했는데, 그는 깊이 고집하는 것이 있는 모양이군.

"그 주인을 위해서, 대마녀를 저주한 거야?"

흥분하여 술술 말해줄 법한 분위기라서, 한 번 더 질문을 거듭했다.

"대마녀를 저주한 것은 그저 눈가림! 우리들의 목적은 아카티아의 자월핵을 수중에 넣어—."

말이 많았던 걸 깨달은 조마무고미가 말을 머뭇거렸다.

그렇군, 그가 말하는 「자월핵」이 티아 씨가 말하는 비보가 틀림없이.

……잠깐. 자월핵이면 분명히—.

"그 자월핵이란 걸 팔아서 거금을 마련한다는 거군."

"그러한 속물처럼 보지 마라!"

내가 흠흠 납득하자, 조마무고미가 흥분했다. 그는 부추기는데 내성이 낮은 모양이군.

아니, 심문 스킬 같은 게 효과를 발휘한 건가?

“자월핵의 힘을 이용하면, 대륙 어딘가에 숨겨져 있는 전설의 『부유 요새』를 찾을 수 있다는 것마저 모르는가!”

역시, 그 자월핵이군.

유감이지만, 부유 요새라면 내 스토리지 안에 있다.

그리고 자월핵은 부유 요새의 코어 파츠이기 이전에, 찾기 위한 키 아이템이기도 한 모양이군.

“과거 세계의 태반을 다스린 우신의 부유섬 라라키에, 그것과 호각 이상으로 싸운 부유 요새의 힘이 있으면, 거짓된 황제가 일그러뜨린 제국을, 본래의 주인에게 돌려드리는 것도 쉬운 일!”

조마무고미가 자신에게 취한 것처럼 하늘을 우러러 보았다.

예기치 못하게 놈의 노림수와 동기를 알아 버렸네.

『악당이 궁지에 몰려서 술술 악행을 자백하는 건 약속된 전개지!』

아리사가 엄청 기뻐하며 전술 대화로 이야기했다.

나는 그것을 예의 바르게 묵살하고, 조마무고미에게 마지막 질문을 했다.

“방금 전에 계획은 최종 단계이며, 누구도 막을 수 없다고 했는데, 네놈이 요새도시에 보낸 마족들은 대마녀나 모험가들이 제거했어.”

“**호오? 보냈던 마족들은** 제거됐나?”

조마무고미가 벙긋이 웃음을 짙게 했다.

아무래도, 마족 말고도 보낸 모양이군.

『주인님―.』

『괜찮아. 펜이 최종 방위라인에 대기하고 있어.』

『하지만, 지금의 펜릴은 새끼 늑대잖아!』

『한순간이라면, 늑대 수인 모드로 변할 수 있대.』

그 한순간이 있으면, 대마녀가 커버해주겠지.

듣고 싶은 건 끝났다. 이제 슬슬 포트리스의 효과 시간도 끝일 테니, 상급 마족을 퇴치하고 조마무고미를 포박하자.

◆

"푸~ 여기는 푸~한테 맡기고, 그쪽을 진행한다푸~."

상급 마족이 말했다.

이 녀석 말할 수 있구나…… 더 과묵한 녀석이라고 생각했는데.

"내게 명령하지 마라! 내가 너의 주인이다!"

"푸~ 알고 있다푸~. 주인의 비원 성취에는 마왕님을 부활시키는 것이 제일이다푸~."

—마왕?

이 녀석들은 마왕의 부활도 꾸미고 있었나?

"악마 소환사인 내가, 용사 따위에게 등을 돌리라는 거냐!"

"푸~! 푸~의 포가 통하지 않는 상대를 쓰러뜨리고 싶다면, 마왕님을 부활시키는 게 제일이다 푸~."

상급 마족이 이상하게 마왕 부활을 밀어붙이네.

그에 비해 조마무고미는 그렇게 내키지 않는 모양이군.

"으그으, 어쩔 수가 없군."

조마무고미가 등을 돌리고, 등 뒤의 벽에 걸린 지옥도의 태피스트리를 향해 달렸다.

"아~! 도망치는 거예요!"

나는 스토리지에서 꺼낸 쿠나이를 던졌다.

쿠나이는 안쪽에서 포트리스의 장벽을 통과하여 날아가, 내가 노린 조마무고미의 다리를 꿰뚫었다.

다리가 꼬여서 넘어진 조마무고미가, 품에서 나타난 이형의 손으로 자신을 붙잡아 태피스트리로 던지게 했다. 저 손은 마족이군.

조마무고미가 태피스트리에 빨려 들어가 사라졌다.

저건 무슨 전이 게이트인가 보다. 아마도 이공간 밖으로 이어져 있는 거겠지.

"주인님. 이쪽은 우리한테 맡기고, 조마무고미를 추적해."

"하지만―."

"괜찮아. 성이나 벽령에서 재훈련한 성과를 보여주고 싶어."

"주인님, 이 창에 걸고 주인님께 승리를."

한순간 주저했지만, 동료들의 자신만만한 눈동자가 내 등을 밀어줬다.

지금의 동료들이라면, 나와 펜릴의 도움이 없어도 호각 이상으로 싸울 수 있을 거야.

"그리고 재생 괴인은 약하다고 정해져 있잖아."

아리사가 나를 안심시키듯, 익살부리는 표정으로 서투른 윙크를 했다.

"알았어! 다치면 안 된다."

나는 태피스트리의 지옥도에 뛰어든 조마무고미를 따라 달렸다.

"여기는 못 지나간다푸~!"

—앵화일섬.

발동이 빠른 돌진계 필살기로 앞길을 막아서는 나무껍질 상급 마족을 베어내고, 그대로 다리를 멈추지 않고 태피스트리로 뛰어들었다.

◆

"—여기는?"

뛰어든 곳에 있는 것은 방금 전과 마찬가지 모습의 제단이었다.

다른 것은 천장이 있다는 것이다. 맵 정보에 따르면, 여기는 수해 미궁의 사신전 최하층인 모양이다.

등 뒤의 태피스트리에 있었던 게이트가 소실됐다. 아마, 상급 마족이 나한테 베이면서 게이트를 닫은 게 틀림없어.

나는 동료들의 현재 상황을 확인하기 위해 「멀리 보기」와 「멀리 듣기」를 발동했다.

앵화일섬으로 쓰러뜨렸다면 좋았겠지만, 상급 마족은 부서진 몸 안쪽에서 새로운 싹을 꺼내더니 재생해 버린 모양이다.

『푸~. 아껴둔 비장의 수를 쓰게 돼버렸다푸~. 역시, 용사는 얕볼 수 없다푸~.』

『얕볼 수 없는 건 용사뿐이 아냐.』

아리사와 전술 대화는 끊어져 버렸지만, 내 공간 마법은 문제없이 이어지는 모양이니, 모두의 전투 상황을 지켜봐야겠다.

내 쪽에서 그쪽으로 돌아갈 수단은 없지만, 유닛 배치로 모두를 불러오는 건 가능하다.

방침을 정한 나는 조마무고미를 추적하기 위해 몸을 돌렸다.

그러는 내 코에 이상한 냄새가 났다.

"심한 냄새네."

무심코 표정을 찌푸렸다.

그 냄새의 정체를 밝은 눈 스킬이 가르쳐 주었다. 등줄기에 얼음을 집어넣은 것처럼 오한을 느꼈다.

바닥과 벽 사이의 균열에서 돋아난 가시밭 같은 바위에, 무수한 썩어가는 시체가 꽂혀 있었다. 모험가가 많지만, 다른 시체도 적지 않았다.

몸에는 존엄을 해치는 것에 주안점을 둔 것 같은 처참한 상처 자국이 수도 없이 남아 있었다.

"미안, 지금은 이게 고작이야."

나는 「이력의 손」을 그물처럼 펼쳐서 모든 시체를 스토리지에 회수했다. 나중에 마땅한 방법으로 공양해야지.

마음 속에 분노가 끓어오르는 것을 느꼈다. 지나치게 높은 정신력 수치가 있어도 억누를 수가 없다.

나는 분노에 등을 떠밀리듯 조마무고미 뒤를 따라 계단을 올라갔다.

놈이 배치한 걸로 보이는 마족들이 차례차례 습격해왔지만, 나는 발을 멈추지 않고 베면서 나아갔다. 나를 당해낼 수 없다고 본 마족이 천장이나 바닥을 붕괴시켜 앞길을 막았지만, 마법과 스킬을 구사해서 헤쳐나갔다.

"—아뿔싸."

조마무고미 너머에, 꽤 많은 모험가와 몇 명의 성직자가 있었다.

한 번 붕괴한 흔적이 있는 숨겨진 통로를 나아간 앞에 그들이 있는 모양이다.

나는 축지로 그 방에 뛰어들었다.

"후하하하하, 모두 끝이다! 이제, 아무도 마왕의 부활을 막을 수 없다!"

그렇게 외친 것은 조마무고미가 아니었다.

헤랄르온 신전의 사제복을 입은 거친 털의 쥐 수인 남자였다.

분명히, 원령 퇴치를 위해 티아 씨가 이웃나라에서 초빙한 사제였을 거야. 마족이 빙의한 건가 싶었는데, 그렇지는 않았다.

사제의 발치에는 모험가들이나 신관들이 생기를 잃은 얼굴로 혼절해 있었다. 그 안에는 용사 상점 단골인 노나 씨를 비롯한 아는 사람도 여러 명 있었다.

깨어나 있는 것은 사제와 조마무고미 두 사람뿐이다.

그 조마무고미도 사제와 거리를 두고 대치하고 있었다. 동료라고 생각했는데, 아무리 봐도 협력적인 관계로 안 보인다.

"—사제가 어째서?"

"모르겠는가! 기묘한 가면 쓴 자여!"

지금은 대화로 주의를 끌고, 그 동안 「이력의 손」으로 노나 씨 일행의 몸을 안전권으로 이동시켜야겠군.

"모든 것은 천혜다! 요새도시에서 잠든 내 꿈에 헤랄르온 신의 사도가 나타나, 나에게 사명을 내린 것이다!"

예언이 아니라, 사명이군. 무노 남작령에서 마족이 가짜 용사로 꾸며낸 하우토 군의 일화가 떠오른다.

"마왕을 토벌하기 위해서, 마왕을 부활시키라고!"

"스스로도 엉망진창인 말을 하고 있다는 자각은 있어?"

몰래 위치를 바꾸려는 조마무고미의 발치에 자갈을 던져 견제했다.

그가 가려는 곳에는 옥좌가 있고, 그 위에 머리와 손발이 없는 주검이 놓여 있었다. 그곳에는 평범하게 봐서도 알 수 있을 정도로 독기가 응어리져 있었다. AR 표시에 따르면 저건 「마왕 주검」, 마왕 「사령명왕」의 주검이다.

"엉망진창이라니 무례하군! 경건한 신의 종을 우롱하다니!"

"경건한 신의 종은 마왕 따위 부활시키려고 안 할 텐데?"

"멍청한 녀석! 부활시킨 다음, 두 번 다시 부활하지 못하도록 멸하는 것이다!"

"사제가? 어떻게?"

용사 하야토도 우수한 동료들과 도전해서 아슬아슬했었다. 레벨 30 정도의 사제 단독으로 어떻게 할 수 있을 정도로, 마왕은 간단한 존재가 아니다.

"범골은 알지 못하겠지! 이 성인(聖印)을 보라! 이 성인에는 마왕을 멸하는 신의 위업이 깃들어 있다!"

도저히 그렇게 안 보인다.

카리온 신이나 우리온 신이랑 같이 다닌 적도 있으니 알 수 있다.

저 성인에는 신의 힘이 깃들지 않았다.

"마족한테 완전히 속았군……."

내 중얼거림을 들은 사제가 흥분했지만, 더 이상 들어도 의미가 없을 것 같아 흘려들었다.

괜한 이야기를 하는 사이에, 모험가들은 가능한 멀리 보낼 수 있었다.

마왕의 부활이 끝나는 것은 조금 더 걸리는 모양이군.

"그래서—."

나는 시선을 조마무고미에게 보냈다.

"너는 이 사제를 부추겨서 뭘 하고 싶었는데?"

"크크큭. 빤하지 않나! 마왕을 되살리면—."

조마무고미가 머뭇거렸다.

"왜 그래?"

일단 사제를 부추긴 것이 조마무고미가 사역하는 마족이라는 건 틀림없는 모양이군.

"마왕을 되살려서, 용사에게 보내는 것이다! 그러면, 자월핵의 탈취 계획도 우려 없이 실행할 수 있다!"

"탈취 계획은 이미 실행한 거 아니었어?"

"그건—."

또 다시 조마무고미가 머뭇거렸다.

그 눈이 희번득거리면서 차분함을 잃고 움직이며, 강모가 뒤덮은 이마에는 비지땀이 맺혔다.

어쩐지, 상태가 이상하군.

"그래. 탈취 계획이 진행된 지금, 마왕 부활 따윈 굳이 일부러 실행할 의미가 없다—."

조마무고미가 빠르게 중얼거렸다.

그 등 뒤에서 마왕 주검에 모인 독기가 팔과 머리의 형태를 형성했다.

"—날 속였구나, 마족!"

악마 소환사로서 마족을 사역하고 있는 줄 알았지만, 마족에게 이용당한 모양이군. 정신 마법이나 매료로 조종당한 거겠지.

흥분하는 조마무고미 등 뒤에서 마왕의 주검이 눈을 떴다.

"—마왕이 눈을 떴나."

보기만 해도 영혼이 끌려가 버릴 것 같은 기분 나쁜 눈동자다.

"되살아났구나, 마왕! 신의 위광 앞에서 무릎 꿇어라!"

사제가 겁을 먹고 허세를 부리며, 성인을 마왕에게 내밀었다.

물론 아무 일도 안 일어난다.

"무릎 꿇어라! 무릎을 꿇어라!"

패닉을 일으키고, 떼를 쓰듯 발을 구르면서 성인을 마왕에게 내밀었다.

"졸리다."

듣기만 해도 등줄기가 오싹거리는 기분 나쁜 목소리.

"내, 잠을, 방해하지 말라."

마왕이 독기로 만들어진 손을 흔들자, 검은 안개가 퍼지며, 작은 마충이 되어 사제를 휘감았다.

아무래도 좀 가여우니까 「이력의 손」으로 사제를 붙잡아 입구 방향으로 던졌다.

너무 세게 던져서 대미지를 입었지만, 저런 게 몰려들어서 갉아 먹혀 죽는 것보다는 낫겠지. 마충은 불씨 탄환으로 한꺼번에 태웠다.

추가 공격이 있을까 생각하여 대비했지만, 마왕은 사제의 존재에 집착하지 않고 그 자리에 있었다.

"이렇게 되면 어쩔 수 없지. ■■■■■ 악마 지배(도미네이트 데몬)!"

조마무고미의 지팡이에서 뿜어져 나온 몇 개의 검은 고리가 마왕의 몸에 걸렸다.

"악마 소환사 조마무고미가 명한다. 마왕 『사령명왕』이여, 내 군문에 들라!"

지팡이를 내리치자, 마왕의 몸에 걸린 고리가 일제히 닫히며 그 몸을 묶었다.

으르렁거리는 마왕을 검은 고리가 완전히 구속한 것처럼 보였다. 그러나—.

"으으음, 내, 잠을, 방해하지 말라."

마왕의 양손이 윤곽을 잃고, 본래의 독기가 되어 빠져나가 바깥쪽에서 고리를 붙잡아 찢어버렸다.

"역시 마왕! 내 지배를 깨다니! 그러면, ■■……."

조마무고미가 다른 영창을 시작했다.

"버릇없는, 놈."

독기의 소용돌이가 영창하는 조마무고미를 튕겨내 버렸다.

이번에는 마충으로 변하지 않고, 독기뿐이다.

"크오오오오오오오오오!"

고농도의 독기를 쬔 조마무고미가 땅바닥에서 몸부림쳤다.

움찔거리는 표피에서 털이 한 움큼씩 빠지고, 독기의 직격을 받은 장소가 추하게 문드러졌다.

어지간히 아픈 건지, 끊어진 영창을 재개할 기력도 없는 모양이군.

마왕은 방금 전의 사제와 마찬가지로, 빈틈투성이인 조마무고미에게 추가 공격을 할 기색이 없었다.

"사령명왕 씨?"

"모른다. 나는, 이름 없는, 망령."

혹시, 마왕이 아닌가?

AR 표시에서도 이름이 「사령명왕」이긴 하지만, 「마왕」의 칭호는 없었다.

방금 전의 모습을 보니, 그는 잠들고 싶을 뿐인가 보군.

"저 녀석들이 억지로 깨워서 미안해. 이제 방해하지 않을 테니까 느긋하게 잠들어줘. 아니면, 승천을 도와줄까?"

나는 허리에 찬 성검을 뽑아서 마력을 흘려 파란 빛을 둘렀다.

독기를 충전한 탓에 잠에서 깼다면, 독기를 잃으면 잠들지 않을까 생각했다.

"눈부시다. 몸을, 불사르는, 빛."

사령명왕이 처음으로 옥좌에서 일어섰다.

눈부심을 피하듯 한 손으로 얼굴을 가리며, 다른 한쪽 손을 애태우는 상대를 바라듯 뻗었다.

“아아, 성스럽, 도다.”

성검에 닿은 독기가 한순간에 정화되면서, 마지막에 남은 몸통이 성검에 박혀 검은 안개가 되어 사라졌다.

잠들게 할 셈이었는데, 성불시켜 버렸나 보네.

“마왕이, 이렇게, 한순간에…….”

조마무고미가 사령명왕처럼 말을 끊으며 중얼거렸다.

아무래도 쇼크를 받은 모양이군. 조마무고미가 의기소침한 사이에, 「마력 강탈」로 모든 마력을 빼앗고 마를 봉하는 넝쿨로 묶었다. 물론 무장 해제뿐 아니라 가지고 있는 아이템도 몰수했다. 자살을 해도 곤란하거든.

덤으로 복도에서 기절해 있는 사제도 똑같이 취급했다. 이쪽은 눈을 뜨면 시끄러울 것 같으니까, 재갈도 물려둬야지.

이제 안전권으로 피난시킨 노나 씨 일행을 회복시키면서, 동료들과 상급 마족의 싸움을 지켜보기로 했다.

◆

내가 사령명왕을 성불시킬 무렵, 동료들은 나무껍질 상급 마족과 격투 중이었다.

어느샌가 전장이 지하에서 이계 지상의 수해로 이동해 있었다.

『류류! 브레스인 거예요!』

—LYURYU.

섬광이 번득이고 상급 마족이 나무들을 부수며 수해를 굴러갔다.

류류의 브레스는 막혔는지, 몸의 각 부분을 빛낸 상급 마족이 소구경 레이저로 반격했다.

『격리벽!』

『아리사, 고마워인 거예요!』

나무 뿌리에 발이 걸린 포치의 위기를 아리사가 커버했다.

『수목이라면 조용히 햇빛을 쬐고 있어야 마땅하다고 고합니다!』

나나가 도발 스킬을 담은 외침으로 상급 마족의 주의를 끌고, 그 틈에 돌아 들어간 아인 소녀들이 접근전을 시도했다.

때때로 상급 마족이 소환한 권속으로 보이는 하급 마족은 루루가 저격했다.

미아는 정령 마법의 영창을 계속하고 있으며, 아마도 베히모스를 소환하려고 하는 것 같다.

『—격리벽! 크으, 덩치는 커다란 주제에 빠르네!』

동료들의 싸움은 포격전에서 접근전으로 이행했고, 순동 같은 속도로 수목을 휩쓸면서 위치를 바꾸는 상급 마족에게 고전하는 모양이다.

게다가 휩쓸려 쓰러진 수목이 상급 마족의 권속으로 바뀌니까 그것에 대처할 필요도 있는 모양이다.

『나선창격 눈사태.』

『흐트러— 쏩니다!』

리자와 루루가 재빨리 권속을 제거하지만, 그때에는 다음 수목이 권속으로 바뀌어 있다.

『이렇게 되면, 숲까지 통째로—.』

『아리사, 짧은 생각은 손해 본다고 충고합니다.』

불꽃을 등진 모습이 보일 정도로 뜨거워진 아리사를, 나나가 말을 걸어 머리를 식히도록 했다.

『토둔의 술~.』

『거합발또 아킬레스 헌터인 거예요!』

상급 마족은 타마가 인술로 만든 토둔을 차서 부수고, 포치의 거합이 벤 다리를 순식간에 복원했다. 게다가 잘려나간 파편이 권속으로 바뀌니까 흉악하군.

『……■■ 마수왕 창조(크리에이트 베히모스).』

—PUWAOOOOWWNNN!!

미아의 영창이 끝나고, 베히모스의 거체가 현실세계에 구현됐다.

『가.』

—PUWAOOOOWWNNN!!

베히모스가 돌진했지만, 상급 마족은 정면으로 상대하지 않고 이동했다.

『우응.』

땅에서 돋아난 식물이 베히모스를 붙잡으려 했지만, 그것은 베히모스가 발을 한 번 구르자 해제되어 버렸다.

대지에 대한 간섭력은 베히모스가 위인가 보군.

『순동— 나선창격 관통!』

사각에서 따라붙은 리자의 필살기가 상급 마족에게 박혔지만, 견고한 장벽과 새까만 아메바 같은 마족을 방패로 써서 받아 흘렸다.

아리사의 불 마법이나 포치의 필살기도 마찬가지로 상쇄됐다.

『이런 젠장! 쉬지 말고 때린다!』

『알겠습니다! 나선창격 눈사태!』

베히모스와 나나의 연계로 움직임을 제한하고, 동료들이 포화 공격을 해서 상급 마족을 묶어둔다.

동료들이 협력해서 만들어낸 상황을 살리는 것은—.

『액셀러레이션 오버드라이브.』

『노려서, 쏩니다!』

『이그니션.』

—루루의 가속포다.

루루가 방아쇠를 당기는 것과 동시에, 배에 울리는 폭음을 남기고 성스러운 포탄이 쏘아져 나갔다.

음속을 한참 넘어서는 포탄은 레이저처럼 파란 빛의 궤적을 남기고, 상급 마족에게 직격하여 상반신을 크게 파헤쳤다.

『빈틈인 거예요!』

—LYURYU.

포치와 류류가 인룡일체가 되어 상급 마족에게 육박했다.

『거합발또, 마인선—』

필살기를 뿜어내려고 한 포치를, 류류가 몸통 박치기로 튕겨냈다.

반동으로 빈 공간을, 마력과 독기를 띤 뿌리의 창이 꿰뚫었다.

『류류 고마워인 거예요!』

—LYURYU.

흐뭇한 포치와 류류의 교류를, 상급 마족의 어깨에 나타난 새로운 얼굴이 보았다.

"—포치!"

불길한 예감이 들어 무심코 포치의 이름을 불러버렸지만, 저쪽에 들릴 리 없었다.

차례차례 지면을 찢어내고 나타난 뿌리의 창을 포치와 류류가 피했다.

—LZU.

『류류!』

뿌리의 창에 의식을 빼앗긴 건지, 상급 마족이 휘두른 꼬리 같은 넝쿨 채찍에 류류가 맞아 떨어져 버렸다.

류류가 땅을 파헤치면서 굴러갔다.

포치가 류류에게 달려가고, 그 틈을 타마가 커버했다.

『류류, 괜찮은 거예요?』

누워 있는 류류의 머리를 포치가 들어서 마법약을 먹였다.

전장에서 움직임이 멎은 포치를 상급 마족이 소구경 레이저로 노렸지만, 나나가 재빨리 끼어들어 그것을 막아냈다.

『두릅나무는 이쪽을 봐야 한다고 고합니다!』

나나가 도발 스킬을 거듭하고, 이술로 「마법의 화살」이나 「이력의 창」을 만들어내 상급 마족의 주의를 끌었다.

……LYU.

『포치의 펜던트에 들어가는 거예요.』

마법약으로 회복해도, 류류는 숨을 헐떡이는 느낌이었다.

육체적인 대미지보다 정신적인 대미지가 클지도 모른다. 높은 공격력과 타고난 방어력 덕분에 포치와 함께 행동하고 있지만, 류류는 아직 태어난 지 얼마 안 된 어린 용이니까.

……LYU.

『괜찮아요, 뒷일은 포치한테 맡기는 거예요.』

그렇게 말하고 류류를 비보 「용면 요람」에 수용했다.

포치는 펜던트를 소중하게 양손으로 감싸, 황금 갑옷 안쪽으로 되돌리고 말없이 일어섰다.

『이제, 용서 안 하는 거예요.』

고개를 숙이고 있던 포치가 고개를 들고, 날카로운 표정으로 상급 마족을 노려보았다.

『갑옷 아저씨, 강화 외장 「어태커」 장착인 거예요.』

『아이아이, 맘. 이큅먼트, 어태커 옵션.』

포치의 선언에 황금 갑옷의 서포트 AI가 대답했다.

기능이 늘어나서, 루루의 가속포에 탑재한 것과 같은 AI를 시험적으로 포치의 황금 갑옷에 탑재해봤다.

포치가 전용 포즈를 취하자, 돌격용 부스터와 근력 강화를 겸한 강화 외장— 마술적인 파워드 슈트가 장착됐다.

『갑옷 아저씨, 도를 꺼내주는 거예요.』

『아이아이, 맘, 이큅먼트, 카타나 블레이드.』

포치의 허리에 있는 어태치먼트 무기가 성검에서 성도로 교환되었다.

모양 말고는 같은 성능이라 생각보다 간단히 만들었다.

『전력전개인 거예요.』

『예스, 맘. 제네레이터, 풀 파워.』

『더! 더더더인 거예요!』

포치가 서포트 AI에게 호소했다.

『이 정도로는, 류류의 원수를 못 갚는 거예요!』

포치, 류류는 안 죽었으니까 원수를 갚는 거 하고는 좀 달라.

『노, 맘, 리스크, 오브, 오버플로우.』

『안 되는 거예요! 한계를 넘는 거예요! 류류를 위해서인 거예요!』

포치가 무모한 말을 하네.

『예스 맘. 리미터 컷.』

—엥? 그런 프로그램 안 했는데?

『제네레이터, 오버로드.』

황금 갑옷 주위에 방대한 마력이 소용돌이쳤다.

『왔다왔다왔다인 거예요!』

그 마력이 포치를 통해 성도에 흘러들어, 평소의 몇 배나 거대화했다.

상급 마족을 베어버릴 수 있을 정도의 사이즈다.

『명견지수—.』

포치, 명경지수야.

『—인 거예요.』

포치의 주위에서 미쳐 날뛰던 마력의 격류가 칼날로 집속되었다.

몸에서 넘치는 마력이 스파크와 불똥을 튀기고, 강력한 가속에 견딜 수 있도록 땅에 이마가 닿을 정도로 몸을 앞으로 숙였다.

『액셀러레이트, 캐터펄트 오픈.』

집중하는 포치 대신, 서포트 AI가 준비를 진행했다.

포치 앞에 가속문이 여러 개 전개됐다.

그리고, 칼날에 마력 집속이 완료되었을 때—.

『순동.』

포치가 가속문에 파고들었다.

너무나 빠른 가속에, 포치의 모습이 사라졌다.

『마인폭풍(뱅퀴시 사이클론)—.』

성도를 휘두른 자세로 포치가 나타나고, 천천히 그 칼날을 칼집으로 되돌렸다.

『—인 거예요.』

칼집에 넣은 성도가 탁 소리를 내는 것과 동시에, 무수한 참격으로 썰려버린 상급마족이 산산이 무너지고, 참격의 여파가 일으킨 회오리에 휩쓸려 희롱 당했다.

마족이 전개하고 있던 방어장벽이나 아메바 마족의 방패도 한꺼번에 부서진 모양이군.

『포치! 아직입니다!』

리자가 외쳤다.

그렇다, 상급 마족은 아직 검은 안개로 환원되지 않았다.

『팔랑크스인 거예요!』

그러나, 포치 앞에 팔랑크스는 나타나지 않는다.

방금 전의 필살기로 마력을 너무 써서 발동이 안 되는 모양이다.

상급 마족은 폭풍에 휩쓸려 산산조각난 모습 그대로, 각 부위에서 소구경 레이저의 비를 포치에게 쏟아냈다.

『닌닌~.』

빛에 휩싸인 것처럼 보인 포치였지만, 조금 떨어진 장소에 있던 그림자에서 타마와 함께 나타났다.

순간적으로 포치를 유닛 배치로 타겟팅했지만, 필요 없었나 보군.

『베히모스.』

―PUWAOOOOWWNNN!!

미아의 명을 받은 베히모스가 포효를 지르며 앞 다리를 들어올리고, 힘차게 내리치자 땅에서 나무뿌리와 이어진 상급 마족의 동그란 핵이 공중으로 솟아올랐다.

『아리사.』

『오케이~! 화염지옥(인페르노)!』

아리사가 뿌린 업화가 공중을 춤추는 상급 마족의 조각이나 그루터기, 그것을 모조리 집어삼켜 태워버렸다.

맵에서 상급 마족이 사라졌다. 마지막은 깔끔하군.

저게 정말로 마지막 하나라면 좋겠는데.

대마녀

"사토입니다. 후계자 문제라는 건 어느 업계든 심각합니다만, 일맥단전의 업계는 후계자의 유무가 사활문제로 직결되는 모양입니다. 역시 좀 널리 퍼뜨려야 번영하기 쉬운 모양이군요."

"상급 마족과의 마맥(패스)이 풀린, 건가? 용사의 종자 놈들이 쓰러뜨렸나……."

내 옆에서 조마무고미가 아연한 표정으로 중얼거렸다.

아무래도 나무껍질 상급 마족이 패배했다는 게 상당히 쇼크였나 보군.

"이대로 거짓된 황제가 뒤틀어 놓은 제국을, 본래의 주인에게 돌려드리지 못하고 끝나는 것인가……."

어느 나라든지 현 정권에 원한을 가진 사람이 있단 말이지.

"아니, 마술은…… 수상쩍은 『과학』 따위에 지지 않는다. 마술이야말로 민초를 이끄는 것이다."

전후가 어떻게 이어지는지 알 수 없는 지리멸렬한 말을 하는군.

그건 그렇고 과학— 과학이란 말이지. 현 황제는 마법보다도 과학기술을 중시하는 사람인가?

그보다도—.

"이제 대마녀에게 넘기면 끝이군."

그렇게 말한 순간, 땅바닥을 바라보며 중얼거리고 있던 조마무고미가 고개를 들고 외치기 시작했다.

"아직, 끝이 아니다. 끝일 것 같은가!"

"끝이야. 너는 죽인 사람들에게 속죄해야 해."

내 뇌리에 지하에서 본 처참한 시체의 모습이 스쳤다.

"죽인 사람들? 열등종의 목숨이, 우리들 우월종인 족제비 수인에게 도움이 된 것이다! 자랑스러워해야지 속죄할 필요 따위 없다!"

이 녀석은 우생사상에 경도된 모양이군.

"인종에 우열 따위 없어."

"열등종의 헛소리!"

내 말이 닿지 않는 모양이군.

"이제 닥쳐. 들어줄 수가 없네."

스토리지에서 재갈을 꺼냈다.

그것을 본 조마무고미가 격렬하게 날뛰기 시작했다.

"■……."

영창을 시작하려는 조마무고미였지만, 봐주지 않고 위압을 때려 박아 경직시키고 그 틈에 재갈을 고정했다.

상당히 격하게 날뛴 탓에, 주위에 굴러다니던 이 녀석의 지팡이가 부서졌다.

"—그렇군, 이걸 쓰고 싶었구나."

지팡이 끝 부분에 달린 두개골이 깨지고, 그 안에서 칠흑의 보석 같은 마법 도구가 보였다.

AR 표시에 따르면, 자기 목숨을 대가로 치사의 저주를 무차별로 뿌리는 테러용 물건이었다. 자폭 테러는 혼자서 하라고.

『주인님, 들려?』

아리사가 「무한 통화」를 걸었다.

『들려. 이쪽도 지금 끝난 참이야.』

『우리도 상급 마족을 토벌했어!』

『응, 보고 있었어. 다들 강해졌구나.』

아리사가 모두에게 전하고, 「멀리 듣기」로 모두의 환성이 들렸다.

『게이트는 닫혔는데, 돌아올 수 있겠어?』

『응, 그건 괜찮아! 처음 있던 제단의 방에 이계의 지침서 같은 게 있었으니까, 조금만 더 시간을 들이면 다른 장소에 게이트를 다시 열 수 있어.』

아리사 말에 따르면 이계의 핵 같은 장소가 있으며, 그곳에 간섭하여 임의로 게이트를 열 수 있다고 한다.

『그러면 기다릴게. 같이 돌아가자.』

나는 그렇게 말하고 통신을 끊었다.

복도 너머에서 생기를 잃고 쓰러져 있던 모험가들을 회복시켜야겠군.

하지만, 그 전에 사건의 흑막을 포박한 것을 전해서 티아 씨와 로로를 안심시켜야겠다.

—어라?

연결이 잘 안 되네.

모험가들의 치료를 하면서 티아 씨에게 「원거리 통화」를 연결하려고 했는데, 뭔가 이상한 저항이 있어서 연결이 안 된다.

"이상하네? 공간 마법을 저해하는 티아 씨의 결계는 부숴버렸을 텐데……."

무심코 중얼거려버린 내 목소리가 계기가 되었는지, 정신을 잃었던 모험가들이 눈을 떴다.

"……우, 우응."

처음에 눈을 뜬 것은 제일 먼저 치료한 노나 씨였다.

"안녕?"

나나시 어조를 의식해서 말을 걸었다.

"어? 누구? 가면?"

"다른 모험가들의 치료를 부탁해도 될까?"

당황하는 노나 씨에게 마법약이 든 주머니를 넘겼다.

"우리는 분명히, 안쪽 방에서—."

노나 씨에겐 미안하지만, 지금은 로로 쪽이 신경 쓰인다.

나는 기합을 넣어서 티아 씨에게 「원거리 통화」를 썼다.

『—누구야?』

쥐어 짜낸 목소리였다.

『사토입니다. 이쪽은 정리됐어요.』

『이쪽은 안 좋아. 원념의 집합체 같은 게 습격했어.』

『—당장 갈게요.』

"저기, 언니. 안쪽 방에 범인을 붙잡아 뒀으니까, 요새도시까지 연행해 줄래~."

나는 노나 씨에게 의뢰하고, 대답을 안 듣고 요새도시로 귀환 전이했다.

용사 상점 뒤뜰에 나타나자마자, 무수한 붉은 광점이 레이더에 비쳤다.

올려다본 시야에 흉악한 표정으로 웃는 도깨비불 같은 것이 비쳤다. AR 표시에 따르면 「폭주 영혼(스탬피드 고스트)」이라는 언데드의 일종인가 보다. 짙은 독기로 변조를 일으킨, 본래는 무해한 고스트였다.

나는 용사 나나시의 모습 그대로 날아올라 정령광을 전개했다.

그대로 폭주 영혼들을 치유하면서 대마녀의 탑으로 향했다.

“꺄아아!”

지나가며 여기저기서 비명이 들렸다.

그러나 폭주 영혼들은 사람들에게 겁만 주고, 직접적인 위해를 끼치지는 않는 것 같다.

“—저건, 뭐지?”

검은 윤곽을 한 투명한 점액이 대마녀의 탑을 감싸고 있었다 AR 표시에 따르면 「혼돈 점액(카오스 소울)」이라는 언데드의 일종인 모양이다.

“대마녀님을 구해라!”

지상에서 마녀의 제자로 보이는 사람이 이끄는 불 지팡이 부대가 혼돈 점액을 공격하는 게 보였다.

마법을 맞은 혼돈 점액이 폭발적으로 증식하여 그들을 집어삼키고자 했다. 나는 섬구로 다가가 모두를 안전권으로 끌어냈다.

섣부른 공격은 상대의 증식을 유도하는 모양이다.

혼돈 점액은 자극에 반응하기만 하는지, 거리를 둔 제자들에게 추가 공격은 하지 않았다.

『티아 씨, 요새도시에 도착했어요. 외부에서 혼돈 점액을 깎아내면 될까요?』

『이쪽은 괜찮아! 그보다도, 혼돈 점액에 힘을 주고 있는 뿌리를 없애! 독기가 짙은 장소야!』

『먼저 티아 씨 일행을 구출하고서—.』

『안 돼. 내가 여길 벗어나면, 혼돈 점액이 목표를 잃고서 가까운 사람들을 잡아먹기 시작할 거야.』

그건 좋지 않다.

『알겠어요. 한시라도 빨리 뿌리를 없앨게요!』

나는 통화를 끊고, 독기시로 독기가 짙은 장소를 찾았다.

—있다.

꽤 많다. 일곱 군데 정도 짙은 장소가 있다. 가까운 순서대로 돌자.

나는 만약을 위해 공간 마법 「멀리 보기」와 「멀리 듣기」로 티아 씨의 상태를 모니터했다.

『이런 젠자아아아아아앙!』

티아 씨가 지팡이를 방패삼아서, 천장에서 떨어지는 혼돈 점액을 밀어내고 있었다.

지팡이로 밀어내는 게 아니라, 지팡이에 두른 보라색의 빛으로 저항하는 모양이다.

버티는 티아 씨의 발치에는 햄스터 꼬마들을 끌어안은 로로가 있었다. 다행이야. 다치진 않은 모양이다.

혼돈 점액은 맥동하는 것처럼 일단 물러나고, 또 밀어내려는 움직임을 반복하는 모양이다.

『크으으으으으!』

티아 씨의 고통스런 소리가 들렸다.

저주로 체력을 소모한 티아 씨에겐 괴로워 보인다.

이건 최대한 빨리, 혼돈 점액에 힘을 내리는 뿌리란 것을 없애야지.

"여긴가?"

첫 번째 장소는 식용 고기에서 독기를 뽑아내기 위한 정화 장치가 있는 장소였다.

장치에서 혼돈 점액이 돋아나 있었다. 정확하게는 정화 장치의 독기를 저장해두는 장소에 박혀 있던 검은 결정에서 혼돈 점액이 돋아난 모양이다.

나는 검은 결정에서 돋아난 혼돈 점액을 성검으로 베어내고, 혼돈 점액이 다시 결정에 결합하려고 하기 전에 스토리지에 회수했다.

목표를 잃은 혼돈 점액은 본체 쪽으로 돌아갔다.

이 자리의 정화를 위해서, 마력을 충전한 성비를 두고 다음 장소로 갔다.

『티아 씨!』

계속 이어둔「멀리 듣기」에서 로로의 외침이 들렸다.

혼돈 점액에 밀릴 것 같은 티아 씨를 로로가 지탱했다.

『저도 도울게요.』

로로가 티아 씨의 지팡이에 손을 댔다.

햄스터 꼬마들도 혼돈 점액에 떨면서도, 티아 씨의 다리를 끌어안아 지탱했다.

『고마워, 로로. 너희들도 고마워.』

티아 씨가 억지로 허세를 부리면서, 혼돈 점액을 밀어냈다.

그다지 여유가 없어 보인다.

더 페이스를 올려야겠어.

두 번째와 세 번째는 정수탑에 설치된 독기 정화 장치였다.

여기에도 아까와 같은 검은 결정이 박혀 있기에 스토리지에 회수했다.

중간에 쥐 마족이 보이기에 마인포로 쓰러뜨렸다.

쥐 마족을 쓰러뜨렸을 때 검은 결정을 떨어뜨렸으니, 이번 소동은 조마무고미가 계획한 사건 중 하나라고 생각해도 되겠군.

『티아 씨! 티아 씨, 정신 차리세요!』

『미안, 로로. 조금 정신을 잃었었네.』

—위험해.

검은 결정 회수는 나중에 하고 티아 씨 쪽을 먼저 구출하는 편이— 아니, 안 돼. 그랬다가 시민이 희생되면, 티아 씨도 상냥한 로로도 평생 부채감을 지고 살아가게 된다.

『티아 씨, 제가 할 수 있는 일 있어요? 어떤 일이든 할게요.』

『그건— 아니, 괜찮아. 대마녀님을 믿어봐.』

티아 씨가 품에서 꺼낸 마법약을 깨물고, 처참한 미소를 지었다.

지금은 그녀를 믿자.

최적의 코스를 맵으로 조사하고, 섬구로 네 번째와 다섯 번째 포인트를 돌았다.

여기에도 정화 장치에 박힌 검은 결정이 있었다.

『티아 씨, 그렇게 무모한 짓을 하면 죽어 버려요!』

『괜찮아, 로로. 이 정도는 아무것도 아냐.』

그렇게 큰소리를 치는 티아 씨였지만, 그만 혼돈 점액에 밀려서 무릎을 짚었다.

로로는 티아 씨를 뒤에서 끌어안고, 양손으로 지팡이를 밀어냈다.

지팡이를 감싸고 있던 보라색 빛이 로로를 감쌌다.

『지팡이가 로로를 택했어?』

티아 씨가 입술을 깨물었다.

『……미안, 로로.』

『티아 씨?』

『정말로 뭐든지 할 거야?』

『네! 티아 씨랑 요새도시를 지키기 위해서라면 뭐든지 할게요!』

즉답하는 로로를 본 티아 씨가 눈부신 것을 본 것처럼 눈을 가늘게 떴다.

여섯 번째는 금방 발견했지만, 일곱 번째는 정화 장치에 검은 결정이 박혀 있지 않았다.

혼돈 점액은 일곱 번째의 쓰레기 처리장 본체를 감싸고 있어서, 어디에 뿌리가 있는지 한 눈에 판단할 수 없었다.

나는 맵 검색으로 검은 결정을 찾았다.

『평범한 사람의 삶은 걸을 수 없게 될지도 몰라.』

『상관없어요. 그걸로 구할 수 있다면, 저는…….』

『사토 씨랑 평범한 가정을 이루지 못하게 돼도?』

로로는 조금 주저한 다음, 단언했다.

『……사토 씨랑 함께, 평범한 가정을 이루지 못하게, 돼도요.』

『알았어. 따라서 말해—.』

티아 씨가 남은 마력을 짜내 혼돈 점액을 밀어내고, 지팡이를 든 로로의 손에 자신의 손을 겹쳤다.

『계약자 아카티아의 혈족인 로로는 여기에 서약한다.』

『계약자 아카티아의 혈족인 로로는 여기에 서약한다.』

티아 씨의 목소리에 로로의 목소리가 이어졌다.

—찾았다.

대량의 쓰레기에 파묻혀서 몇 개의 결정이 있었다.

스토리지로 한꺼번에 회수하려고 시도했지만, 점액이 감싼 쓰레기가 방해되어 제대로 회수할 수가 없다.

"젠장."

잘 안 되는 현재 상황에 욕지거리가 나와 버렸다.

—조바심 내지마, 사토. 냉정해져라.

"그렇지!"

나는 쓰레기의 산에 손을 대고, 은괴를 손에 들고 마법을 발동했다.

—피막(도금) 생성.

쓰레기가 단숨에 은색으로 물들었다.

점액이 비명을 지르며 쓰레기에서 떨어졌다.

이판사판으로 해봤는데, 생각 이상으로 효과가 있었다.

나는 점액이 물러난 틈에, 방해자가 없는 쓰레기까지 통째로 검은 결정을 회수했다.

『자월핵의 주인으로서.』

『자월핵의 주인으로서.』

티아 씨와 로로의 몸을 옅은 보라색 빛이 감쌌다.

나는 섬구로 대마녀의 탑에 갔다.

지상에서는 혼돈 점액이 독기의 근원을 잃고, 대마녀의 탑으로 모이는 것이 보였다.

『대마녀의 칭호를 잇는다.』

『대마녀의 칭호를 잇는다.』

티아 씨의 가슴에서 흘러넘친 보라색 빛이, 로로의 가슴으로 빨려 들어갔다.

보라색 섬광이 대마녀의 탑 꼭대기에서 빛났다.

혼돈 점액이 그 빛에 겁을 먹고 탑에서 떨어졌다.

『나는 여기에 선언한다.』

『나는 여기에 선언한다.』

티아 씨가 빛을 잃고, 그에 반비례하듯 로로의 몸이 강하게 빛을 띠었다.

스파크가 튀고, 로로의 긴 머리칼이 정전기로 퍼졌다.

『목숨 다할 때까지, 이 땅을 위협하는 모든 것에서 수호한다.』

『목숨 다할 때까지, 이 땅을 위협하는 모든 것에서 수호한다.』

대마녀의 탑이 더욱 강하게 빛났다.

『나는 대마녀 로로, 자월핵의 주인이니라.』

『나는 대마녀 로로, 자월핵의 주인이니라.』

보라색의 빛이 탑에서 떨어져, 하늘로 솟아올랐다.

혼돈 점액이 빛을 따르듯 세로로 늘어났다.

『지금 여기서, 새로운 계약을 맺느니라!』

『지금 여기서, 새로운 계약을 맺느니라!』

보라색 빛이 터졌다.

무수한 빛이 혼돈 점액에 쏟아져 내려, 비눗방울처럼 막의 안쪽으로 혼돈 점액을 감싸 하늘로 떠올랐다.

『사토 씨! 위로 던질 테니까 다음은 부탁해.』

티아 씨가 외치고 로로를 보았다.

『로로, 던져!』

『네! 티아 씨!』

로로가 내린 지팡이를 힘차게 위로 튕겨 올리자, 그것에 동기한 것처럼 혼돈 점액을 감싼 구가 요새도시 상공으로 솟아올랐다.

"—체크메이트다."

나는 마법란에서 고른 중급 공격 마법— 폭축, 화염 폭풍(파이어 스톰), 전격 폭풍(썬더 스톰)을 연속으로 때려 박아, 먼지 한 톨 안 남기고 완전히 멸해버렸다.

에필로그

"사토입니다. 커다란 사건이 일어나면, 그 다음에 잠시 지루한 나날이 이어진다고 생각하기 마련입니다. 하지만, 그 사건이 계기가 되어 차례차례 해프닝이 일어나는 일도 종종 있는 법입니다."

"설마, 로로가 대마녀가 되어 버리다니……."

이계에서 귀환한 아리사 일행과 합류하여, 대마녀의 탑까지 티아 씨 문병을 왔다.

"이 아리사의 눈으로도 간파하지 못했어!"

아리사가 세기말 패자의 명작 만화 등장인물 같은 표정으로 말했다.

물론 나 말고는 통하는 상대가 없으니, 주변에서는 난처한 표정이다.

"그건 당분간, 비밀로 해줘."

"네, 물론이죠."

티아 씨가 농담 같은 분위기로 말했지만, 눈이 진심이다.

이쪽도 용사의 모습을 비밀로 해주고 있으니까.

"굉장해요, 로로 씨."

"그럴 리가요! 저 같은 건 아직 한참 수습 같은 거예요."

루루에게 칭찬을 받은 로로가 쑥스러워한다.

로로의 품에 새끼 늑대 모드의 펜이 안겨 있었다. 자월핵 앞에서 고군분투했기 때문인지, 초췌한 표정으로 잠들어 있었다.

"나나, 괴로워."

"나나, 살살."

"나나, 배고파."

햄스터 꼬마들이 나나에게 안긴 채 버둥거리고 있었다.

"포치도 배 꼬르륵인 거예요."

"타마도 배고파~."

"식사 준비를 하죠. 식당에 와주세요."

"리자, 미안하지만 데려가 줘."

"알겠습니다."

필두 제자 리미 씨에게 안내를 받아서, 아인 소녀들과 나나, 그리고 햄스터 꼬마들이 식당으로 갔다.

"그래서 로로는 용사 상점 관두고, 대마녀의 수련에 전념하는 거야?"

"그건—."

"로로, 당분간은 겸업이면 돼."

머뭇거리는 로로를 본 티아 씨가 조언했다.

"대마녀의 수련은 금방 끝나는 것도 아니고, 점장 일을 하면서 조금씩 배우면 돼."

갈 길이 머니까. 티아 씨가 말을 이었다.

분명히 10년, 20년 단위로 생각하고 있는 거겠지.

"네! 둘 다 힘낼게요!"

"로로 씨라면, 분명 할 수 있어요!"

"고마워요, 루루 씨."

로로와 루루가 마주보며 웃었다.

정말로, 이 두 사람은 사이가 좋아.

"로로도 배고프지? 식당에서 뭔가 먹고 와."

"네, 티아 씨. 가요, 루루 씨."

티아 씨의 권유를 받은 로로와 루루가 방을 나섰다.

그것을 눈으로 배웅하던 티아 씨가, 두 사람의 모습이 보이지 않게 되자 침대에 풀썩 쓰러졌다.

"잠깐, 괜찮아?"

"괜찮아~ 멀쩡해~. 살짝 현기증이 난 것뿐이야. 세월의 파도에는 이길 수가 없네."

걱정하는 아리사에게 티아 씨가 손을 훌훌 흔들며 대답했다.

"생명력."

미아가 조용히 중얼거렸다.

티아 씨가 미아 쪽을 보았다.

"너무 썼어."

"역시, 엘프에겐 얼버무릴 수가 없네."

"혼돈 점액을 격퇴했을 때인가요?"

"그것도 있지만, 저주로 꽤 깎였어. 사토 씨가 오는 게 하루만 늦었다면 위험했을 거야."

AR 표시에 나오는 티아 씨의 상태가 「쇠약」이다.

"고칠 수 없어?"

"아무래도 무리야. 영혼의 힘을 **그것**에 쏟아서 억지로 마력을 짜냈으니까.

그것이라는 건 자월핵이겠지.

"엘릭서라도 있으면 모를까, 그건 흔히 볼 수 있는 게 아니니까."

"괜찮다면, 드세요."

최근에 보충했으니까 하나 정도는 제공해도 문제없다.

"고마워. 이거 맛있네."

받아 든 티아 씨가 라벨도 확인 안하고 들이켰다.

마법진이 그녀의 몸을 중심으로 여러 개 나타나, CT 스캔의 센서처럼 위아래로 움직였다.

"어? 어어?"

티아 씨가 당황하는 소리를 흘렸다.

이윽고 그 마법진이 티아 씨의 몸에 빨려 들어가, 그 몸을 완전히 치유했다.

"……굉장해. 몸 안쪽에 있던 묵직한 응어리 같은 게 사라졌어."

티아 씨가 자기 몸을 확인했다.

그건 좋은데, 조짐 없이 가슴팍을 확 들추는 건 관두세요.

아리사와 미아 철벽 페어가 신속으로 가드했으니, 중요한 부분은 전혀 안 보였지만.

"아하하하!"

티아 씨가 함박웃음을 지으며 찰싹찰싹 내 등을 두드렸다. 제법 아프니까 적당히 해주세요.

"정말로, 당신은 엉망인걸."

티아 씨가 눈가에 눈물을 닦으며 말했다.

"이걸로 로로가 한 사람 몫을 할 때까지, 몇십 년이라도 함께 있어줄 수 있어."

그거 다행이군.

나도 안심하고 로로 곁을 떠날 수 있어.

◆

"이틀 정도 묵고 가."

이제 슬슬 철수할까 생각했는데, 티아 씨가 그렇게 말했다.

"티아 씨, 저, 가게가 어떤지 보러 가고 싶은데요……."

"미안, 로로. 계약을 막 끝낸 참이라, 잠시 탑에서 떨어지지 않는 편이 좋아."

"……네."

로로가 걱정스럽게 고개를 숙였다.

"괜찮아, 로로. 토반 씨도 있고, 무엇보다 로로가 단련시킨 애들이라면 조금 자리를 비우는 정도는 지탱해줄 거야."

"사토 씨 말이 맞아. 걱정되면 심부름꾼을 보낼 테니까 그걸로 참아."

"네, 알았어요."

로로가 납득한 참에, 티아 씨의 종자를 통해 무난한 전언을 보냈다.

우리도 익숙지 않은 로로를 안심시키기 위해 탑에 머무르게 되었다. 아리사와 미아는 대마녀의 서고에 죽치고 있었지만, 나는 입장상 루루와 함께 로로를 케어하는 역할이라서 심야에 로로가 잠든 다음 서고를 썼다.

덕분에 상당히 수면부족이지만, 그에 걸맞은 장서였다고 단언할 수 있다.

조마무고미에게서 압수했다는 고대어의 마법서는 마족 소환이나 저주 같은 장르가 많아서, 그 계통은 스토리지의 영상 문자화 기능을 이용한 사본만 만들었다. 「이계 창조(제네레이트 어나더 월드)」와 미로의 집(디멘젼 홈) 따위의 공간 마법 계통은 현대어로 번역하여 아리사에게 주었다.

아마 이 「이계 창조」라는 의식 마법으로 만들어진 것이, 조마무고미가 잠복하고 있던 「이계」였을 거다. 하나의 주문인데 두꺼운 책 한 권 분량이라서 영창하다가 마음이 꺾일 것 같다고 아리사가 투덜거렸다. 보조자용의 주문도 포함되어 있었으니, 실제로는 술자가 영창하는 것은 조금 더 짧을 거라고 생각하지만.

아무래도 나만 보면 미안하니까, 내가 가진 공개해도 상관없는 서적 중에서 티아 씨가 흥미를 가질 법한 것을 몇 권 대출해줬다.

그런 충실한 나날 속에서 문제가 일어났다.

"조마무고미가 죽었어요?"

노나 씨 일행이 연행하여 탑의 지하 감옥에 가둔 조마무고미가 오늘 아침 일찍 변사했다고 한다.

"원인은 알아낸 건가요?"

"독이라는 건 알았지만, 감정으로는 무슨 독인지 알 수 없었어."

"제가 봐도 될까요?"

"그래, 한 번 봐."

티아 씨의 허가를 받아서, 조마무고미의 시체를 감식했다.

눈에 띄는 외상은 없다. 교살 흔적도 없고. 「투시」 마법을 써보니, 위에 반쯤 녹은 캡슐이 있었다.

나는 「이력의 손」으로 그것을 만져, 스토리지를 경유하여 꺼냈다.

"—캡슐?"

그걸 본 아리사가 중얼거렸다.

일본에서 흔히 보는 수용성의 약용 캡슐이라는 건 알겠다.

게다가, 녹고 남은 캡슐에는 희미하게 **알파벳** 같은 문자가 인쇄되어 있었다. 아니, 자세히 보니 알파벳이 아니라 러시아의 키릴 문자다.

흑막에게서 압수한 옷에 유사한 캡슐이나 빈 병은 없었다.

"……어째서 이런 게?"

아리사의 물음에 고개를 옆으로 흔들었다.

"그거, 본 적 있어."

나랑 아리사가 티아 씨 쪽을 보았다.

"조마무고미의 아지트를 조사한 애들이 발견한 물건 중에 있었을 거야."

압수품 중에, 위 속에서 발견한 것과 같은 캡슐이 든 병 두 개가 있었다.

"이게 독약, 이쪽이 해독약이네."

아리사가 병에 적힌 문자를 읽었다.

"본 적이 없는 문자인데, 읽을 수 있어? 시가 왕국의 글자가 아니지?"

"그래, 아냐. 용사의 나라 문자야."

그 병에는 북일본 인민 공화국제, 제조원은 묘스노기 제약이라고 **인쇄**되어 있었다.

"옛날 용사가 가지고 온 걸까?"

"그럴 가능성이 높겠네."

물론, 그것 말고는 그럴 듯한 물건이 없으니 잘 알 수가 없다.

"동료가 제거한 걸까?"

"처음부터 먹고 있었을지도 모르겠어요."

테이블 위에 꺼낸 같은 종류의 독약 캡슐에 데운 물을 떨어뜨려봤지만 녹지 않는다.

아마도, 잘 안 녹는 난용성 캡슐일 거야. 그 증거로, 동시에 물을 떨어뜨린 해독약은 캡슐이 녹아 버렸다.

"일정 시간 안에 해독약을 안 먹으면 죽는다는 거야?"

티아 씨의 말에 고개를 끄덕였다.

"네. 아마도 적에게 잡혔을 때, 고문당해서 정보를 불지 않도록 하기 위해서겠죠."

"스파이 이야기의 등장인물 같네."

내 추리를 들은 아리사가 어깨를 으쓱거리고 탄식했다.

티아 씨는 암살자가 침입했을 가능성이나 간자가 있을 가능성을 버리지 않은 모양이지만, 이 정도 증거가 있으면 그 가능성은 고려하지 않아도 될 거야.

예상 밖의 결말이지만, 일단 이걸로 요새도시를 노린 조마무고미의 야망은 끝났다고 생각해도 되겠지.

가능하면 족제비 제국 측의 협력자를 알고 싶었지만, 지금은 로로 곁에서 트러블이 물러간 것을 기뻐하기로 하자. 아직 족제비 제국과 무슨 일이 있을 지도 모르지만, 이만큼 커다란 사건을 벌이고 실패했으니, 리벤지를 생각한다고 해도 준비에 연 단위의 시간이 걸릴 테니까.

◆

"로로 점장님 어서 오세요!"

"아~! 사토 씨다! 돌아와주신 건가요?!"

로로와 함께 용사 상점으로 돌아가자, 점원들이 마중을 나와 주었다.

"다녀왔어요, 다들."

안에서 새로운 간부 토반 씨와 산부 후보 호우가 함께 나왔다.

"어서 오세요, 로로 점장님. 몸 상태는 문제없나요?"

"네, 괜찮아요. 가게는 괜찮았나요?"

"네, 물론이죠. 점장에게 훈련을 받았으니까요."

태평하게 대화하는 토반 씨 뒤에서, 서류를 든 호우가 끼어들었다.

"로로 점장님! 웃샤 상회에서 이런 제안이 왔는데요."

"케리가 말했던 건이네, 그러니까, 이거라면……."

호우가 가져온 서류를 보고 로로가 고민했다.

그런 로로를 보고 호우가 조언을 구하듯 나를 보았지만, 나는 고개를 옆으로 저었다. 내가 끼어들 일이 아니다.

"응. 이 부분만 재검토하고, 이대로는 이익이 안 나오니까, 3할— 아뇨, 4할로 이야기를 시작해서, 3할 반 정도로 결판을 내는 편이 좋을까요?"

로로가 망설인 다음 그렇게 결론을 내렸다.

"그러면 되지? 토반."

"네, 그거면 되겠습니다."

"그러면, 호우. 방금 말한 방침으로 진행해줘."

마지막으로 간부 토반 씨의 의견을 듣고서 GO사인을 냈다.

예전이었으면 나에게 의지했을 시추에이션이었는데, 토반 씨의 의견을 듣고 스스로 결단했다.

방법이 좀 거칠었지만, 그때 로로와 거리를 둔 것은 틀리지 않았던 모양이군.

"로로 점장님! 방금 모자 상점에서 신제품을 취급하지 않겠냐고 왔어요."

"모자 상점? 방어구가 될까?"

로로와 함께 백 야드로 가자, 몇 개의 모자가 늘어서 있었다.

반 정도는 간이형 투구가 될 것 같은 두꺼운 천의 모자였지만, 나머지 절반은 단순히 패션용 모자로 보였다.

"로로 씨, 이건 방어구로는 쓸 수 없죠?"

"하지만, 모험가들이 좋아할 법한 느낌이 아닌가요? 주택가 가까운 2호점에 두면 팔릴 것 같아요."

"루루와 로로 두 사람이 보는 것은 남국의 꽃 같은 극채색의 모자였다.

"이건 로로랑 루루에게 어울리지 않을까?"

아리사가 갖가지 색의 머리칼 같은 것이 달린 챙이 넓은 모자를 들었다.

"정말이네요. 이걸 쓰면 루루 씨 같아요."

"이쪽은 로로 씨 같아요."

로로와 루루가 서로의 머리색 머리칼이 달린 모자를 섰다.

"이렇게 하면, 더 닮았어."

아리사가 머리칼을 모자 안으로 넣어줬다.

분명히 꼭 닮았다. 쌍둥이가 교대한 것 같아서, 조금 즐겁군.

"잠깐! 읏샤 상회 차기 회장인 케리나그레 님이 왔는데 마중도 안 나와?"

가게 쪽에서 떠들썩한 소리가 들렸다.

아무래도 케리 양이 놀러 온 모양이군.

"잠깐 로로! 4할은 아니지, 4할은!"

케리 양이 서류를 한 손에 들고 몰아붙였다.

"저, 저기."

"뭔데?"

"케리, 나는 이쪽인데?"

루루에게 몰아붙이던 케리 양의 어깨를, 로로가 즐거운 기색으로 두드렸다.

"어? 아앗! 눈동자 색! 당신이 로로구나!"

"에헤헤~ 정답! 제가 로로였습니다~."

소꿉친구인 케리 양과 이야기하면 로로의 어조가 친근한 느낌이 되네.

"그러면, 이쪽은—."

"저는 루루예요."

루루가 머리칼 달린 모자를 벗으며 정정했다.

"어째서, 그렇게 헷갈리는 모자를 쓴 거야!"

"모자 가게에서 시험작 모자가 도착했어. 주택가에 가까운 2호점에 둘까 생각해서."

"헤~ 장사 폭이 넓은 건 알고 있었지만, 스스로 파악할 수 있는 범위로 해두도록 해."

"응, 알았어. 고마워, 케리."

"뭐~ 선배 상인으로서의 충고—가 아니라! 생략하지 말라고 말했지! 나는 케리나그레! 웃샤 상회의 케리나그레야!"

아까부터 실컷 케리라고 부르고 있었는데, 드디어 깨달은 모양이군.

—우우우우우우우우우우우우우우.

이완된 분위기 속에서 경보가 울렸다.

"잠깐! 또, 새로운 트러블?"

투덜거리는 아리사와 함께 가게 밖으로 뛰쳐나가 하늘을 올려다보았다.

"저건—."

어디서 본 물체가 하늘을 날고 있었다.

에치고야 상회에서 마개조된 고속비공정이다.

"마스터, 폭발하고 있다고 고합니다."

나나가 지적한 것처럼, 비공정은 공중에서 작은 폭발을 일으키며 대마녀의 탑 쪽으로 날아갔다.

누가 타고— 거기까지 생각하고, 비공정에 아는 사람을 가리키는 파란 광점이 여러 개 빛나고 있는 걸 깨달았다.

그것이 누구인지 파악하기보다 빠르게 나는 달렸다.

비공정은 고도를 떨어뜨리며, 길에 늘어선 집들의 지붕을 스칠 듯이 날았다. 바람 마법의 지원을 받아 아슬아슬하게 버티며, 그대로 대마녀의 탑 앞에 불시착했다.

비공정 끝 부분의 해치에서 몸을 내밀고 마지막까지 바람 마법을 쓰고 있던 인물이 고개를 들었다.

요새도시의 강렬한 햇살을 받아서, 햇살 색의 머리칼에 햇빛이 흘렀다.

"……사토 씨."

나를 포착한 눈동자가 놀라움에서 기쁨으로 바뀌었다.

"사토 씨이이이이이!"

해치에서 뛰쳐나와 내 곁까지 일직선으로 달려서, 그 기세 그대로 목덜미를 끌어안았다.

"오랜만이네요, 제나 씨."

그녀는 세류 백작령의 마법병 제나 마리엔텔 양이다.

오늘 제나 씨는 레오타드 같은 몸의 라인이 드러나는 옷을 입고 있었다. 내가 G슈트 대신 박사들에게 제공한 황금 갑옷용 인너다. 위에 얇은 카디건 같은 것을 두르고 있었다.

"사토?"

""""마스터!""""

제나 씨에 이어서 고개를 내민 무노 백작 차녀 카리나 양이, 뒤에서 차례차례 고개를 내민 나나 자매들에게 밀려서 떨어질뻔했다. 다들 제나 씨와 같은 의상이다.

또 하나의 해치에서 고개를 내밀고 훽훽 손을 흔드는 것은 히카루다.

어떤 이유로 시가 왕국에서 멀리 떨어진 요새도시까지 찾아왔는지는 모르겠지만, 먼저 진정할 장소로 이동한 다음에 천천히 이야기를 들어야겠는걸.

일단 길티 선언을 하는 철벽 페어와, 현재 상황을 깨닫고 얼굴이 새빨개져서 굳어 버린 제나 씨에 대한 대응부터 해야 할까?

◆

그 무렵, 내가 모르는 장소에서 다음 사건이 일어나고 있었다.

"큰일났어요! 샤로릭 전하가 아무데도 안 계세요!"

후지산 산맥의 산자락에 있는 수도원에서, 수녀 한 명이 원장실에 뛰어 들어왔다.

“또 빠져나가신 건가요? 전하도 참 곤란하시네요.”

“원장님! 서둘러서 찾아야죠!”

“괜찮습니다. 전하의 몸으로는 그리 멀리는 못 가십니다. 오늘 출입하는 마차도 안 왔으니, 가도 옆의 나무 그늘에서 힘이 빠져 쉬고 계시겠죠.”

조바심 내는 수녀와 대조적으로 원장은 느긋하게 대답했다.

“곧장 다녀올게요. 전하가 정말로 실종되시면, 수도원의 책임이 되어 버립니다. 만약 그런 일이 생기면— 아아!”

이 수도원에서는 문제가 있는 귀인을 맡는 것으로 기부를 받고 있었다. 맡은 귀인에게 무슨 일이 생기면, 신용 문제가 생긴다. 이 부업으로 얼마 안 되는 운영 자금을 보충하고 있는 수도원으로서는 최악의 사태를 회피해야 한다.

수도원의 회계를 맡고 있는 수녀는 필사적인 형상으로 원장실을 뛰쳐나갔다.

그런데—.

금방 발견될 거라는 원장의 예상과 달리 제3왕자의 행방은 여전히 알 수 없고, 수도원의 인원에 더해 가까운 마을 사람까지 동원해서 수색을 했지만 해가 질 무렵이 되어도 발견되지 않았다.

“원장님, 어떻게 할까요?”

“진정하세요. 일단 왕도에 전령을 보내죠.”

“알겠습니다. 발이 빠른 자에게 서한을 들려서 가도록 할게요.”

"기다리세요."

황급히 방에서 뛰쳐나가려는 수녀를 원장이 막았다.

"전서구를 쓰죠."

"그렇지만, 전서구는 도시 토후모의 신전에서만……."

"알고 있어요. 토후모의 수호님께 전하의 실종을 알리고, 왕도에 연락을 하도록 부탁하죠. 그게 제일 빠릅니다."

원장은 설명하면서 전서구용 작은 종이에 세부 사항을 적은 뒤, 진정 못하는 수녀에게 그 종이를 맡겼다.

"그러면, 곧장 비둘기를 준비할게요."

허둥지둥 달려나간 수녀를 배웅하고, 원장은 볼에 손을 댔다.

사람이 없어진 원장실에서, 원장은 창가로 이동했다.

"이거면 되는 건가요?"

원장은 해가 떨어진 어두운 뒤뜰을 향해 중얼거렸다.

등 뒤에서 울리는 금속음에 돌아보자, 달리 아무도 없을 방의 책상에 벨벳 주머니가 놓여 있었다.

"어머나야."

주머니 안에는 넘칠 정도로 황금이 빛나고 있었다.

"이걸로 겨울을 날 수 있겠어. 수도원의 아이들에게도 배불리 식사를 준비해줄 수 있겠네."

원장은 주머니를 금고에 넣더니, 신에게 기도를 바치기 위해 예배당으로 갔다.

수도원에서 모습을 감춘 샤로릭 제3왕자의 무사함을 기도하기 위해서.

◆

"존! 존스미스! 어서 해독해라."

후지산 산맥에서 멀리 떨어진 시가 왕국 서쪽 끝 부분의 산 속에, 성질 급한 남자의 목소리가 울렸다.

귀족복의 청년에게 질책을 받은 검은 머리의 외팔이 소년이, 유적에 새겨진 신비로운 문자를 해독했다.

"기다려줘. 글자가 닳아서 읽기 힘들어."

"에잇, 이래서 평민은!"

"소켈 나리. 조금 더 진정해."

더벅 수염의 탐색자가 귀족복의 청년을 불렀다.

"나는 진정하고 있다! 너희들은 전하께서 내리신 『성해 동갑주』의 탐색 임무가, 시가 왕국에 있어 얼마나 중요한 것인지 알고 있는 것인가!"

"성해 동갑주라아. 왕조님의 전설에 있는 그거지? 정말로 있는 건가?"

"당연히 있는 거다! 전하께서 왕가에 숨겨져 있는 용사 문자의 기밀 문서를 입수해주셨다!"

의심하는 탐색자의 말에 기분이 상한 소켈이 소리쳤다.

"알았어, 알았다고. 그러면 그만큼 신중해져야지."

"그래요! 야사쿠 말이 맞아요~. 조바심 내다가~ 잘못 해독하면~ 큰일이잖아요~?"

여성 신관이 나긋한 소리로 탐색자— 야사쿠를 커버했다.

"—야사쿠."

"뭔데? 탄. —으엑."

동료 마법검사가 부르는 소리에 돌아본 야사쿠가, 동료의 시선 끝에 있는 것을 보고 말을 잃었다.

"혹시, 와이번?"

"아니, 저건 용이다."

마법사풍 미녀의 물음에 마법검사가 정정했다.

"요, 용이라고?! 어, 어떻게든 해봐라! 그걸 위해 너희들을 고용했다!"

"그렇게 말씀을 하셔도, 용을 상대하는 건 말이지……."

당황하는 귀족복의 청년과 대조적으로 야사쿠는 긴장감 없이 대답했다.

"그러고도 미스릴의 탐색자인가! 『천파의 마녀』 린그란데 아래서 휘두른 실력을 보여 봐라!"

"그렇게 말씀을 하셔도, 나는 척후니까. —탄, 너라면 할 수 있냐?"

"이길 수 있다고는 못해. 그러나, 상대로서 부족함이 없군."

야사쿠의 말을 들은 마법검사가 애검을 손에 쥐었다.

"정말이지~ 전투광은~ 곤란하네요~."

"그러면, 처음에 큰 걸 먹일 테니까, 뒷일은 부탁한다."

신관이 강화 마법을 읊고, 마법사가 부스트 계통의 스킬이나 아이템을 썼다.

절망적인 상대 앞에서도, 그들의 표정에는 공포가 없었다.

상대는 용. 그것이 하급룡이라고 해도, 과거 비스탈 공작령에서 현 시가8검인 「풀 베기」 류오나, 「붉은 귀공자」 제릴, 「풍인」 바우엔 세 사람이 포함된 파견군이 어린애 취급을 당했을 정도의 강적이다.

용이 하늘을 선회하고, 마법사의 영창이 종반에 다가갔다.

일촉즉발의 기척에, 피부가 찌릿찌릿 저려온다.

"—기다려!"

그 양자 사이에 뛰어든 것은 유적을 해독하고 있던 소년이었다.

"방해하지 마라, 평민!"

"그러니까 기다려! 유적에 적혀 있었어! 용을 공격하지 마라! 무기를 버리고, 이 앞으로 나아갈 것을 부탁하라고 적혀 있어."

"진짜냐?"

야사쿠의 물음에 소년이 고개를 끄덕였다.

"—야사쿠?"

영창을 마친 마법사가 물었다.

"에잇, 중지다, 중지! 마법을 파기해, 쉐리오나."

"—진심인가?"

"알았어."

야사쿠의 결정에 귀족복의 청년은 그가 제정신인지 의심했지만, 마법사는 그 결정을 지지하여 발동 직전의 마법을 파기했다. 마법검사도 검을 칼집에 넣었다.

마력이 확산된 것을 느낀 건지, 용이 본래 있던 봉우리로 돌아갔다.

"해냈구나, 존! 정답이다!"

"아파, 아프다니까, 이 근육뇌!"

끌어안으며 탕탕 등을 두드리는 야사쿠를 존이 필사적으로 떨쳐냈다.

"소켈 씨, 용이 있는 봉우리 자락, 그게 가리고 있는 곳에 입구가 있어."

"그래, 가자."

귀족복의 청년은 칭찬의 말도 감사의 말도 없이, 앞길을 재촉하며 이동을 개시했다.

"신경 쓰지 마. 귀족은 저런 법이야."

"알고 있어. 나는 보수만 받으면 그거면 돼."

야사쿠에게 위로를 받은 소년은 담담하게 대답했다.

"그러고 보니 어떤 보수에 낚였어?"

"대단한 건 아냐. 돈이랑 소개장이지."

"소개장?"

"그래, 귀족의 소개장이 없으면 의수를 만들어주지 않거든."

"그렇군, 그래서. 귀족한테 접근 안 할 느낌인데, 어째서 소켈의 의뢰를 받은 건지 신경 쓰였지."

"만난 건 우연이야. 그 녀석이 떨어뜨린 종이에 적힌 문자를 읽어 버린 게 계기지."

"문자라니, 용사 문자 말야? 그런 난해한 문자를 어디서 배웠어? 역시, 사가 제국?"

"사가 제국에 아는 사람이 있었어. 이 팔을 잃었을 때 나를 구해준 사람이지."

"뭘 하고 있나! 얼른 안 오나! 전하께서 우리를 기다리신다!"

"아차, 성이 나셨네. 어쩔 수 없지, 기분이 틀어지기 전에 서두르자."

야사쿠가 재촉하여, 소년들은 균열 안쪽에 있는 입구에 도착했다.

그들은 전인미답의 유적에 발을 들였다. 왕조 야마토 시대에 무적을 자랑한 전설의 「성해 동갑주」를 찾아서—.

◆

물론, 나쁜 일만 있는 게 아니다.

"세라, 이제 곧 비공정 시간이야."

시가 왕국의 공도에 있는 공항에서, 청년 귀족이 무녀복의 소녀— 테니온 신전의 무녀 세라를 불렀다.

"네, 토르마 아저씨. 가요, 여러분."

세라는 테이블에서 간식을 먹고 있던 바다사자 수인 아이들을 불렀다.

"무녀, 금방 가."

"무녀, 기다려."

흔들흔들 고개를 저으며 걷는 두 사람이, 세라 옆에 섰다.

손을 잡은 세 사람이, 토르마에 이어서 대형 비공정의 트랩을

올랐다.

“세라, 이쪽으로 오렴. 발진하는 모습을 볼 수 있어.”

토르마의 말을 들은 세라가 바다사자 아이들을 데리고 전망실에 들어갔다.

수인 차별자가 많은 북부 출신 몇 명인가가 바다사자 아이들을 보고 눈썹을 찌푸렸지만, 전망실 안에 있는 대다수는 오유고크 공작의 손녀딸인 세라의 존재에 이끌리고 있었다.

“드디어, 출발이구나.”

“네, 토르마 아저씨.”

“어서 사토 공을 만나고 싶니?”

“네— 아뇨! 저는 왕도에 가도록 테니온 님의 신탁을 받아서 가는 거랍니다! 결코 사토 씨를 만나러 간다거나, 왕도에 가면 우연히 만날 수 있을까 생각하지 않아요.”

“그렇구나. 사랑스런 상대라면, 신께서 만나게 해주실 거야.”

내심이 다 흘러나온 세라를, 토르마가 웃음을 참으면서 놀렸다.

“토르마 아저씨!”

“미안하다, 미안해. 그래서 신탁이라면, 어떤 신탁이었니?”

“애매해서 잘 알 수 없었지만, 사토 씨에게 저의 도움이 필요하다고, 테니온 님이…….”

실제로는 사토를 지명한 게 아니라 「당신의 운명의 상대가」라는 뉘앙스의 신탁이었지만, 세라에게는 같은 뜻이라 알기 쉽게 이름을 꺼낸 것이다.

“헤~ 마왕 살해자쯤 되면, 신들께서도 신경을 쓰시는구나.”

토르마가 감탄하여 말했다.

"무녀, 날았어!"

"무녀, 떠 있어!"

바다사자 아이들의 손에 이끌려 창가로 가서, 토르마와의 대화는 여기서 끝났다.

"배, 어디 가?"

"무녀, 가르쳐줘."

"이 비공정은 왕도에 간답니다."

"나나, 있어?"

"나나네 마시타, 있어?"

"네, 분명히."

세라가 바다사자 아이들의 질문에 고개를 끄덕였다.

그리고 전방의 후지산 산맥 너머, 왕도가 있는 방향을 보았다.

"……사토 씨, 이제 곧 만날 수 있어요."

세라가 만감의 심정을 담아 중얼거렸다.

이야기는 시가 왕국의 왕도에 모인다.

■작가 후기

안녕하세요? 아이나나 히로입니다.

이번에 「데스마치에서 시작되는 이세계 광상곡」 제23권을 구매해 주셔서, 정말로 고맙습니다!

이렇게 무사히 권수를 거듭할 수 있었던 것도, 응원해주시는 독자 여러분 덕분입니다.

앞으로도 매너리즘 타파를 명심하고, 언제나 지금까지 이상의 재미를 추구할 것이니 앞으로도 변함없는 지지를 부탁드립니다.

그러면 후기부터 읽고 구매할지 정하는 분을 위해서, 지난 권의 개요와 이번 권의 볼거리를 얘기해보죠.

지난 권에서는 서방 소국을 벗어나 수해 미궁 안에 있는 요새도시를 방문하여, 루루와 꼭 닮은 로로와 만났습니다. 로로를 돕는 형태로 용사 상점을 일으키고, 요새도시에 쳐들어온 사령술사나 상급 마족을 신수 펜릴과 함께 토벌하기까지.

본권은 그 다음부터입니다.

용사 상점이 발전함에 따라, 사토의 보호자 기질이 새로운 문제를 일으킵니다.

동료들은 사토가 의지할 수 있는 존재가 되기를 바라며, 로로

또한 새로운 종업원들을 고용하여 점장으로서의 길을 나아가게 됩니다.

이번에는 후기의 처음에도 말한 것처럼, 「매너리즘 타파」를 구호로 「평소와 비슷한 흐름?」에서 「그렇게 나왔구나!」라는 놀라움을 몇 가지 숨겨뒀습니다.

이번 권을 다 읽은 다음에는, 부디 지난 권부터 다시 한번 읽어봐 주시면 한층 더 즐기실 수 있을 거라 생각합니다.

지난 권과 달리, 이번 권의 에피소드는 WEB판에는 없는 「완전 신규 집필」이니, WEB판을 이미 읽으신 분들도 안심하실 수 있을 겁니다.

대마녀와 로로의 관계는 밝혀지는 것인가, 말 수인 연금술사는 어째서 용사 상점에서 빠지게 되었는가, 사령술사 잔자산사는 어째서 요새도시를 습격했는가, 등등 전권에서 남겨진 수수께끼가 순서대로 밝혀지니 마지막까지 즐겨주실 수 있을 거라 자부하고 있습니다.

물론, 이 시리즈의 테마인 관광 파트도 건재합니다.

어떤 이유로 요새도시를 벗어난 사토 일행은 미궁이 있는 수해와 닿아 있는 나라들을 방문하여, 이종족 특유의 건조물이나 랜드마크를 구경하며 이국의 민족의상으로 갈아입고 시장을 구경하면서 토지의 특산품에 혀를 내두릅니다.

마지막으로 방문한 나라의 궁전에서는 전설의 「그 놀이」를 즐기게 됩니다. 어떤 놀이인지는 부디 직접 눈으로 확인해 주세요. 예전에 시가 왕국 왕도에서 얻은 「까불이 경」의 특권도 밝혀집니다~.

이야기의 에필로그에서는 오래도록 나올 차례가 없었던 그 사람들도 차례가 돌아왔으니, 마지막의 마지막까지 기대를 담아 봐주시면 좋겠습니다.

인사를 하기 전에 세 가지 정도 고지합니다.

아야 메구무 씨의 코미컬라이즈판 「데스마치에서 시작되는 이세계 광상곡」의 제13권이 동시 발매되었습니다. 세라나 카리나 양이 활약하는 소설판 5권의 전반 에피소드가 수록되어 있습니다. 오랜만의 세라를 부디 탐닉해 주세요.

또한 본편 코믹스과 동시에 근사한 작가진의 첫 앤솔로지 코믹스가 발매되었으니, 부디 함께 손에 집어주시면 좋겠습니다. 여러 만화가 여러분들이 대단히 즐거운 이야기를 그려주셨으니 분명 만족하실 수 있을 거라 생각합니다.

그리고 월간 드래곤 에이지 2월호에서 「츠무미」 씨의 스핀오프 「데스마치에서 시작되는 이세계 행복곡」의 연재가 시작되었으니, 그것도 잘 부탁드립니다. 이것을 쓰고 있는 시점에서는 캐릭터 설정화와 네임밖에 없습니다만, 모든 캐릭터가 생생하게 살아있어 대단히 귀여우니 분명히 즐거우실 게 틀림없습니다.

마지막으로 앙케이트의 소식입니다. 왼쪽에 표기된 2차원 코드를 읽어내면 WEB 앙케이트 페이지로 이동할 수 있으니, 읽은 다음의 뜨거운 마음을 적어주시면 좋겠습니다.

(※일본어판에만 있는 이벤트 설명입니다. 한국어판은 해당 없

습니다.)

그러면 평소처럼 감사 인사입니다!

담당 편집자 I 씨와 보스 A 씨에게는 언제나 도움을 받고 있습니다. 20권을 넘어선 장수 작품인데도 불구하고, 스핀오프나 앤솔로지나 특장판 같은 전개로 작품을 띄워주시니 대단히 감사하고 있습니다! 앞으로도 오래도록 지도편달을 부탁드립니다.

데스마치 세계를 선명한 일러스트로 채색하여 띄워주시는 shri 씨에게도, 감사 드려요! 비쥬얼면에서 보조가 있어야 신문예인 겁니다!

그리고 카도카와 BOOKS 편집부 여러분을 비롯하여, 이 책의 출판과 제조, 유통, 판매, 선전, 미디어믹스에 관여해주신 모든 분께 감사를 드립니다.

마지막으로, 독자 여러분께는 최대급의 감사를!!

이 작품을 마지막까지 읽어주셔서, 정말 고맙습니다!

그러면 다음 권, 시가 왕국 「성해 동갑주」 편에서 만나요!

아이나나 히로

■역자 후기

안녕하세요! 빛바랜 역자입니다!

아마 역자의 후기를 꾸준히 읽어주신 분이라면 다들 예상하셨겠죠. 하하하하.

결론적으로 욕을 해가면서 재미있게 하고 있습니다. 재미가 있기는 있는데 욕은 나와요. 허허허.

독자 여러분 중에도 아마 플레이하시는 분들이 있을 거라 생각합니다만, 혈압이 오르거나 욕이 나오는 건 정상입니다. 부끄러워하지 마세요. 시원하게 지르세요. 역자는 그러고 있습니다.

후. 진짜 내가 왕 좀 해보겠다는데 방해하는 놈들이 왜 이렇게 많은가 몰라요. 거기다 길 디자인이 아주 예술입니다. 솔직히 길을 숨겨놓은 건 괜찮아요. 숨겨놓은 건 감탄해가면서 찾기도 하고 공략을 보기도 했습니다. 그건 괜찮아.

근데 전차랑 낙사 좀 어떻게 해보라고…….

숨겨진 길이야 찾으면 됩니다. 찾으면 돼요. 하지만 중간에 세이브도 없으면서 치이면 한 방에 죽는 전차에 쫓기는 느낌. 가느다랗고 좁아터진 나뭇가지 하나를 가면서 까딱 버튼 하나 잘못 누르면 낙사. 유일한 길인데 낙사 위험을 이따마아아아아아안큼

떠안고서 좁쌀만한 착지점에 떨어져야 하는 구간들.

역자는 놀라운 어휘로 이 기분을 지면에 표현할 방법을 찾아냈으나 여백……은 충분하지만 언어 수위가 높으므로 여기에는 적지 않겠다.

뭐, 그렇습니다. 하지만 이런 일부 요소들 말고는 참 재미있더군요. 처음에는 공략이나 다른 정보 없이 그저 박치기로 악전고투를 해봤습니다만, 오픈 필드 게임이다 보니 도저히 정보 없이는 어렵더라고요. 그래서 이런저런 정보를 좀 찾아봤더니 필드 진행이 어찌나 쾌적해지는지 모릅니다. 크흑. 이렇게 안정적으로 잡을 수 있는 에너미들인데 그 동안 그토록 고생을 했다니.

우리는 여기서 괜히 고집 부리지 말고, 편히 갈 수 있는 길이라면 편히 가는 게 좋다는 교훈을 얻을 수 있습니다. 편한 길은 부끄러운 게 아니에요! 자존심을 버리고, 쓸 수 있는 모든 꼼수를 쓰는 것이 인생 날로 먹는 길입니다.

그런데 독자 여러분은 건강에 문제없으신가요?

역자는 감염 폭발의 기세에 휩쓸려 기어이 코로나 바이러스에 감염되고 말았습니다. 집밖에 거의 나가지도 않지만, 아무래도 가족들이 일을 하러 출퇴근을 하다 보니까요. 가족들이 모두 확진되고 말았습니다.

다행히 역자와 가족들은 3차 접종까지 마쳤기 때문에 증세는 경미했습니다. 역자는 가벼운 몸살과 두통, 근육통 따위의 증세가 있었기 때문에 격리 기간 동안 얌전히 집에서 휴식을 취하면서.

게임을 했죠.

……아니 그게 저기 저거라니까요! 몸살 두통 때문에 영 일에 집중이 안 되더라고요! 그럴 때 일을 하면 말이죠! 일단 효율이 안 나옵니다. 몇 시간 동안 지지부진하게 진도가 안 나가요. 거기다가 작업의 질도 떨어집니다. 그러면 어차피 일을 다시 해야 하는 경우도 생겨요. 비효율의 극치입니다. 그럴 바에는 말이죠. 일에 대한 건 잊고! 깔끔하게 즐길 수 있는 걸 하는 게 나은 겁니다! 암요!

크흠.

아무튼 여러 가지 증상이 완화된 뒤에 일을 다시 시작했습니다. 그런데 역시나 코로나, 끈질기더군요. 다른 증상은 다 나아졌는데 잔기침이 잘 떨어지지 않아요. 그래도 천천히 나아지고 있어서 다행입니다. 후우. 백신 접종을 했으니 그나마 이 정도인데 접종도 안 하고 있다가 걸리면 대체 어느 정도로 끈질기고 증상이 심할지 짐작하기 싫어요. 혹시라도 기저 질환 등의 이유로 백신 접종을 못하신 분이라면 정말 조심하셔야 할 것 같습니다.

그러면 여러분! 건강 조심하시고 다음에 또 만나요!

데스마치에서 시작되는 이세계 광상곡 24

초판 1쇄 발행 2022년 6월 10일

지은이_ Hiro Ainana
일러스트_ shri
옮긴이_ 박경용

발행인_ 신현호
편집장_ 김승신
편집진행_ 권세라 · 최혁수 · 김경민 · 최정민
편집디자인_ 양우연
관리 · 영업_ 김민원

펴낸곳_ (주)디앤씨미디어
등록_ 2002년 4월 25일 제20-260호
주소_ 서울시 구로구 디지털로 26길 111 JnK디지털타워 503호
전화_ 02-333-2513(대표)
팩시밀리_ 02-333-2514
이메일_ lnovellove@naver.com
L노벨 공식 카페_ http://cafe.naver.com/lnovel11

ISBN 979-11-278-6475-0 04830
ISBN 979-11-278-4247-5 (세트)

값 9,500원

신은 유희에 굶주려있다. 1권

사자네 케이 지음 | 토모세 토이로 일러스트 | 김덕진 옮김

한가한 지고의 신들이 만든 궁극의 두뇌 게임「신들의 놀이」.
오랜 잠에서 깨어난 신이었던 소녀 레셰는 눈을 뜨자마자 이렇게 선언했다.
"이 시대에서 게임을 제일 잘하는 인간을 데려와!"
지명된 사람은「이 시대 최고의 루키」로 주목받는 소년 페이.
두 사람이 도전하는「신들의 놀이」는 난이도가 너무 높아 완전 공략한 사람은 제로.
그 이유는, 신들은 변덕쟁이에 불합리하고, 가끔은 이해할 수 없으니까.
그러나 그런 게임이기에 진심으로 즐기지 않으면 아깝다!
여기에 천재 소년과 신이었던 소녀, 그리고 동료들이 펼치는
지고한 신들과의 궁극 두뇌전이 펼쳐진다!

신과 인류의 두뇌전, 드디어 개막!

L NOVEL

녹을 먹는 비스코 1~5권

코부쿠보 신지 지음 | 아카기시K 일러스트 | mocha 세계관 일러스트 | 이경인 옮김

모든 것을 녹슬게 만들며 인류를 죽음의 위협에 빠뜨리는 《녹바람》 속을 달리는
질풍무뢰의 『버섯지기』 아카보시 비스코.
그는 스승을 구하기 위해
영약이라 전해지는 버섯, 《녹식》을 찾아 여행하고 있다.
미모의 소년 의사, 미로를 파트너 삼아 파란만장한 모험에 나서는 비스코.
가는 길에 펼쳐지는 사이타마 철(鐵)사막,
문명을 멸망시킨 방어 병기 유적으로 지은 도시,
대왕문어가 둥지를 튼 지하철 폐선로…….
가혹한 여정 속에서 차례차례 덮쳐오는 위협을
미로의 번뜩이는 지혜와 비스코의 필중의 버섯 화살이 꿰뚫는다!
그러나 그 앞에는 사악한 현지사의 간계가 도사리고 있는데……?!

최강의 버섯지기가 자아내는 노도의 모험담!

곰 곰 곰 베어 1~18권

쿠마나노 지음 | 029 일러스트 | 김보라 옮김

게임이 현실보다 재밌습니까?—YES
현실 세계에 소중한 사람이 있습니까?—NO

……온라인 게임 설문 조사에 대답했을 뿐인데
말도 안 되는 이세계(아마도)로 내던져진 나, 유나.
은톨이 경력 3년의 폐인 게이머.
맨 처음 장착하게 된 장비템이『곰 세트』라니…….
이게 무어야—!?
하지만 세고 편하니까 뭐, 괜찮으려나?
울프를 쓰러뜨리고, 고블린을 쓰러뜨리고
극강 곰 모험가로서 일단 해볼까요.

은둔형 외톨이 소녀, 이세계에서 무적의 곰 모험가가 되다!

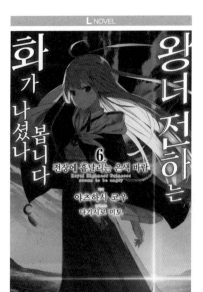

진화의 열매 1~9권

미쿠 지음 | U35(우미코) 일러스트 | 송재희 옮김

어느 날, 히이라기 세이이치가 다니는 고등학교가 학교째 이세계로 이동했다.
돼지&못난이인 세이이치는 반에서 따돌림을 받아 혼자 숲을 헤맨다.
클레버 몽키가 가지고 있던 『진화의 열매』를 먹어 허기를 달래지만
스테이터스 중 《운》이 제로인 세이이치는 카이저콩 사리아의 습격을 받는다.
그러나…….
"나, 처음. 그러니, 부드럽게 부탁해?"
어째선지 사리아에게 구혼 받았다아아?!

『소설가가 되자』 연재작, 대인기 애니멀 판타지!